最悪の将軍

朝井まかて

集英社文庫

目次

最悪の将軍

一　将軍の弟

一

供の者らが玉砂利を踏む音を聞きながら、綱吉《つなよし》は端坐《たんざ》していた。乗物駕籠《のりものかご》の中である。

公方様《くぼう》、御不例《ごふれい》。

城からの報《しら》せを受けた家老、牧野成貞《まきのなりさだ》が、座敷の敷居前に蹲踞《そんきょ》して告げた。

「皆々様、すでに御参集との由《よし》。急ぎ御支度を」

徳川《とくがわ》幕府第四代将軍、家綱《いえつな》は、綱吉の兄である。綱吉は上野国館林《こうずけのくにたてばやし》藩二十五万石の藩主に過ぎぬが、将軍の弟である家門《かもん》大名として詮議《せんぎ》の場に呼ばれたのだ。

兄が後嗣《こうし》を儲けぬまま病を得て、二年近くになる。

「余《よ》が参らずとも、大老らが良きに計らうであろう。次代は、甲府宰相《こうふさいしょう》に決まっておろうに」

登城しても兄の病床を見舞うことすら、今はかなわない。幕府重臣が、ことに大老である酒井忠清《さかいただきよ》がそれを阻んでいるからだ。ゆえに綱吉は度々、見舞いの品に添えて絵や文《ふみ》を贈ってきた。

三代将軍、家光《いえみつ》の血を受けた子のうち、長兄が家綱である。姉の千代姫《ちよひめ》は御三家筆頭である尾張藩、徳川光友《みつとも》公に輿入《こしい》れし、他に男子が四人いたが二人が早逝《そうせい》、三兄である綱重《つなしげ》と綱吉は将軍の弟として育った。

綱重は幕府の御領から賄領《まかないりよう》として甲府藩を、綱吉は館林藩を与えられ、それぞれ「甲府宰相」「館林宰相」と呼ばれる家門大名となったのである。

だが二年前、甲府宰相、綱重が急死した。そしてただひとりの兄である将軍、家綱の病も一向に快癒せず、今年に入ってから幾度も後継について協議が重ねられている。

不毛だ。

綱吉は忌忌《いまいま》しさを抑えながら、詮議の場に坐ってきた。幕閣らが天下の政道のためではなく、己《おの》が権勢をいかに守るかに腐心して言を振るうを黙って聞いてきた。

牧野が「御前《ごぜん》」と、再び促した。

「御公儀始まって以来の、御難にござりまする。詮議の場に何とぞ御出座くださりませ」

綱吉よりも先に身を動かしたのは、背後に影のごとく控えていた小姓《こしよう》組番衆の一人だ。柳沢保明《やなぎさわやすあきら》である。

綱吉が初めて謁見《えつけん》した折、保明はまだ七歳ほどだっただろうか。まるで大人のように何もかもを呑み込んだような、怜悧《れいり》な面貌を持っていた。そして何より、身ごなしが美しかった。顔の擡《もた》げ方、背の立て方、手足の動かし方に至るまで筋が通っている。

綱吉は無作法な者に嫌悪を抱く。家臣を新たに雇い入れるにおいても、敷居を平気で踏むような者はいかに古い氏素性を誇ろうとも「否《いな》」を下した。

関ヶ原《せきがはら》の合戦から八十年、大坂《おおさか》夏の陣からも六十五年以上の月日が経とうとしているのに、世には未《いま》だ武風が濃く淀《よど》んでいるのである。

館林藩の家中《かちゅう》にも荒武者振りこそ男伊達と心得違いを犯し、些細《ささい》なことで血を流す者が少なくなかった。往来で肩が触れた町人を糺《ただ》しもせずに無礼討ちにし、酒席での諍《いさか》いで腰の物に手を掛ける。むろん、当人は切腹する。命を惜しむは武士にあらざるかのごとき所業で、綱吉は家中の遊山《ゆさん》や大酒をたびたび戒め、賭博も禁じてきた。

戦国の遺風を纏《まと》っている者を目前にすると、吐き気さえ覚えるのだ。腥《なまぐさ》い、血の臭いがする。

そして綱吉がより忌んでいるのが、酒井大老を始めとする幕閣どもだった。

父、家光の薨去《こうきょ》を受け、長兄である家綱が四代将軍の座に就《つ》いたのは慶安《けいあん》四年のことである。家綱はわずか十一歳にして、徳川家で初めての幼少将軍となった。

その将軍を支え、幕府の基盤をより強固にしたのが、叔父の保科正之《ほしなまさゆき》だった。

綱吉は明暦《めいれき》三年の一月に起きた大火を思い返す。本郷丸山《ほんごうまるやま》の本妙寺《ほんみょうじ》から出た火は翌日まで燃え続け、城や大名屋敷、そして市中の大半を焼き尽くした。江戸の六割が焼失し、死者は十万人を超えた。

当時、綱吉は十二歳で竹橋《たけばし》屋敷に暮らしていたがその館も焼失し、後に神田《かんだ》屋敷に移った。自身は難を逃れたものの、もはや天下は終わったと覚悟を決めたほどだ。戦場《いくさば》でもかほどの惨状は呈すまいと思うほど、何もかもが灰燼《かいじん》に帰していた。いつとも尽きぬ煙で空は淀み、川という川は水を求めて溺死した骸《むくろ》で埋もれた。

綱吉は供もつれず、ただ茫然《ぼうぜん》と焦土を歩き回った。五重の天守を火で失った江戸城を、あれほど心細く見上げた日はない。

だが、兄、家綱は困窮した庶民を率先して救済すると、すぐさま市中の復興に着手した。

それまでの城下は敵軍の襲来に備えて道幅を広くはとっていなかったのだが、火事の際の逃げ道を最優先して拡大した。さらに火除明地《ひよけあきち》として上野《うえの》に広小路《ひろこうじ》を設け、両国《りょうごく》橋《ばし》を新たに架けた。芝《しば》と浅草《あさくさ》には新しい堀を掘削し、神田川《かんだがわ》の拡張まで行なったのである。

幕府の金蔵の隅まで浚《さら》うようにして復興に財を注ぎ込んだのは、兄の後ろ盾であった叔父、保科正之が実に英明なる為政者であったからだろうと綱吉は思う。

正之には、天下を治めんとする大計《たいけい》があった。

焼け落ちた天守は、すぐさま再建されるべきものだったのだ。天守を欠く城は、いざ戦となれば敵軍の侵攻を察知できぬ裸城に等しい。だが、その費《つい》えを町の復興に回すよう正之は具申した。天守を再建せぬことで、「徳川家は向後《こうご》、断じて戦を起こさぬ」という決意を示そうとしたのではないかと、綱吉は解している。

そして家綱もそれを「是《ぜ》」とした。叔父の薫陶を受けた家綱は泰平の世を強く願い、それを実現せんとする強い志を抱いていたのだ。

寛文《かんぶん》三年には、主君の死に際して家臣が殉死するを禁じた。戦という死に場を失った武士はこぞって追い腹を切り、それが諸藩の間で流行《はや》り病《やまい》のごとく蔓延《まんえん》していたのである。この「天下殉死御禁断の旨」こそ、「文《ぶん》」によって世を治める政《まつりごと》の始まりであった。

家綱は幕府の機構を整備し、叔父が着手した「末期養子《まつごようし》」を認める条件をさらに緩和した。

三十年ほど前は後継がないまま当主が死ぬと、家は断絶するしかなかったのだ。牢人《ろうにん》となった家臣らは江戸や京大坂に流入し、徒党を組んで悪事を働く。市中の安寧《あんねい》を乱す。

兄の文治政治は、武士が長年親しんできた「死」を遠ざけることだった。武士が刀を納めねば、百姓や商人、職人らは安堵《あんど》して日々の暮らしを紡げぬ。自身や我が子の明日を、そして五年後、十年後を信じられてこそ、世は真《まこと》に泰平だと言える。

その兄の考えを、三兄である綱重と綱吉は敬い、誇りとしてきた。兄は武家の棟梁《とうりょう》として初めて、この国の武士に新たな生き方を迫った。「武」が死に向かうものであれば、「文」とは何としても生きることだ。

それを支えるのが学問であり、所作振舞いなのだと、綱吉は信じている。

だが保科正之が没すると、まだ若かった家綱は徐々に力を失った。老獪《ろうかい》な重臣らが幅を利かせ、大老、酒井忠清を筆頭とする老中《ろうじゅう》合議制へと移行したのだ。兄は生来、病弱であったことも手伝って、やがて自ら判断することを放擲《ほうてき》した。

良きように心得よ。

めでたい。

さようにいたせ。

曽祖父、家康《いえやす》の血を直に引く名君として期待された兄は酒井らの膂力《りょりょく》に押され、三言しか口にせぬ公方だと囁《ささや》かれるようになって久しい。徳川家の求心力の衰えはすなわち、兄が始めた文治政治の停滞を意味していた。表向きは、酒井もその継承を標榜《ひょうぼう》してはいる。しかし綱吉から見れば至って正当性を欠くものだ。酒井が陰で賂《まいない》を取って裁断に手心を加えたゆえ、内乱の火種が燻《くすぶ》り続けていると噂《うわさ》されている藩もある。

綱吉は乗物の窓に手をかけた。戸を引くと城内の松林が青く続いている。今朝まで降り続いた五月雨《さみだれ》に洗われたかのように、濃緑の向こうに広がる空も澄み渡っていた。

かような日こそ屋敷内は冷えるのだ。城内はいかばかりかと、綱吉は寝所《しんじょ》で臥《ふ》せる兄の身を思う。その薄暗さが己の膝を冷え冷えと這《は》い上がってくるような気がした。

何という明暗だろうと、窓外の空を再び見上げる。

兄上は薬湯《やくとう》と側衆《そばしゅう》の溜息に包まれておられるであろうに、余は陽溜《ひだ》まりで遊ぶ我が子二人の姿を見ていたのだ。菖蒲酒《しょうぶざけ》の盃を手にし、室や側室、母に囲まれて笑っていた。身の内から明るく晴れていた。

今日、延宝《えんぽう》八年五月六日は、綱吉の嫡男である徳松《とくまつ》が初めて迎える誕生日であった。昨日の端午《たんご》の節供《せっく》に続いて、今日も身内だけの祝宴を開いていた。

鶴《つる》が庭に面する広縁に立ち、軒先に挿した菖蒲に向かって手を合わせた。

「思うこと、軒のあやめに、こと問わん」

まだ四歳であるゆえ後が心許《こころもと》なくなったのだろう、小さな掌《て》を合わせたまま座敷を見返った。綱吉のかたわらに坐《ざ》している室、信子《のぶこ》に向かって小首を傾《かし》げている。

「叶わば掛けよ、細蟹《ささがに》の糸」

信子はいつものごとく、ふくよかな声で教えてやる。鶴は嬉《うれ》しげに頬を染めてうなずき、生母である側室、伝《でん》と、祖母である桂昌院《けいしょういん》にも順に笑みを巡らせてから身を戻した。切り下げた黒髪に艶《つや》やかな光が宿る。

何を祈っておるのだろうか。

盃を手にしたまま、綱吉は信子と微笑を交わした。

伝と乳母《めのと》が何やらあやすような言葉を口にして、徳松の機嫌のよい声が響く。

綱吉がこの念願の嫡男を得て丸一年、赤子《あかご》の早逝が珍しくない昨今にあって風邪一つひかず、無事に誕生日を迎えた。つかまり立ちをする姿も力強く、濡《ぬ》れた唇を懸命に動かして「ちちうえ」らしき言葉を唱えたりもする。

綱吉は我が子二人が、鶴と徳松がただただ愛《いと》おしく、身内とはいえ人目がこうして傍《そば》になければ闇雲に抱き寄せてしまうだろうと思うことがある。

神田屋敷と呼ばれるこの館の門前には五月に入ってから牧野家老の差配で青竹の柵が結われ、兜《かぶと》と薙刀《なぎなた》、毛槍《けやり》、吹き流しが幟《のぼり》と共に立てられた。万事、華美を戒めて倹約を命じてきたが、我が子の行末を願うこの節供だけは軽んじることができなかった。

床の間の前には、徳松の伯父にあたる大樹《たいじゅ》公から賜《たまわ》った節供祝の兜と誕生祝の甲冑《かっちゅう》が据えられている。

兄の心遣いを有難く、誉《ほまれ》とも思いながら、綱吉は酒盃を干した。

「あれは、何のまじないでござりますのや」

桂昌院が信子に問うた。

「端午の節供に女児がする占い遊びにござります。願いが叶いまする時は、蜘蛛《くも》が菖蒲の上に巣を掛けるのでござりますよ」

細蟹とは蜘蛛を指す雅語だ。が、桂昌院は薄い眉根を寄せた。

「吉祥が蜘蛛どすか。気味《きび》の悪いこと。鶴姫さん、何をお願いしやしたんどすか」

座に戻ってきた鶴にさっそく訊ねている。束の間、上座の綱吉と信子に視線を投げてから、鶴は口を丸くすぼめた。

「内緒にござりまする」

「おや、この祖母《ばば》にも内緒どすか。それは、つれないことやおませんか。お教えあそばせ、鶴姫さん」

桂昌院が可笑《おか》しがって耳を寄せると、鶴は吸い寄せられるように唇を近づけ、小声で何かを告げている。

「ほう、徳松君が息災《そくさい》にお育ちになるように願うとな。何とまあ、心根の優しい姉君でありましょうや」

手柄顔で皆に披露し、鶴の肩を抱き寄せている。

「祖母様、およしくだされ」

鶴は恥じらってか身を反らして逃れようとするが、桂昌院は構わず腕を伸ばして頬ずりをしている。衣替えが済んだばかりのことで、白地に濃紅《こいくれない》の芙蓉《ふよう》が刺繡《ししゆう》された孫娘の袖と、祖母の群青《ぐんじよう》に銀糸で水紋を描いた袖がすれ合う。

綱吉の母、桂昌院はいつも思ったことをそのまま口にのぼせ、こうして迷いもせずに肌を触れ合わせるのだ。身分に似合わざる物言いと振舞いは、京のいずことも知れぬ母の出自《しゅつじ》をそのまま物語ってやまない。

だが正室である信子は眉を顰《ひそ》めることもなく、姑《しゅうとめ》の無邪気を許すばかりか、心からこの場を愉しんでいるようにさえ見える。

聡明で鷹揚《おうよう》な信子には姑のやることなすことが興味深く映るのだろうと、綱吉は推《すい》している。

綱吉自身も母の出自を恥じたことはない。武家、公家《くげ》に限らず、子を生《な》す女人と正室たる妻女は全く別物であるからだ。正室は生家の氏素性や権勢によって輿入れ先の風向きを左右する扇のごとき存在だが、側室は種を宿して産み参らせる「御袋」である。袋はまず丈夫でなければならぬ。

綱吉の娘である鶴、そして後継である徳松を産んだのも信子ではなく、側室の伝だ。

かつて桂昌院が、父、家光の側室、於万《おまん》の方《かた》に仕えた大奥女中であったように、伝も桂昌院の侍女であった。出自も低く、生家は大奥の修繕や草履《ぞうり》取りを務める黒鍬者《くろくわもの》だ。桂昌院の強い勧めによって、伝は綱吉の寝所に侍《はべ》るようになった。

かたや、正室の信子は前《さき》の左大臣である鷹司教平《たかつかさのりひら》の娘だ。信子の大叔母は、父、家光の正室、本理院《ほんりいん》であり、異母妹は今上《きんじょう》帝の女御《にょうご》として入内《じゅだい》している。

　信子が朱塗りの盃を持ち上げて、女中の捧げ持つ酒器から酒を受《う》けている。桂昌院のような色白ではなく、やや象牙《ぞうげ》味を帯びた肌色をしているのだが、白綸子《しろりんず》に大きな比翼の鳥を縫い取った夏衣がよく似合う。

　信子が京から輿入れしてきたのは今から十六年前、寛文四年の晩秋であった。

　綱吉は十九歳、信子は五歳下の十四歳だ。公家の姫といえば御簾《みす》や扇でなよやかに己を隠すものと心得ていた綱吉にとって、信子のさまは驚くべきものだった。

　扇など邪魔だといわぬばかりに顔を上げ、慣れぬ坂東《ばんどう》の地を生き生きと見渡していたのである。大きな黒い瞳を輝かせていた。

　奥で気配がして、女中が何かを抱えて入ってきた。綱吉が気づく前に、菓子を食べていた鶴が歓声を上げる。

　女中の胸には銀縁の布でくるまれた白毛の仔犬がいて、小刻みに身を震わせている。両の耳が黒く、額には星のごとき形をした赤茶色の紋が入っている。畳の上に女中が下ろすと、鶴はすぐさま傍へ駆け寄った。

「姫、お行儀が悪うございますよ」

　菓子に打った粉が鶴の手から零《こぼ》れるのを見て、伝が窘《たしな》めた。余を憚《はばか》っておるのだろうと、綱吉は苦笑いを洩《も》らす。

「良い。今日は無礼講ぞ」

伝はほっと眉間を緩め、口の中でもぞもぞと詫《わ》びを述べた。

綱吉は幼い時分から、癇《かん》の強い性質《たち》だ。日に幾度も側仕えの者に小桶を持たせて手を洗い、口を漱《すす》ぎ、足袋《たび》を替える。

常に穢《けが》れを祓《はら》い、清浄な場に身を置いてこそ、行ないも正しゅう保てる。ゆえに綱吉が家内で飼う犬や猫を好まぬことを、伝は承知しているはずなのだ。無遠慮に座敷を歩き、毛を撒き散らすではないか。場を汚す。

生きものは野山にある姿が本然《ほんぜん》であり、最も美しい。

今の鶴の年頃から絵筆を持ってきた綱吉は、ことに水辺の雁《かり》や野を駆ける馬、そして田畑で耕作する農の風景を好んで描いてきた。

「姫、鞠《まり》で遊んでやると、よろし」

信子が女中に指図して、鶴に鞠を与えている。綱吉は驚いてかたわらの横顔に問うた。

「そなたの思案か」

てっきり、伝か桂昌院が犬を買い与えたのだと思い込んでいた。綱吉自身に負けず劣らず、二人は子と孫に甘い。

「ほんまは猫を贈ろうかと思うておりましたが、姫が女三宮《おんなさんのみや》にならしゃいましたら、殿がお嘆きになるかと」

信子は黒目の勝った瞳に、朗色を泛かべている。

「いかにも。いずこに柏木《かしわぎ》が潜んでおるやも知れぬゆえの」

綱吉はすぐさま打ち返した。信子の片袖から伽羅《きやら》が香り立つ。豊かな頬が微《かす》かに綻《ほころ》んで、「してやったり」と告げている。

綱吉はこのような、妻との機智に富んだやりとりを愉しみにしている。

信子はおそらく、鶴が犬を飼いたがっていることを伝から耳にしたのだろう。そこで綱吉の機嫌を損ねぬように己が取り計らい、今日のような祝宴で披露目をしたのだ。しかも若菜の巻を引いて、「猫よりは犬の方がましでありましょう」と、わざと論の筋道をずらしてきた。こちらもそれを承知して、戯言《ざれごと》で返したのである。

この座敷には小姓や奥女中らも含めると十人近い者が坐している。しかしこの会話がわかるのは、二人を措《お》いて他にはいない。

公方の弟とはいえ、平凡で慎ましい小大名の座敷にあって、他者を排するかのようなこの一瞬の冷たさこそが高貴であると思えて、綱吉は心の奥底がまたひたひたと満たされるのを感じた。

果たせるかな、桂昌院が口を挟んできた。

「えらいこと。誰がいずこに潜んでおりますのや」

綱吉と信子のやりとりを解する素養のない伝はいつも所在なげに目を伏せ、桂昌院は言葉の尻を捕まえにかかる。

信子はそれに律儀に応えてやる。

「猫は首に紐《ひも》をつけて飼うのが、決まりでござりましょう。さすればその紐が御簾に掛かりて、鶴姫の姿を露《あら》わにしてしまうやもしれませぬ。柏木が女三宮のお顔を垣間見《かいまみ》て、恋が始まりましたように」

源氏で描かれるのは、道ならぬ恋の始まりだ。まだ四歳の鶴には強引な譬《たと》えであるので、本来ならそこを突いて「いまだ、許婚《いいなずけ》も定めぬものを」と話を転じなければならない。信子はわざわざ隙を作っているのだ。が、桂昌院は「なるほど」としたり顔を作った。

「猫は赤子の胸の上にでも平気で乗るらしゅうて、何かと面倒どすわな。徳松さんにそんな転合《てんご》をしたらえらいことどすよって、お犬さんでよろしおしたわ。なあ、伝」

「ほんに。およろしゅうござりました」

元の主《あるじ》であり、今は姑となった桂昌院に、伝は常に従順だ。

うなずき、膝をこちらに向け直して手をつかえる。

「御前様、御礼申し上げまする」

礼を述べるべき相手は信子であるのだが、伝はあくまでも綱吉にしか謝意を示さない。桂昌院のような軽々しさがないぶん、どこかもったりと重いような女《おなご》である。だが側室として嫡男と姫を生した、その格別の働きによって綱吉は伝を粗略には扱わない。

「姫、お名を考えんとあきませんなあ」

仔犬に鞠を投げてやる鶴に、信子が声を掛けている。と、鶴はしばし小首を傾げて悪戯めいた目をした。

「薫《かおる》がようございます」

「ああ、薫の君がお好きさんでありましたなあ、姫は」

鶴は貝合わせ遊びから始めて歌の指南も信子から受けており、筋も随分と良いらしい。血のつながらぬ母と娘が犬の名を思案し始めると、産みの母である伝は市中の女のように徳松を膝の上に乗せ、小声であやし始める。

桂昌院はその四人を満足げに眺めながら、酒盃を傾けた。その掌には紫水晶の念珠《ねんじゅ》が掛かっている。そして時折、綱吉に強い眼差しを寄越し、うなずく。

父、家光の側室の中でも抜きん出た美貌を謳《うた》われた母、桂昌院は、五十も半ばの齢《よわい》に至っている。父が薨去したのは綱吉が六歳の折であったので、母が髪を下ろして三十年近く経とうか。が、今も内から照り輝くような肌を持ち、こうして一家の果報が続くは己が信心あってこそと念を押してくるのだ。

母の信心は神社仏閣を問わぬもので、しかもただひたすら我が子の栄達だけを願《ねご》うていることを綱吉は知っている。それはいわば我執であって、若い時分には時に疎ましくもあったのだが、自ら二人の子を得てからは黙して受け止めることにしている。

生家の後ろ盾も学問もない母の信心を遮らぬことが、綱吉にとっての「孝」であった。

庭に向けて廻《めぐ》る縁を辿《たど》って足音が近づいてきて、目を動かした。障子に映る影は長身で痩せた躰《からだ》を丸めるようにして進む。座敷の敷居際に蹲踞したのは推した通り、家老の牧野成貞だ。

「御前。おくつろぎのところ、恐縮に存じまする」

許しを与えると、面《おもて》を上げた。

牧野は馬のごとき顔貌であるので、綱吉は〝馬老《まあろう》〟と綽名《あだな》している。鼻筋と頬が長く、眉は一筆で置いたように短いのだ。目の間も少々離れている。綱吉が十五の歳から側衆として仕え、家老となってからも十年が経った。歳は四十七、有能でありながら家臣の身内にも細かな心配りができるゆえ、家中の人望は至って厚い。むろん綱吉も信を置き、揺らいだことがない。

その馬老が、額に横皺《よこじわ》を幾筋も刻んでいる。

「よろしゅうございますか」

くぐもった声音で伺いを立てるので、綱吉は信子に眼差しをやった。すぐに呑《の》み込んでか、信子は皆に自室に引き取るよう促している。鶴が徳松を導くようにして綱吉に礼を述べると、一瞬、馬老の目許も緩む。が、信子と桂昌院、伝がそれぞれ女中を伴って退室するのを見届けると、慌ただしく膝を前に進めた。

「公方様が御不例との遣いが殿中より見えました。皆々様、すでに御参集との由。急ぎ御支度を」


玉砂利を踏む音が、耳に戻ってくる。

兄上はこのまま、我が子の誕生を寿《ことほ》がれることはないのだろうか。

暗く冷たい寝所の中で、この五月の風をも吸わぬまま逝《い》ってしまわれるのだろうか。

そんな考えが萌《きざ》すと、つい今しがたまでの宴が申し訳なく思えてくる。

大手門を入ったことに気がついて、綱吉は窓を閉めた。

そろそろ下馬橋《げばばし》に差し掛かる頃合いだろう。家門大名といえどもそこで乗物から降り、徒歩《かち》で本丸に参上するのがしきたりだ。

ささやかで、穏やかな一家の日常に満ち足りていた己を遠ざけるように、綱吉は背筋を立てた。

二

案内され、表向《おもてむき》の黒書院溜之間《くろしょいんたまりのま》に向かった。

白書院《しろしょいん》と黒書院は将軍が謁見に用いる応接の間であり、本丸御殿の西側に中庭を挟んで設《しつら》えられている。玄関に近い白書院は年始の謁見など公的な行事に用いられ、黒書院はより日常的な儀礼用だ。

その黒書院のうち中庭に面した溜之間は、しばしば重臣らの詮議の場にもなる。

綱吉が着到すると、家老の牧野が伝えた通り、一門の大名と幕府重臣がすでに居並んでいた。

御三家である尾張《おわり》藩主、徳川光友公、紀伊《きい》藩主、徳川光貞《みつさだ》公、そして水戸《みと》藩主、徳川光圀《みつくに》公と、家格の順に挨拶をし、同じ家門大名である甲府藩主、松平綱豊《まつだいらつなとよ》とも礼を交わした。

十九歳の若大名に育った綱豊は綱重の長子であり、現将軍家綱と綱吉の甥《おい》にあたる。

兄の没後は親しい交誼《こうぎ》がなく、しかしすでに英明との噂は綱吉も聞き及んでいた。頤《おとがい》や肩の線は細い。どちらかと言えば、病がちな家綱の色白さ、静かさを受け継いでいるだろうか。

詮議を取り仕切るのは、大老である酒井忠清だ。酒井は三十五歳の綱吉より二十ほど上の壮年で、三河《みかわ》以来の譜代大名である名門、酒井雅楽頭《うたのかみ》家の主である。

酒井大老は重大な詮議の直前にもかかわらず、切迫した様子がまるで見えない。左右に従えた老中らを相手に悠々と、上機嫌の面持ちだ。それを受けてか、老中の中には笑い声を立てる者さえいる。

と、綱吉の姿を認めた途端、老中の何人かが顔つきを硬くした。誰かがしわぶきを洩らし、酒井もゆるりと目だけをこちらに向けた。冷淡な空気が場を一変させる。

まるで敵陣よの。

綱吉は唇の端が我知らず歪《ゆが》むのを感じた。

――天下を治めさせ給うべき御器量なし。

酒井大老は常々、綱吉を陰でこう評しているのだ。

兄、家綱が後嗣を定めぬまま、万が一、死去ともなれば大きな混乱を招く。まるでその運命《さだめ》を知っていたかのように兄自身が緩和した「末期養子」を巡り、この春から度々、詮議の場が持たれてきた。そして酒井は、将軍の弟である綱吉の名を誰かが取り沙汰《ざた》するつど、その芽を踏みつけてきたようだ。

――館林殿は理が勝ち過ぎる。徳がない。

それを耳にした馬老は、拳を己の膝に打ちつけて憤慨したものだ。

「いかな御大老といえど、聞き捨てなりませぬ。まったく人を見る目を持たぬ、あの御方こそ徳のなき御仁にございましょう」

「伝聞ぞ。取り合うでない」

政権の中枢にある酒井は老中合議制を盤石のものとすると、将軍の弟に対しても居丈《いたけ》高《だか》となり、まるで穀潰《ごくつぶ》しのような言いようをしてきたのだ。

寛文十二年に叔父の保科正之が死去して以来八年、酒井は自らが主家のごとき顔をして家中を治め、諸大名をも従えている。大老に盾突《たてつ》けば官位を下げられ、幕府内での役を奪われる。大名を改易《かいえき》する力すら持っているのではないかと恐れられ、「下馬《げば》将軍」の異名を奉られるほど、今の権勢は酒井大老に集中していた。

そして綱吉は昔から、その酒井に忌み嫌われてきた。

「御大老は恐れているのではありますまいか。御前が将軍職を継がれれば己の権勢が脅かされると、疑心暗鬼に陥っておられる」

そして綱吉の側にも存念があった。事が起きたのは二年前、延宝六年だ。兄、綱重が知行《ちぎよう》する甲府藩、そして綱吉の館林藩は共に飢饉《ききん》もあって財政の窮状がすさまじく、家臣への禄《ろく》にも難渋していた。自らはもちろん家中に倹約を命じたが苦しい内情は如何《いかん》ともしがたく、兄弟は幕府に嘆願した。恥を忍んで実情を書に認《したた》め、援助を願い出た。

将軍である長兄、家綱はすぐさま助力を約定《やくじよう》してくれた。にもかかわらず、酒井大老はその裁断を取り消したのだ。

「御家門大名とはいえ、一国一城の難儀は国にて解決さるるべき御事《おんこと》。特例を作らば、天下の御政道に背《そむ》きまする」

酒井の言い分にも正当性はある。だが将軍がいったん下した裁断を、大老とはいえ、家臣一人が反故《ほご》にした。

己が権勢を示すために将軍を軽んじ、天下の政道を蔑《ないがし》ろにしたのは酒井自身ではないか。

我が兄の立場の凋落《ちょうらく》を見せつけられて、口の中を食い破らんばかりに歯噛《はが》みした。

その直後に、三兄、綱重が急逝した。まだ三十五歳だった。

医師の診立《みた》ては肝ノ臓の患いとのことであったが、姉、千代姫は葬儀の席で憤怒《ふんぬ》の涙を零した。

「この恨み、忘れまじ」

尾張藩上屋敷の奥には、兄の立場が損なわれることを慮《おもんぱか》って綱重が自死を選んだのだという流言が届いていたらしかった。

そして弟の急死を痛嘆した長兄、家綱は、やがて自らも床《とこ》に臥せるようになったのである。恐らく江戸城の中にもその浮説が届いていたのだろう。

だが、綱吉が知っている綱重は柔弱ではない。思慮が深く、いかなる行跡も悠然としていた。

なればこそ、綱吉は二人の兄を貶《おとし》めた酒井を生涯、許すつもりはない。

それでも家中の者らを飢え死にさせるわけにはいかず、酒井や老中らへの音物《いんもつ》を欠かすことができないのだ。倹約を命じながらも、その儀礼贈答で相当の財政支出を余儀なくされている。

綱吉は酒井大老への存念を抑え、馬老を宥《なだ》めた。

「結構。余はただの一度も、天下を望んだことはない」

旗本家の三男と同様、部屋住みの小大名として天下の政にかかわらず、館林宰相として文雅に生きてきたのだ。ゆえに従前の詮議の場で考えを求められれば、甥の綱豊を推挙してきた。

「そもそも、第五代将軍の座に就くは甲府宰相である。それが順当ではないか」

武家は直系男子のみが跡を襲うが、本来だ。直系こそが尊く、とくに徳川家は開府以来、兄から弟へと相続した前例がない。だが兄、家綱は嫡男を儲けていない。その際に初めて兄から弟へと、系図でいえば縦ではなく横への相続が検討される。

つまり三兄、綱重が生きていれば、長兄の養子となって後継者となるはずであったのだ。しかしもはや没しているので、その跡を継いだ甲府宰相、松平綱豊が将軍後嗣となるのがふさわしい。

これが綱吉の考えであり、この場に参集した御三家、幕閣、そして諸大名にとっても自明の理であろう。しかしさらに、二人の名も候補として挙がっていた。

綱吉自身と、綱吉の嫡男である徳松だ。綱吉の場合は血筋の近さを云々《うんぬん》する考えが根強いためで、徳松はまだ自身の家を持たぬ身軽さが理由である。が、綱吉も徳松も正統ではなく、いわば詮議を尽くした体《てい》をとりたいがための、形式上の候補だ。結論はすでに決まっているのに、酒井はなかなか事を決しようとはしない。綱吉はそれも気に入らない。

ふと、老中の末座に列している堀田《ほった》と目が合った。

堀田正俊《まさとし》は前年七月に老中になったばかりの新参で、幕閣の中では末席に坐している。若い時分から肥《ふと》り肉《じし》で、四十も半ばを過ぎたらしき今も顔から肩にかけて盛り上がっており、目鼻も大きい。

正俊は綱吉の父、家光政権下の老中であった堀田正盛《まさもり》の三男で、二歳の時、義理の曽祖母である春日局《かすがのつぼね》の養子となったと聞いている。その縁からか家綱の小姓として近侍《きんじ》し、家光の上意で春日局の孫にあたる稲葉正則《いなばまさのり》の娘を娶《めと》っていた。

折につけ三河以来の譜代を持ち出す酒井らに比すと、堀田は親の代から家光、家綱に仕えた家臣であることから、酒井大老の襟に付くことをしない。

しかも驚くべきことに、幕閣の中ではただ一人、「館林宰相を次期将軍に」との旗色を鮮明にしている。

堀田と馬老には囲碁を通じた交誼があり、互いの屋敷を行き来することもあるようだ。三日前にも、馬老は綱吉にこんなことを口にしていた。

「堀田様は公方様への忠義、真に厚く、しかも御父上譲りの豪胆であられますゆえ、御大老が専横をもはや見過ごしにはできぬとの思いがお強いようにござりまする」

何を目論《もくろ》んでおるのか知らぬが、それも忠義だけではないだろうと、綱吉は見通している。

老中にまで上り詰める者は、心中に必ず虫を飼っているものだ。権勢欲という名の、長い鎌を持つ虫である。

だが、主流派たる酒井大老らが築いた堅牢な城壁に、傍流《ぼうりゅう》の鎌は傷さえつけられぬだろう。

酒井に勝てる見込みなど、万に一つも無い。

無駄死にを致すな。

綱吉は堀田への眼差しに意を込めたが、中庭に満ちたらしき午後の陽射しが障子越しに差し込んだ。眩《まぶ》しくて、束の間、目を細める。

俯《うつむ》いた堀田の、つるりとした額だけが見えた。

三

最も年配の老中が、ようやく詮議を始めた。

「御不例が続く大樹様におかれましては、畏《おそ》れながら回復の兆《きざし》をなかなか得られませぬ。

つきましては御代継《およつぎ》として、大樹様に御養子をお迎え申す件につきて詮議を始めさせて戴きまする」

そこでいったん言葉を切り、再び続ける。

「嫡庶《ちゃくしょ》長幼の序から申し上げれば、まず大樹様の甥御であらせられる甲府宰相、松平綱豊様、次に弟御の館林宰相、松平綱吉様、そして甥御の松平徳松君が御養子にふさわしき御血筋にござる。皆々様、御異存はござりませぬか」

上座に坐している御三家、尾張、紀伊、水戸の当主を順に見回す。

「良きように心得て」

水戸藩主、徳川光圀公が形式に則《のっと》り、朗々たる声で答えた。水戸徳川家は御三家の中では将軍継嗣を出さぬと定められた家ながら、光圀公はその英邁《えいまい》さゆえに一門の後見役として幕府内でも重んじられている大名である。

次いで、尾張藩主、徳川光友公と、紀伊藩主、徳川光貞公が「諾《だく》」を示した。

すると大老、酒井は悠揚たる所作で、「祝着至極《しゅうちゃくしごく》に存じ奉ります る」と答礼する。

「甲府宰相は聡明叡智《そうめいえいち》の御器量にて、真に御代継にふさわしき御方と存じまする」

やや時を置いて、薄い唇がゆっくりと開く。眉《まげ》も髷も白銀の酒井は、唇だけが紅を差したかのように赤い。

「ただ、一昨年、昨年と、大奥側室は続けざまに懐妊いたしております る。惜しくも御誕生には至りませなんだが、大樹様が御快癒なされれば、再び御代継を儲けられる望みは残っておりましょう。まして今、大樹様の御種を御腹に頂戴しておる側室も、皆無とは言い切れませぬ」

大奥では、女中の誰が、いつ、将軍の寵を受けたかを詳細に記録している。つまり向後、二月《ふたつき》、三月《みつき》を待たねば懐妊の有無を判じられない。

「さりながら、それをお待ち申す猶予は一刻もござらぬ。万一、後継を定めぬまま大樹様薨去となれば、幕府は天下に恥を晒《さら》しましょう。諸国に示しがつかぬばかりか、禁裏《きんり》にも申し開きのしようがござりませぬ」

老中の一人が酒井の言葉を受ける。

「となれば、武家相続法の慣いに従い、正統なる嫡系を得るまで中継ぎ相続の形を採るが宜《よろ》しいのではござりませぬか」

「いかにも」

誰もがすでに承知していることを、二人は一同にわざわざ念を押した。

急を要すと己らで語っておきながら、いつまで不毛の論を続ける。

綱吉は苛立《いらだ》って、小さく嘆息する。

また別の老中が膝を動かし、眉根を寄せた。

「それにしても、甲府宰相に中継ぎ将軍をお願い致すは、余りに申し訳なきこと。甲府様は未だ御嫡男を儲けておられぬ御身《おんみ》ゆえ、本家の御養子にお迎え致しては、家中は如何《いかが》相成りましょうや」

「藩主が空席となりては、絶家《ぜっけ》も致し方なかろう」

重臣らが声を潜めて交わす言葉に、綱豊の顔から色が引いた。己が将軍となれば甲府藩は取り潰《つぶ》される。まるで脅しとも取れる言が詮議の場で浮上するのは、初めてのことだ。

何故だ。後継は綱豊で決まっておるのではなかったのか。

真意が読めぬまま、綱吉は酒井へと目を移した。自ずと、皆が酒井の唇が動くのを待つことになる。

酒井は己に集まる注視を味わうかのようにうなずいてから、白眉を動かした。

「鎌倉殿の例に、倣《なら》うべし」

「鎌倉殿、とな」

訊《たず》ねたのは、水戸の光圀公である。

「さようにござります。畏れながら、かの鎌倉の執権、北条《ほうじょう》氏が時の親王《しんのう》をお迎えした例に倣いては如何かと存じまする。宮将軍《みやしょうぐん》は幕府の政に参与されぬが通例にござりますれば、中継ぎとして最も適任の上、朝廷との紐帯《ちゅうたい》もなお確固たるものに致せましょう」

酒井は四百年以上も前の例を持ち出していた。

かつて鎌倉幕府において、源家《げんけ》の血筋が絶えたことがある。その際、北条氏はまず京の摂関家より将軍を迎え、その後、親王を迎えて後継とした。宮将軍は酒井が述べたように政にはかかわらぬ、いわば神輿《みこし》の上にのみ坐する将軍であるので、北条氏は執権としての権力をより強固にした。

「その間に、大樹様の嫡系が御誕生になれば改めて相続を進めまするが、万一、御誕生がかなわぬ場合は宮将軍から尾張の徳川綱誠《つななり》様に後継をお譲り戴きますれば、天下泰平にして御代万代《みよばんだい》となりましょう」

中継ぎとして京から親王を養子に迎え、その後、尾張の徳川綱誠を後嗣に据える。徳川綱誠は尾張藩主、光友公の嫡男であり、生母は綱吉の姉、千代姫だ。

酒井が持ち出した案に、光圀公が唸《うな》った。

「なるほど。源家の棟梁たる鎌倉に倣うか」

征夷大将軍《せいいたいしょうぐん》とはすなわち、朝廷の官職である。徳川家本家を継いだ者は朝廷からその位を賜り、源氏の長者であることを認められて初めて「天下人《てんかびと》」となるのだ。

光圀公は京の朝廷を尊ぶ念がとりわけ強く、縁も深い。藩を挙げて日ノ本の修史事業に取り組んでいることは、この場の誰もが承知していることだ。宮将軍の暫定政権によもや否はあるまいと、酒井は読んだのだろう。

家格としては甲府の綱豊より尾張の綱誠の方が高く、そもそも尾張、紀伊の両家は、万一、直系が途絶えた場合、将軍後嗣を出すべき家として定められている。幕府としても、尾張家の格と強大な財力を取り込むことができるとの思惑もあるだろう。

つまり酒井は水戸と尾張の両家に、「諾」とする理由を与えたのだ。おそらく、老中や若年寄《わかどしより》らにはすでに根回しが済んでいる。

「だが、親王をお迎えするに際しては、手続きに時がかかろう」

尾張の光友公が慎重な面持ちで案ずると、酒井は薄い頰を緩めた。

「有栖川《ありすがわの》宮幸仁《みやゆきひと》親王をお迎えするが最良と存じまする。折しも、江戸に下向《げこう》中であらせられますれば、急ぎ、武家伝奏《ぶけてんそう》を通じ、申し入れを手筈《てはず》いたしまする」

伏し目で黙していた堀田正俊が、やにわに面を上げた。目を大きく見開いている。

今、この時、偶然にも有栖川宮が江戸に下向しているはずがない。酒井があらかじめ絵図を描き、仕組んだのだ。

甲府宰相である綱豊は、英明との誉が高い。しかも酒井の率いる幕閣とは別の家臣団を持っている。

もしかしたら三兄、綱重が急死した件を、酒井は誰よりも忘れておらぬのではないかと綱吉は気がついた。その恐れは、綱豊が遺恨を含んでいるかもしれぬと邪推させた。

綱豊も綱吉同様、意のままにならぬ。危ない。

そして、千代姫だ。三兄、綱重の死にまつわる姉の遺恨が酒井の耳に入らぬわけはない。いわば千代姫を懐柔するために、宮将軍の後は綱誠という案を持ち出した。

己が保身と権勢のために、ひねり出した奇策だ。

徳川家が統《す》べてきた天下が、かような奸臣《かんしん》に乗っ取られるのか。

綱吉は、総身《そうみ》の血が一気に滾《たぎ》る音を聞いたような気がした。

宮将軍などを迎えれば、徳川家の権威が地に堕ちるは必至だ。

このまま求心力を失えば、天下取りの機を窺い続けてきた雄藩が次々と狼煙《のろし》を上げるだろう。血を好む古き武士《もののふ》どもは、再び戦場を駆ける日を垂涎《すいぜん》の思いで待っている。

兄上。

膝の上の拳を握りしめながら、兄、家綱の真意を知りたいと思った。だが、弟といえども病床の将軍を見舞う許しが出ないのである。酒井が周辺の者に手を打ったか、綱吉は本丸の中奥《なかおく》から退けられ続けてきた。

綱吉は暗澹《あんたん》として、斜め前に坐する酒井を見た。酒井は薄い笑みを泛かべている。

おのれ。うぬの描いた絵図のいずこに、大義がある。己が掌中に収めんとしている権益と引き換えに、いかほどこの世が乱れるかがわからぬか。

皆が死にたがる乱世に戻る。

断じてそうはさせぬと、綱吉は身構えた。

甲府宰相、綱豊がおるのに、何ゆえ宮将軍など迎えねばならぬのだ。後継は綱豊を措いて他にはおり申さぬ。甲府の家臣は皆、幕臣として取り立ててやれば済むことではないか。

そう口にしかけた時、末席で「お待ちくだされ」と声がした。皆が一斉に首を動かし、末座の堀田正俊を見た。

「正統なる血筋の御方がおいでになるにもかかわらず、よそから後継を立てる理由など寸分も見当たりませぬ」

堀田はゆるりと、皆を見回した。

「大樹様の御養子は、弟御であられる館林宰相、綱吉様が最も順当にござりましょう」

綱吉は眉を顰めた。

今さら何という案を持ち出すのだ。ここは綱豊に絞らねば、大老一派はもとより御三家をも首肯《しゅこう》させられぬではないか。

あんのごとく、酒井は一笑に付した。

「我が酒井家は、三河以来の譜代にござる。ゆえにそれがしは権現《ごんげん》様の御血筋であれば何方《いずかた》にも御仕え申す所存にござる。が、天下の行末を案ずればこそ、中継ぎとして宮様をお迎えするが八方好《よ》しの策と具申致したまでのこと。堀田殿はお若いにもかかわらずよくお勤めになっておられるとは常々、感心しており申したが、惜しむらくは御家の筋目がまだ新しいことよ。父上の代からの御奉公ゆえご存じなきは致し方ないが、館林宰相に天下を治め給う御器量ござらぬは周知ではないか。この君が天下の主と成られれば諸人が困窮いたし、悪逆降り積もり、天下が揺れるは必定《ひつじょう》でござろう」

噂に聞いていた以上の言を、綱吉本人を目の前にしながら吐いた。

御三家のうち、水戸の光圀公が微かに眉を動かしたが、黙したままだ。尾張、紀伊の二公は身じろぎもせず、目を閉じている。

他の老中が咳払《せきばら》いを落とし、頭《かぶり》を振った。

「堀田殿は老中を任じられて日も浅《あそ》うござるゆえ、御心得がないやもしれませぬな。当主の弟御が中継ぎ相続を致した場合、嫡子のご成長後にお返し申すべき家督を手放されぬ場合が往々にしてござる。いざとなれば甥ではなく我が子に相続させようとの料簡《りょうけん》を起こし、騒動になる大名家もしばしばござっての」

皆、苦笑を泛かべている。

すると、堀田がいきなり立ち上がった。何を思うてか、上座に突き進んでいる。

一座が騒然となる寸前に、堀田は身を返して皆に向き直っていた。

「館林宰相、綱吉公を養嗣子に迎えるは、上意にござる」

堀田は大音声《だいおんじょう》で座を睥睨《へいげい》し、懐から何かを取り出した。皆に差し出しているのは奉《ほう》書包《しょづつみ》である。その純然たる白さを綱吉は茫然と見つめた。

水を打ったかのごとき静けさだ。ただ、堀田がぎりりと見開いた眼《まなこ》が血走り、文書《もんじょ》を掲げる右の肘は小刻みに震えている。

「公方様があの御容態で筆を持たれたと言うか。その方、乱心か、下がりおれ」

酒井は昂然《こうぜん》と頭を上げ、包に目を走らせる。

「上意であると申し上げたが聞こえなんだか。お控え召され」

皆が一斉に平伏する。再び顔を上げると、酒井は蒼白になっていた。

堀田は表書きを読み上げた。

「用　候　書付《もちいそうろうかきつけ》、備中守方《びっちゅうのかみかた》へ」

一礼して、包の封をゆっくりと開く。もう指一本たりとも震えていない。

「此《この》書付の段、一たんもっともにて候、かようにいたし候様《よう》、申可事《もうすべきこと》」

すると酒井は安堵したかのように、白銀の眉を持ち上げた。

「いずこに館林宰相の御名が記されておる。我らを謀《たばか》るつもりか」

だが堀田はさらに眼を見開くようにして、酒井を真っ向から睨《ね》めつけた。

「昨日、五月五日、それがし、堀田備中守正俊は一命を賭して、病床の大樹様に諫言《かんげん》申し上げたのでござる。文《ぶん》を以《もっ》て天下を治め給う御志をお貫きになるには、上様御自らの御叡慮にて館林宰相を後継にお据えになるべし、その他に道はござりませぬと申し上げた。さすれば公方様は御同意を示されたばかりか詮議の際を考慮され、この文書を認《したた》められたのでござりまするぞ。御小納戸《おこなんど》、大久保忠直《おおくぼただなお》殿を通じて、それがしはたしかに当文書を賜り申した。皆々様、これは紛《まご》うかたなき、公方様の御本意にござる」

「何ゆえこの大老を差し置いて、その方なんぞに文書を託されることがある。その方、執務中に夢でも見ておったのであろう」

酒井が嚙みつくように反駁《はんばく》すると、「控えよ」と制する声が響いた。

光圀公だ。

「この筆は間違いのう、大樹公の手跡ぞ」

冷静な、低い声だ。

すると酒井は首を横に振った。

「中納言様、なれど」

「不敬が過ぎると申しておるがわからぬか。そもそも、館林宰相への誹謗《ひぼう》は聴くに耐えがたき罵詈雑言《ばりぞうごん》ぞ。まったく、耳が腐れる思いが致したわ。そのうえ、大老の任にありながら上意を頓着《とんじやく》するは、家臣たる義を忘却したる所業。その方、よもや増長慢心致しておるのではあるまいな」

一喝に、酒井大老は膝を退《すさ》るようにしてひれ伏した。

「家臣たる者、主君が過《あやま》てば一命を賭してでも諫言致すが本分。堀田はその本分を尽くしたのだ。かくなる上は、上意に従うのみ」

光圀公は厳然と告げた。

「それが道ぞ」

その一言で、詮議が結着した。

酒井が仕掛けた策に、光圀公は易々《やすやす》と乗らなかったのだ。いや、酒井は綱豊の芽を摘み、余を誹《そし》ることで自ら墓穴を掘ったのだと、綱吉は思った。

幕閣らの呻《うめ》きが暗い熱となって、溜之間を満たしていく。

誰も望まぬこの身が、中継ぎとなるのか。

綱吉はまるで他人に起きたことのように、胸の裡《うち》で呟《つぶや》いた。

一生、傍流であるはずの余が、第五代将軍になる。

信じられぬ思いで、上座の堀田を見た。堀田は文書を手にしたまま、呆《ほう》けたように立っていた。

医者と小姓の何人かが枕頭《ちんとう》に侍っていたが、綱吉が寝所に入ると次之間に静かに移った。

堀田正俊の差配で、特別に病床への見舞いを許されたのである。

家綱の姿を目《ま》の当たりにして、その痩せ方に胸を衝《つ》かれた。

「兄上」

綱吉は「公方様」ではなく、兄上と呼びかけていた。幼い時分から家綱は主君であり、兄と呼ぶことは許されなかった。であればこそ、耳に珍しい呼称を口にすれば目を覚ましてくれるような気がした。

だが家綱の頰は枯木のごとき色に沈み、かつて柔和に微笑《ほほえ》んだ目許は落ち窪《くぼ》んでいる。

「安堵してくだされ。中継ぎはこの綱吉がお務め申し、必ずや兄上の御血筋に跡目をお渡し申し上げる」

耳に顔を近づけて、懸命に囁いた。だが瞼《まぶた》は動かない。

綱吉は傾けた半身を起こして、長い息を吐いた。ふと、疑念が首を擡げ、次之間に控えているはずの堀田正俊を思う。

かような容態で、兄上は真に筆などお持ちになれたのであろうか。

詮議の間、供部屋で控えていた馬老と小姓の保明は堀田の家臣に案内されてか、溜之間近くの廊下で平伏していた。

馬老はすでに事を聞き及んでいるらしく、長い鼻筋を持ち上げるようにして洟《はな》を啜《すす》った。いつも怜悧な面持ちを崩さぬ保明も、目尻を赤くしている。

「御前、おめでとうございまする」

小声で祝を述べられた。

この者らはわかっているのだろうかと、微かなざらつきを覚えたものだ。

家門大名として館林藩を治めるだけでも、事は一筋に進まなかったのだ。将軍として天下を預かるなど、並大抵の困難ではなかろう。これから御三家、そして諸大名と主従の間柄を新たに作っていかねばならない。その行手を、あの酒井大老と老中らがいかなる手を使って阻んでくることか。

酒井はこのまま黙って引き下がらぬだろうと、綱吉は覚悟している。将軍宣下《せんげ》を受けるまで、何が起きるかまだ誰にもわからない。

だが馬老は晴れ晴れとした面持ちで、綱吉にうなずいて見せた。その束の間のことだ。何かに思い当たって、馬老を見返した。

もしや、堀田と馬老は密かに通じていたのではないか。宮将軍を据えるという酒井の奸計《かんけい》を知り、上意を取りつける策に打って出た。

「綱吉か」

名を呼ばれて、再び兄の枕頭に半身を寄せた。瞼が開き、やがて綱吉の姿を探すように眼が動く。

「ここにおりまするぞ。綱吉はここに」

声に力を籠《こ》めて呼びかけた。すると病んで濁った眼が真っ直《す》ぐに天井を見つめる。が、その眼差しはまるで綱吉と相対しているかのように、しかと定まった。

末期の力を振り絞っているかのようで、目の奥が潤んでくる。兄への慕わしさで胸が一杯になる。と共に、傍流の己が将軍後嗣となっては不吉なような気が差した。

「兄から弟へなど、真に宜しいのでございましょうか」

徳川家は父から子へと受け継がれてきた。中継ぎとはいえ、その理《ことわり》を犯すことにどうしても躊躇《ためら》いを覚える。

再び名を呼ばれたような気がして、兄の口許に耳を近づけた。

「強き将軍に成りて、天下を束ねよ」

驚くほど明晰《めいせき》な言だった。胸が大きくうねるように動く。医者を呼ぼうとして顔を上げると、家綱はまた言葉を継いだ。

「泰平の世を」

光を灯《とも》すような声だ。

二年前に亡くなった三兄、綱重の面影が重なる。ふと、兄らの遺志なのだろうかと思った。

今日の午下《ひる》がりまで、我が子の誕生日を祝っていたのだ。次代の、新しい命だけが人生を作ると信じていた。その同日に、兄の養嗣子となった。

もはや死相の出ている兄を前にして、そっと考えを繰《く》る。儒教と神道を深く学び、心身でもって馴染《なじ》んできた綱吉にとって、死は「穢れ」である。

だが人の死はこうして、他者の人生を支配するのだ。

なればこそ、死もまた尊い。
再び目を閉じた家綱に向かって、ようやく覚悟を決めた。
兄上。
この綱吉、三兄弟が力をこの一身に集め、強き将軍に成りて天下を治め奉る。
文を以て、真に泰平の世を開き申す。

二　玉の輿

一

夏の朝は明けやすい。

中庭に満ちた陽射しが障子を通して、枕許を仄白《ほのじろ》く照らした。

信子は身を滑らせるようにして床を出て、白綸子《しろりんず》の寝衣《ねぎ》の上に小袖を重ねた。そっと顔だけで振り向くと、夫の綱吉はまだ寝息を立てている。

眉が濃く鼻梁《びりょう》が通り、頬から顎《あご》にかけては少し張っている。まだ、若者のようだ。

ふとそう思うと、昨夜の同衾《どうきん》が甦《よみがえ》って信子はたじろいだ。身の隅々に火照《ほて》りが残っていて、潤んでいる。

信子は胸許をかき合わせるようにして息を整えた。もう一度、夫の寝顔を見る。

この御方が、天下の御代継になった。

綱吉は三十五歳にして、将軍後嗣の命《めい》を受けたのである。信子はいまだに信じられぬ思いがする。十四の歳で輿入れして以来、よもや夫にかような運命が待ち受けていようとは想像だにしなかったのだ。館林藩という小藩の家門大名、松平綱吉として、そして自身はその室として静かな一生を送ると思っていた。

信子は子を生すことができなかったものの、側室の伝は四歳の鶴と二歳の徳松を上げている。

数年前までは、我が子を切に欲したものだ。私も御子《おこ》を授かりますようにと、神仏にも祈った。

けれどその願いはおそらく、叶わない。二十五を過ぎた頃からであっただろうか、心のどこかでそう考えるようになっていた。そもそも、一つ事を煎《せん》じ詰めて塞《ふさ》ぐ性《しょう》ではない。伝が産んだ鶴と徳松を慈しみ、その育ちを日々の楽しみとした。

だが何よりも気持ちが満たされるのは、夫と過ごすひとときだ。共に歌を詠み、筆を持ち、野山に遠出する日を心待ちにした。綱吉はなぜか花見が嫌いであったが、祭は好んで見物した。信子が口にする言葉によく耳を傾け、響き、感興を広げた。

綱吉は才気に溢れているだけでなく、人のありようや季節の移り変わりにも直き心を持っていた。

京の摂家《せっけ》で生まれ育った信子が江戸に下って、十六年になる。小藩の藩主夫人の日々は、京の薄暗い屋敷の中とは打って変わった明るさに溢れていた。武家のしきたりを信子は臆することなく身につけ、綱吉は公家の作法を真摯《しんし》に取り入れた。

ここ神田屋敷での暮らしは、二人で築き上げたものだ。おそらく京にも江戸にもない、松平綱吉家の仕方であった。

そして夫、綱吉は信子の人生を導く兄であり、友でもあった。

これから、いかが相成るのだろう。

綱吉は今日、わずかな家臣をつれて江戸城の二之丸に入ることになっている。二之丸は将軍後嗣が住まう御殿で、信子と伝、そして鶴と徳松には追って沙汰があるという。

信子は障子を引いて広縁に出た。庭の木々の幹越しに、朝霧が幾筋もたなびいているのが見える。

徳松の誕生日を祝っている最中に城中から「公方様、御不例」の報せがあったのは、昨日のことだった。姑である桂昌院は何か思うところがあったのか、綱吉が城に向かって出立《しゅったつ》した後も、自らの住まいである白山《はくさん》の屋敷に帰ろうとしなかった。

「遅おすなあ」

奥の座敷で、桂昌院は白い頬を上気させていた。口振りはあくまでも案じているのだが、目の奥は爛々《らんらん》と輝いている。

綱吉は常日頃、将軍の弟が兄の跡を継ぐなどあり得ぬことだと断言していた。にもかかわらず、美貌の姑は声に期待を滲《にじ》ませて憚らない。

「城に遣いをやって訊ねさせてみようか」

童女のように首を傾げた。いつものように紫水晶の念珠を左の掌に巻いているが、その信心深さは家綱公の快癒祈願に用いられることはない。桂昌院には我が子、綱吉の先行きのみが関心事だ。

「まもなく仔細《しさい》も知れましょう。今しばらく、お待ちあそばせ」

桂昌院の気を損ねぬように、信子は努めて柔らかな声で制した。

「そうかて、あんた。今頃、天下の一大事が起きてるかもしれませんのやで。ほんま、呑気《のんき》さんやなあ」

伝はいつものごとく陰気に押し黙り、乳母《めのと》が徳松に乳をやるのをぼんやりと見ていた。そっと欠伸《あくび》を嚙み殺してさえいる。四歳の鶴は信子が与えた仔犬の薫がよほど気に入ったらしく、手鞠を投げては遊んでいる。

「ほんまに遅い。これは何かあったのや、そうに違いない」

桂昌院はわざとらしく眉を顰めながら、口角は上がっている。笑っているのだ。何か、途方もない甘露が降ってきそうだと、天に向かって今にも掌を差し出しかねない。

「なあ、伝。誰かに訊ねてみたらどないや」

信子の応対では物足りなかったのか、桂昌院は伝に話しかけた。

「誰かと仰せになられましても」

曖昧《あいまい》に応じるだけだ。

「ほんまにもう、この屋敷はどなたもこなたも、悠然と構えておいでやこと」

不服げな言いようだが、顔はまたも笑みで溢れ返っている。手を打ち鳴らして女中を呼び、

「宇治を持て。お菓子もな」

上機嫌で命じた。

奥女中が綱吉の帰館を告げたのは、鶴が遊び疲れて寝入ってしまった夕暮れだった。伝は徳松と共にすでに自室に引き取っており、鶴も女中らによって抱き上げられて奥へと移された。薫は信子の膝のかたわらで丸くなっている。

着替えを済ませた綱吉と家老の牧野成貞が現れると、桂昌院は咽喉《のど》の奥で玉を転がすような声を出した。

「えろう、心配してましたのやで」

それは将軍の病を案じての言葉ではなく綱吉自身の身の上のことであったろうが、そして牧野も桂昌院の「知りたいこと」は百も承知であったろうが、平静さを崩さなかった。

「大樹様におかれましては、いまだ御不例にあらせられます」

「ふん、それで」

「畏れながら、御回復の兆は得られませず」

「それで」

「御代継として、大樹様は御養子をお迎えになられました」

「そうか。とうとうお決めにならしゃったか」

桂昌院は半身を上下に揺らすようにして先を急《せ》かしたが、上座の綱吉は黙したままだ。

少し蒼褪《あおざ》めたその面持ちから、家綱公が抜き差しならぬ容態であることを信子は察した。

「それで、御代継はどないなりましたのや。馬老《まあろう》、さっさとお明かしやす」

牧野はとうとう観念したかのように息を吸い、長い顔を一気に緩めた。

「御前は明日、二之丸に入られまする」

その途端、桂昌院は何かを口の中で叫びながら立ち上がった。


東の空がなお明るんで、庭の隅々をくまなく照らし始めた。築山《つきやま》の木陰で蛍袋《ほたるぶくろ》が朝露に濡れ、池の傍では擬宝珠《ぎぼうし》の緑葉が瑞々《みずみず》しい。

どこかで鶏が鳴いている。

昨夜、綱吉は夜も更けてから、小姓もつれずに信子の自室を訪れた。奥女中を通じての前触《さきぶ》れがなかったので、信子は寝化粧もしていなかった。

「良いか」

襖《ふすま》越しにそう問われただけで、胸が一杯になった。

夕方、牧野は詮議の詳細を多く語らなかったので、桂昌院は綱吉の口から事の次第を聞きたがり、傍から離れようとしなかった。尋常でないことが起きたのだ。疲労困憊《こんぱい》しているに違いないであろうに、綱吉は辛抱強く、母の矢継ぎ早の問いにうなずいたり首を横に振ったりしていた。そこで信子は頃合いを見て、先に座敷を退出したのである。

「ああ、おやすみ」

桂昌院は引き留めもしなかった。綱吉も束の間、信子に目を合わせただけだ。側女中も退《さ》がらせて独りになると、我知らず大きな溜息《ためいき》が出た。着替えても、眠気などまるで訪れない。蠟燭《ろうそく》の灯《ひ》を一つ残して、胸に手を当てた。

胸の裡《うち》が騒いで仕方がない。

夫の身に起きたこと、そして我が身のこれからを思うと、得体の知れない不安も打ち寄せてくる。家綱公の御身を思えば、桂昌院のようにただ慶事であると喜ぶのもためらわれた。

十六年前、寛文四年に京の生家を出た折は、未知の世界への意欲に溢れていた。物心ついた頃からいつも遠くを見晴るかしたい性分だった信子は、葦《あし》の生《お》う東国へ下る恐ろしさよりも興味の方が遥かに強かった。

しっかりとせねば。

己にそう言い聞かせても、何もかもが取り紛れて気持ちの置き所が見つからない。そこに夫が訪れたのだ。その声を耳にしただけで、総身に安堵が広がるのがわかった。

綱吉は手に、三尺ほどの漆筒《うるしづつ》を携えていた。

「そちに見せてやりたいと思うての」

燭台《しょくだい》の横に坐した綱吉は筒から紙を取り出す。信子はその場に移って、面前に広げられたものに眼差しを落とした。水墨の鶏画《けいが》で、鶏冠《とさか》と嘴《くちばし》の下だけに朱を使ってある。かつては霊鳥であった鶏らしい、力強さの漲《みなぎ》る筆致だ。

「兄上から賜った」

綱吉は平時の「公方様」を使わず、「兄上」と呼んだ。

綱吉は将軍後嗣の指名を受けた後、病床にある家綱公を見舞ったようだった。その際、この鶏画を下賜《かし》されたのだと言った。病弱であった家綱公は政の中枢から離れると、茶の湯や絵画に親しんだ。ことに鶏画を好んで描くことは、信子も知っている。綱吉も絵を描くからだ。

「ご病状は、いかがであらしゃいましょうや」

信子は最も気になるそのことを、ようやく訊ねた。綱吉は鶏画を眺めながら、小さく頭《かぶり》を振った。

「ここでしか口にできぬことであるが、医者は秋までお保《も》ちになるかどうかと申していた」

「そんな。信じられませぬ」

「だが代継を決めて安堵されたのであろう、声はお強かった。秋には快癒されて、酒湯《ささゆ》を使われるやもしれぬ」

「ええ、さようです。さようですとも」

もう、いけぬのだ。

そう察しながら、繰り返した。

すると綱吉が、ふいに顔を上げた。

「のう」

「はい」

「鶏が先か、卵が先か。いかに考える」

綱吉はこんなふうに時折、信子に論を挑んでくることがあった。それにしても、かような夜にと、夫の顔を見返す。

何とも、綱吉らしいのだ。絵筆を持てば几帳面《きちようめん》なほど細心で、身ごなしはいつも舞うように優美だ。今では、公家の風雅にも深く通じている。ところが、作法不心得や勤め怠慢の家臣には容赦がないところも併せ持っていた。大酒を呑んで出入《でいり》沙汰を起こした者には即刻、切腹を申しつけるほど、峻厳《しゅんげん》だ。

そしていざとなれば、気宇《きう》が幾層倍も大きくなることがある。今、この時もそうだと信子は思った。

「ほんに、御前はお珍しい御方であらしゃいますなあ」

「信子。面《おもて》がやっと晴れたの」

やはり我が心を案じてくれていたのだと悟り、胸の裡が瞬いた。夫の気持ちが嬉しくて、仕掛けてきた論の向こうを張る。

「むろん、卵が先にござりましょう。鶏さんは、卵から生まれはるんですから」

すると綱吉はすぐさま「いいや」と、唇の端を上げた。

「鶏が先であろう」

「おや。御前らしゅうもござりませぬ。鶏が突如、この世に現れたとお信じですか」

「ある日、空から下り、人に寄り添って生きることを決意した鳥がいた。飛ぶことをやめたその鳥が、鶏の父祖だ」

「では、その鳥が孵《かえ》った卵が先になりましょう」

「いや、その卵はただの鳥の卵ゆえ、鶏の祖とは言えぬ」

互いに一歩も譲らず、朝まで延々と論を続けるかと思われた。

本当は、打ち合わせておくべきことが山とある。信子は夫を見送った後、この神田屋敷を守らねばならないのだ。いかなる経緯で後継に指名されたのかも、聞かされていないままだ。

灯の下で、家綱公の鶏画が静かに佇《たたず》んでいた。

墨の濃淡で描かれた鶏は、ひどく遠くを眺めているような気がした。

この鶏は、かつて父祖が思いのままに飛んだ空を思い出そうとしているのだろうか。

それとも、大空を取り戻そうとでも。

ふいに肩を抱き寄せられて、信子はその胸に頰を埋《うず》めた。

背後に気配がして振り向くと、綱吉が広縁に出てきた。

信子の横に立った綱吉は新しい陽《ひ》を受けて、少し眩しそうに目を細めている。

「やはり、鶏が先だ」

そう呟いた。

二人並んで、五月の朝空を見上げた。

二

夏が瞬く間に通り過ぎた。今日はもう七月九日、初秋である。

二月《ふたつき》前の五月七日、二之丸に向けて出立する綱吉を見送って以来、信子は一度も顔を合わせていない。

夫は江戸城に吸い込まれたかのごとく、信子の前から姿を消した。

馬老は出立前に信子の許を訪れ、こう言い置いた。

「御前は本日のうちに御一門や諸侯から将軍後嗣としての礼を受けられた後、本丸にて大樹様より御盃と正宗《まさむね》の刀、国光《くにみつ》の脇差《わきざし》を賜りまする」

と同時に、禁裏からは権大納言《ごんのだいなごん》に任じられるとのことだ。

「御代継が住まわれる御殿は西之丸でござりますので、御用意が整い次第、御簾中《ごれんちゆう》様にもお移りいただくことになります」

簾中とは将軍世子《せいし》や大名御三家の正室の呼称で、信子を指していた。むろん信子と共に、側室である伝も西之丸に入る。

ところがその翌日の八日、申上刻《さるのじようこく》に家綱公が薨去したのである。綱吉の五代将軍就任がこれによって確定し、西之丸入りも中止となった。

以来、「大納言様」と呼称が変わった綱吉は、五十日の喪に服している。

馬老は激務の最中を縫って、時折、信子に消息を寄越した。

二之丸に戻った綱吉は襟を正して坐し、園庭にも出ず、ひたすら斎戒をして沈黙し続けているという。とくに薨去直後は二度の食事に箸《はし》もつけず、周囲と言葉を交わすのも厭《いと》う。ただし五月の末近くになって「ようやく召し上がるようになったゆえ、ご安堵くだされ」と、馬老は知らせてきた。

――厳有院《げんゆういん》様を見送られた悲哀ゆえ憔悴《しょうすい》され、御膳を召し上がらぬとの見方が大方《おおかた》に候えども、拙者は異見を抱き候。大納言様におかれては、ただ身を律して喪に服されておられるが故の御事と拝し奉り候。

馬老の推察に信子も同感であった。心はもはや、「公《おおやけ》」の人であるのだ。

将軍職に就く者としては、徹底して死の穢れを祓《はろ》うておかねばならない。災いは我が身一つが受くるにあらず。天下に及ぶものぞ、と。

これは武家というよりもむしろ、京の禁裏や神道における習俗だ。帝《みかど》はあくまでも清浄なるがゆえに「聖」であり「生《しょう》」であるので、血や死は穢れとして排する。ゆえに公家では近親者に死者が出ると身を慎み、屋敷内に籠《こも》って長い喪に服するのだ。儒教においても、しきたり通りに服喪することが礼《れい》の基本であるとされている。

喪に服して四十七日が過ぎた日には水戸藩の光圀公が登城し、精進落としを強く勧めたようだ。綱吉は首肯しなかった。その翌日には、酒井大老と老中らも「四十九日の中陰《ちゅういん》を迎える明日に、ぜひとも忌明けを」と言上《ごんじょう》したが、綱吉はそれにも我が意を通した。

精進落としを行なったのは六月二十九日で、諸大名から肴《さかな》が献上され、公の呼称が

「大納言様」から「上様」に変わった。六月晦日《みそか》には家綱公の遺物を分け与え、七月に入ってからは先祖の廟《びょう》に参詣するなどの行事を粛々とこなしているらしい。

そして明日、十日、綱吉は二之丸から本丸に移る。信子もしかりで、伝と鶴、奥女中らをつれて平川口《ひらかわぐち》から本丸の大奥に入るようにとの達しを受けていた。

だが、二歳の徳松だけはこの神田屋敷に留まらねばならない。亡き家綱公の側室の中に、まだ懐妊の有無が明らかでない者がいるゆえだ。

この儀について、綱吉は老中にこう命じたようだ。

「懐妊している者がいた場合、しかも男子を儲けた暁にはその御子が次の将軍世子となる。余はあくまでも中継ぎとして将軍職を預かる者であるゆえ、正流の後嗣が誕生されれば早々に譲位する。大奥の者らを決して粗略に扱うことなきよう、意を配るように」

奥女中は将軍の御手がついただけでは側室になれぬもので、懐妊して初めて側室に引き上げられるしきたりであるらしい。ゆえに幾度、御手がついても懐妊が不明である限りは、他の者と同様に女中勤めを続けるという。

そして男児が誕生しなければ、綱吉の嫡男である徳松は将軍世子として扱われる。それまでは館林藩の所領と家臣団を受け継いだ者として、この屋敷に残らねばならない。

「御台《みだい》所様」

振り返ると、声の主は桂昌院だった。信子の部屋にするりと入り、斜向《はすむ》かいに坐した。

「また、さようなお戯れを。まだ宣下が済んでおりませぬものを」

征夷大将軍の宣下が下って初めて綱吉は「公方」となり、信子は「御台所《みだいどころ》」となる。今はまだその呼称は用いられない身の上だ。しかし桂昌院は無邪気にはしゃぎ、江戸城に入る日を指折り数えて待つ。

「ああ、待ち遠しおすな。早《はよ》う、御城から迎えが来ぬものか」

逸《はや》る気持ちを信子と分かち合いたがり、こうして日に何度も訪れるのだ。

本来であれば、桂昌院は白山の屋敷に留め置かれるはずだった。いかに将軍生母といえども、その地位は妻子よりも低い。ところが桂昌院はいかなる手管《てくだ》を使ったのか、城内の三之丸御殿に居住することに相なった。それは格段の計らいで、異例のことだ。が、信子はそのことよりも、煩忙《はんぼう》を極める綱吉に姑の願いが届いた、その運に驚かされていた。

――母は、上様の御傍で暮らしたい。

真っ直ぐに訴えた思いは、見事に我が子に届いたのだ。桂昌院は女遣いを立ててまず馬老に通じたのであろうが、その仕業だけでも奇跡に近いと思われた。ほどなく桂昌院は、この神田屋敷に引き移ってきた。

「案ずることはおません。大奥のことは私が先達《せんだつ》どすよって、何でも頼りにしてくれはったらよろしおす」

桂昌院は豊かな胸の上にぽんと手を置いた。

「よろしゅうお引き回しのほどを願いまする」

頭を下げると、満足げな笑みを泛かべる。

信子は不思議なことに、この姑を厭う気持ちを持ったことがなかった。孝心の厚い綱吉に遠慮してのことではない。そのじつ、好きかと問われれば決してうなずけないし、好きになろうと努めたこともない。むしろ半日、共に過ごすだけで甘い毒に中《あた》ったかのように、躰の芯が疲れる。物言いも行ないも軽薄で、見栄と競い心が強い。

ただ、信子はこの美しい姑と対面すると、亡くなった本理院の面影が過《よぎ》る。本理院は綱吉の父、家光公の正室として鷹司家から輿入れした大叔母、鷹司孝子《たかこ》だ。

徳川家は三代目将軍の御世《みよ》を迎えて、初めて摂家の姫を正室として迎えた。京は御所も公卿《くぎょう》も、関東からの申し入れを無下《むげ》に退けられないほど立ち行かなくなっていた。

むろん公家も武家も、名のある家に生まれたからには周囲の思惑によって縁が決まる。それは孝子にとっても至極、当たり前のことであったろう。が、孝子は御所に入内するのではなく、関東から射られた白羽の矢を呪った。孝子にとって江戸は未開の遠国《おんごく》であり、徳川家への輿入れは都落ちに他ならなかったのだ。

そして家光公も孝子がよほど気に染まなかったのか、御台所の称号を与えなかった。本来であれば本丸御殿の大奥に住まうところを城内の中之丸御殿という屋敷に遠ざけられ、「中之丸殿」と呼ばれて冷遇され続けた。

その境遇は京の鷹司家にも聞こえていて、一家一門の憂鬱の種であった。信子は江戸に下ってまもない頃、叔父に頼まれて孝子を訪ねたことがある。

「あの、関東の猿が」

家光公が薨去して既に十数年が経っていたので、孝子は髪を下ろしていた。それでも亡き夫のことを、そう罵《ののし》ったのである。信子には至って柔和な大叔母であったが、眦《まなじり》が引き攣《つ》れ、鋭い糸切り歯が剝《む》き出しになっていた。

信子はその醜さを忘れることができない。六条御息所《ろくじょうのみやすどころ》のごとき切なさも、般若《はんにゃ》のごとき凄《すご》みもなく、ただ、手負いの獣のように唸っていたのだ。空恐ろしくなって、背筋が震えた。

そして家光公はこの御方を寵愛《ちょうあい》したのだと、信子は目の前の姑にまなざしを戻す。

信子から見ても才に溢れ、典雅極まりなかった孝子を忌み嫌い、いずこの生まれとも知れぬ下賤《げせん》の女を愛《め》でた。

——父上は己に学問がないことを恥じておられた。

いつの頃だったか、綱吉は信子に一度だけ打ち明けたことがある。自らが学問に励むようになった契機は、それが亡き父の命であったのだ、と。

武辺に優れた家光公は幼時より書に親しむことがなく、読み書きとなると苛立って側衆に手を上げたという。そして生母であるお江《ごう》の方《かた》は、聡明で知られた弟御、忠長《ただなが》公を偏愛した。

それを聞いた時、腑《ふ》に落ちるものがあったのだ。

家光公は孝子が身に備えた教養や学問に傷つけられた、そんな出来事があったのではあるまいか。もしかしたら己に冷たかった母御と二重写しになったのかもしれない。そして孝子もまた、摂家の姫としての何かを打ち砕かれた。いかに京から女中を伴って来てはいても、風儀の異なる土地で頼りになるのは夫のみだ。けれど、受け入れてもらえなかった。

信子はそんな想像をした。真偽のほどは確かめようもない。孝子は家光公を悪《あ》しざまに言うだけで、詳《つまび》らかなことは何一つ語らなかった。心情を露わにして笑ったり怒ったりする桂昌院とは、何もかもが異なっていた。

唯一の慰めは、四代将軍となった家綱公が本理院を義母として遇し、本理院自身もそれを歓《よろこ》んでいたことだ。

ただ、本理院の没後、家綱公は喪に服することができなかった。家光公は自らが亡き後、家綱公や綱吉が本理院と養子縁組することを前もって禁じていたからだ。しかも本来であれば将軍と御台所は上野の寛永寺《かんえいじ》か芝の増上寺《ぞうじょうじ》に葬られるのが通例であるにもかかわらず、子女や側室が埋葬される伝通院《でんづういん》に葬られた。夫婦仲の険悪は修復されることがないまま、互いの死後も続いたのだ。

夫からかほどに憎悪されねばならぬ妻とはいったい何であろうと、信子は時々、思うことがある。

不倖《ふしあわ》せになるためだけに大叔母は嫁いできたのか。いや、天下の根本を治めるためには各々の幸不幸など、木々の枝葉よりも些末《さまつ》なことであるのか。

まだ、そのことについてわからぬままである。ただ一つ、気がついたことがある。

桂昌院はまったく、正直なのだ。訊《き》きたいことを訊き、喋《しゃべ》りたいことを喋る。御簾越しに回りくどい言葉を発して後は相手に意を汲《く》ませようなど、端《はな》から考えたことがないに違いない。

もしかしたら誰をも信じずに生きてきたのかもしれぬと、信子はそんなことまで考える。言外に何かを匂わせて我が意を通すなど、相手の賢明を信じていればこそ成り立つやりとりだ。

しかし桂昌院は、欲しいものは欲しい、厭《いや》なことは厭だと口にする。心の綾がほとんどなく、かつて大奥で於玉《おたま》の方と呼ばれたその名のごとく、つるりとしている。そもそも、京から江戸に下ることがなければ、今頃、五条辺りの染物屋の女房に納まっていたかもしれぬ女人だ。

が、この美しい姑は我欲という玉だけを抱いて、途方もない輿の上に乗った。市中ではさっそく、於玉の方の出世を「玉の輿」と呼んでいるらしい。

乱世でもないのにこんなことが起きる。

時として、途方もない運を持った者がこの世を渡る。

だから信子は傍で見てみたいと思う。絵巻物を眺めるかのように、結末までを見届けてみたい。

桂昌院はいつものように左の掌に念珠を巻いているが、信子が目にするのは初めての品だ。翡翠《ひすい》に珊瑚《さんご》、瑠璃《るり》、そして赤瑪瑙《あかめのう》と黄水晶の五色で彩られている。

三

八月二十三日、綱吉は在府のまま将軍宣下を受け、内大臣、征夷大将軍に任ぜられた。

その三日後の今日、「上様」から「公方様」へと呼称が変わった。そして「御台所」となった信子は江戸城本丸に移って以来、半日刻みの儀式や行事をこなし続けている。

大奥を取り締まっているのは年寄《としより》という役職名の女役人であるが、身の回りの世話をする中﨟《ちゅうろう》という専属の女らも大勢いて、次々と異なる者が顔が出す。

信子は日に何度も着物を替えて部屋を移り、挨拶を受けねばならない。

ことに朝の慌ただしさは甚《はなは》だしく、六ツ半に起床してから湯浴みをし、食し、身支度を整えて「総触《そうぶれ》」に出る。総触は中奥で暮らす綱吉を大奥に迎え、御台所である信子や側室、そして御年寄や御中﨟ら上級の奥女中が一斉に揃《そろ》って挨拶をする儀式だ。綱吉は大奥に泊まった夜もいったんは中奥に帰ってから身支度を整え、改めて総触のために大奥を訪れる。

綱吉に仕える奥女中はまた別の年寄が束ねており、その采配の下で百人以上の者らが動く。神田屋敷から連れてきた女中は綱吉付、信子付、そして側室として「於伝《おでん》の方《かた》」と呼ばれるようになった伝付に分散し、それぞれの身分に応じた役職に就いているようだ。

今はその懐かしい者らに目通りを許す暇《いとま》もなく、身近に仕える者らを把握するのがやっとの毎日である。

大奥の決まり、しきたりは覚悟していた以上に煩瑣《はんさ》で、たとえば朝、床の中で目覚めても、起きずにじっとしていなければならない。信子は公卿の出には珍しく、目覚めの良い性質だ。大奥での初めての夜も深く眠って、明け方には目を覚ました。床から抜けて辺りを窺っていると、次之間で不寝番《ねずばん》を務めていた者らが慌てふためいた。

「しばしお待ちを願いまする。今、しばらくそのままに」

後で聞くと、御中﨟らは皆、大奥の中に長局《ながつぼね》という部屋を持っており、そこから出仕してくるようだ。決まった刻限よりも先に御台所が起きて動き出すと、その者らが遅参したことになる。

「御目覚めになっても、およろしゅうございます」

起床の刻を知らせる掛《かかり》の者がその務めを果たせるように、信子は今朝も無闇に広い寝所の中で身じろぎもせず、天井を見つめている。

よくよく考えれば幼い頃から、乳母に諫《いさ》められたものだった。

姫さんにあるまじきお振舞いにございます。もっと、ごゆるりとあそばせ。

公家は夜遅くまで管弦や舞に耽《ふけ》るので、早朝に起きて働いているのは下々の者だけだ。早起きは下賤の仕業だと蔑《さげす》まれる。

けれど信子は朝が好きな子供であった。今日は何が起きるだろうと思うと、床の中でじっとしていられない。御付の者らの目をかい潜《くぐ》って裏庭に出て、蕾《つぼみ》を綻《ほころ》ばせた桃花の数を数えたり、通りを行く飴《あめ》売りの笛や洗濯女らの歌に耳を澄ませた。

新しい光の中に身を置くだけで、胸が躍る心持ちがする。

入輿《にゅうよ》してまもない頃、綱吉にそんな話をしたことがある。綱吉は目を丸くして、面白がった。

「奥が申す通りじゃ。まこと、朝は何もかもが新しい」

二人で朝ぼらけの庭に出て、春や夏、秋や冬の訪れを何度、一緒に寿《ことほ》いだことだろう。風や木々の色が少し変わっただけで、二人は黙って笑みを交わすことができた。

しかし神田屋敷と江戸城での日々は、何もかもが異なっていた。屋敷の中でも表向と奥は座敷が分かれていたが、ここでのそれは広さが異なる。本丸の大奥だけでも神田屋敷の敷地を遥かに超え、さらに幕府の政を行なう表向、綱吉の住まいである中奥がある。江戸城はまさに、武家の棟梁たる豪壮さを誇っていた。

本丸、二之丸、三之丸からなる本城はおよそ九万三千八百坪で、西之丸、紅葉山《もみじやま》、山里の西城は六万八千坪ほど、そして吹上御庭《ふきあげおにわ》は十三万坪を超えると聞いた。

私はこの城でも、今日が待ち遠しいような朝を迎え続けることができるだろうか。

信子はまたも自問して、金張りの格天井《ごうてんじょう》を眺める。

ここ大奥の仕組みは、綱吉の父、家光公の乳母であった春日局が整えたものであるらしい。京の禁裏の作法を取り入れた風儀でありながら、まだ己の役割をよく摑《つか》めない。

綱吉とは朝の総触の後、御小座敷《おこざしき》に移って共に過ごすひとときがある。が、対座した綱吉の心は政の様々に占められていることが手に取るようにわかった。

心がここにあらぬものを無理に引き留めて、それが何になろう。

信子は綱吉が黙っていたい様子の時は静かに相対し、発せられた言葉にのみ短く応えるようにしている。もはや、そんなことしかできぬ身だ。大奥では三十歳で「御褥御免《おしとねごめん》」となるしきたりがあり、信子はちょうどその年齢に当たっていた。

夜の渡りの相手をお務め申すのは側室の伝や、あるいは他の、新たに奉公を始めた御中臈らであった。その報せは必ず信子の許にも届く。

「祝着至極」

綱吉の渡りを報されるつど、そう答える。誰に教えられたわけでもなく、後宮としての役割を知るにつれて自ずと発した言葉だ。中継ぎの将軍とはいえ、後継候補は一人でも多く確保しておかねばならない。いまや、御子ができるかどうかは徳川家のみならず、天下の先行きにかかわる重大事であった。

ただ、自身はもう二度と、夫と共に朝を迎えることはない。

信子は床の中でそのことを思い返す。

まだ仲秋であるというのに、身の裡が冷え冷えとした。

総触が済んで、綱吉が御小座敷へと移ってきた。信子は手をつかえて迎えた。

「公方様におかれましては、本日もご機嫌うるわしゅうお過ごしのことと、拝し奉ります」

手をつかえて迎えの口上を述べると、綱吉は「御台《みだい》所」と声を低めた。面を上げると、綱吉は片頬に苦笑を泛かべている。久しぶりにそんな顔を見たような気がした。

「挨拶は、ご機嫌ようで良い。今後はさようにいたせ」

苦笑いに見えたが、口調には何かを企んでいるような調子がある。

今日は言葉を交わすゆとりが、少しはあるのだろうか。

期待を抑えながら、訊ね返した。

「御所言葉でよろしゅうござりますのか」

綱吉は朝茶を呑み干すと、薄い唇を開いた。

「我が大奥は京と違《ちご》うて、まだ時が経っておらぬ。規律、行儀作法も曖昧なままだ」

それは長らく、御台所が不在であったがゆえでもあっただろう。

先々代の鷹司孝子は御台所としての扱いを受けなかった。そして先代、家綱公の御台所は将軍家が宮家から初めて迎えた浅宮顕子《あさのみやあきこ》であったが、夫妻はやはり不仲で、しかも四年前に薨去している。

「御台所が思うままに、采配を取るが良い。理に合わぬ風儀は改め、新しきは臆せず採り入れよ」

「異例ずくめでござります」

信子も微かに笑みを含めて返せば、綱吉は我が意を得たりとばかりに破顔した。

ひと月前、七月二十一日から三日間をかけて、綱吉は将軍代替わりの祝儀を諸大名から受けた。大名は各々の格に応じて黒書院、白書院、大広間に席を指定されるのだが、この儀式によって新将軍と諸大名は主従のかかわりを結び直すのである。

ところが、かほどに重要な吉礼において綱吉は従来のしきたりを破り、異例の抜擢《ばってき》を行なった。

前例では、綱吉の背後に付く太刀持《たちもち》、刀持《かたなもち》は高家《こうけ》や譜代の大名、あるいはその分家の中から選んできたらしい。太刀や佩刀《はいとう》は何より、武家の証《あかし》たるものだ。その棟梁たる将軍が身辺の警護を誰に任せるかは、誰を信頼するかという意思を諸侯に示すことでもあった。

綱吉が刀持に選んだのは初日も二日目も慣例通り、五千石の大名で官位を持つ近習《きんじゅ》であったが、三日目は館林藩から伴った小姓、曽我助路《そがすけみち》という者で、禄はわずか五百石、むろん官位も持たぬ、極めて格の低い家臣だ。

将軍宣下の大礼も同様で、儀式の先導役は大老である酒井忠清に任じたものの、裾役には新参の老中、堀田正俊を抜擢した。

堀田老中は後嗣を詮議する場において、ただ一人、将軍の弟である綱吉の後継を「正統なる血筋」と主張し、あらかじめ家綱公の御書付さえ頂戴して詮議の流れを変えた大《おお》立者《だてもの》である。一方、主流派である酒井大老は将軍の弟である綱吉、そして甥である綱豊公を排除し、京から宮将軍を迎えて擁立せんとする奇策を立てていた。

だが堀田は家綱公自身の書付を得ることで、主流派を封じ込めたのだ。家綱公の意志を付度《そんたく》せずに政を動かしてきた酒井大老も、御三家大名を前にしての後継指名には抗い切れなかったらしい。

「信子、三之丸に参るが同行せぬか」

夫に久しぶりにその名を呼ばれて、にわかに心がほどけるような思いがした。

三之丸には綱吉の生母である桂昌院が暮らしており、その機嫌伺いに誘われたのだ。ただそれだけのことが、わけもなく嬉しかった。

「お伴いたします」


ところが綱吉は三之丸のある東に向かわず、本丸西桔橋《にしはねばし》御門を出た。

神田屋敷から共に江戸城に入った小姓、柳沢保明の顔も見えたが、すでに綱吉の意を受けているらしく、いつもの怜悧な顔つきを崩していない。ただ、三十人はいる供の者らのうち数人が西方へと走り出した。

「吹上に寄って参ろう」

綱吉は信子を振り向いて、そう言った。信子にも女中らが付き従い、日傘を差し掛けている。その者らが一斉に華やいだ息を洩らすのがわかった。

吹上御庭は江戸城の西方にあって、開府当初は御三家の屋敷があった地だと聞いたことがある。が、明暦に見舞われた大火後は火除地とされ、徐々に庭園が築かれた。その庭を散策できるとあって、女中らは胸の裡が広がる思いなのであろうと、信子は察した。

信子に付いている女中は皆、旗本の娘らであるが、「一生奉公」を誓い、生涯、清い身のまま殿中で勤める者らだ。薄暗い大奥の中でただひたすら、主である信子や上司である年寄の気を窺って働いている。その鬱屈が自身にも移るのか、信子もまたいろんな思いが裡に籠っていく。

濠《ほり》に架かった橋を渡り、吹上矢来門《やらいもん》を潜ると、供の者が先に報せたのか、警護の侍が幾重にも並んで蹲踞《そんきょ》していた。

綱吉の後ろ姿から目を離さぬようにして、秋空の下を進む。右手は緑の濃い林で、所々が黄や赤に色を変じ始めていた。左手には天を突くほど背丈のある松林が続く。花畠では萩や桔梗《ききょう》、薄《すすき》が揺れ、鳥小屋からはさまざまな鳴き声が風に乗って運ばれてくる。やがて萱《かや》や蒲《がま》が周囲を縁取る大池の傍《はた》に出た。秋の陽射しを受けて水面は鏡のごとく照り、水草の匂いが立つ。綱吉の羽織の、葵《あおい》の背紋も光る。丸に三つ葉葵だ。

こうして背後から見ていると、綱吉はつくづくと小柄であることがわかる。警護の者らは偉丈夫であるので、綱吉よりも頭が二つ分も上背《うわぜい》のある者が多い。が、所作が美しいせいか、綱吉の肩や背中は誰よりも強い光を帯びているように信子には見えた。

やがて芝を敷き詰めた馬場に出た。

綱吉は馬に乗るよりも、その姿を絵に描くことを好む。神田屋敷では多くの書画を手掛けていたが、実のところ、書の才に恵まれているとは言えなかった。信子はむろんそれを口に出すことはなかったが、文字は几帳面に過ぎ、雄渾《ゆうこん》さに乏しい。ところが絵は素晴らしかった。墨の濃淡や筆運びは言うに及ばず、色の挿《さ》し方にも独特の美感を持っていた。長兄である家綱公、三兄である綱重公も絵に優れていたので、これは血筋であるのかもしれない。

もしやここで絵筆を持つのかと推したが、綱吉は馬場を見向きもせずに先へと進んだ。と、足を止める。木々に包まれた祠《ほこら》のようなものの前だ。

「これよりは人払いじゃ」

綱吉はそう命じ、信子だけを招いた。小姓の保明が傍に寄って来て、信子を祠の内へと案内する。たとえ人払いであっても保明はその埒外《らちがい》にあり、まるで影のように主に寄り添う、そんな慣いが主従の間でできているようだった。

秋陽の中を歩いてきた目には暗闇に思えて、我知らず手を前に差し出した。するとその手を取られた。

「足許に気をつけよ。ここから段梯子《だんばしご》だ」

夫の声だった。

手を引かれてそろりと足を踏み出し、右手で上掛《うちかけ》の裾をしかと握り締める。身を上へ、上へと運ぶと、梯子段の木目がはっきりと見えるようになり、光と風も強くなる。

やがて、十二畳ほどの物見櫓《ものみやぐら》に出た。

「ここが上覧所《じょうらん》ぞ」

綱吉が言うには、天守台のように警護の武士が見張りに立つための櫓ではなく、将軍が府内の景色や祭を観るための場であるらしい。四方に腰ほどの高さの壁が巡っているが、その隅には朱塗りの柱が立ち、網代《あじろ》の屋根が掛けられている。

それにしても何と広い景色であることだろう。城内はもとより、大名屋敷や市中の家々、大川が注ぐ江戸湾、品川《しながわ》沖まで見渡すことができる。

「まるで、空の中にいるようでござります」

信子はそう呟いたまま、西方の景色に見入った。

青く若々しい富士の山があった。

「信子」

呼ばれてかたわらの夫を見た。その横顔は、富士に眼差しを向けたままだ。

「余は、生まれながらの将軍ではない」

しばし迷い、「はい」とうなずく。

「これは常にあらざることだ」

信子は再び、「はい」と真率《しんそつ》に応えた。

先君までは、天下人の地位を受禅《じゅぜん》されてきたのである。これを常とすれば、先君に後嗣がなかったことで偶々《たまたま》、天下を譲り受けた綱吉は「非常」、すなわち尋常でないと言いたいのだろう。

「であればこそ、余は先君までの例には従わぬ」

声が強くなった。

「たとえ異例だと指弾されようとも、まずは将軍の権威を取り戻すが先決だ」

それはもう、とうに気づいていたことだ。喪の服し方から大礼への臨み方まで、綱吉はすべてを自らの判断で行なっている。

そして桂昌院の江戸城入りの際にも、異例が起きた。老中らが桂昌院に挨拶をしに参上した日のことだ。酒井大老がまず前に進んで祝辞を述べようとしたところを綱吉は差し止め、堀田正俊を先にと促したのである。

信子が知る綱吉は元来、礼法に厳しい。にもかかわらず、次々と先例を破っている。意のままにはならぬ公方である。

自らの考えで以て、立つ将軍ぞ。

それを幕閣のみならず、天下に示そうとしているのだろうか。

「この仕方は敵を作ろう。それは承知の上で、向後も我が意を通す」

綱吉は顔を動かして、真正面から目を据えてきた。

「信子は、余を信じられるか」

この御方こそが玉の輿に乗ってしまったのだと、思った。

天下を統《す》べる将軍として、この先、いかなる荒波を乗り越えねばならぬことか。

なればこそ、私も共に漕《こ》ぎ出そう。

信子はわざと眉根を寄せた。

「愚問にござりましょう」

綱吉は呆《あき》れたように顎を上げ、またも目許を引き締める。

「これから何を致すか、わからぬぞ。そなたを巻き込むやもしれぬ」

「とうに巻き込まれておりまする」

綱吉が低い声で笑った。

富士が浮かぶ秋空の中で、二羽の鷹が悠々と翼を広げた。

三　武装解除せよ

一

早乙女《さおとめ》の田植え唄を思い出して、綱吉は文書から目を離した。経 机《きようづくえ》ほど小振りな文机《ふづくえ》の前に坐り、その巻紙を手に取った途端、遠くで響いたような気がしたのだ。

水を張った田の中に村の娘らが入り、細く高く唄いながら稲苗を植えていた。藍の手甲《てつこう》、脚絆《きやはん》に、襷《たすき》だけが赤い。

川沿いでは男らが、若者や年寄りが牛や馬をつれて浅瀬に入っていた。腹や脚に水をかけては手で広げ、丁寧に藁束《わらたば》で洗う。牛馬も人の手が心地よいのだろうか、時折、目を細めては空を仰いでいる。そのかたわらでは赤子を背負った子供が屈《かが》んで、黄毛の犬と遊んでいた。水の匂いが清かった。

あれから何年経つのだろうと、綱吉は巻紙を文机の上に置き直す。

信子との縁組が決まった年であるから、寛文三年であったか。そうだ、日光に社参したその帰途、皐月《さつき》の初め頃に所領地に入った。当時、十八歳であったから、もう十七年になる。

ここは江戸城中奥の内で最も北西に配された、用之間《ようのま》と呼ばれる小部屋である。わずか四畳半に過ぎないこの小間だけが、綱吉が独りになれる場所だ。

もはや公方たる身であるので、常に誰かが近侍しているのである。朝、寝所で目を覚ませばすでに小姓と小納戸役が隣室に控えており、その介添えで身支度を行なう。洗顔に用いるのは三つ葉葵紋が金泥で象嵌《ぞうがん》された銀盆だ。

奥医師の診立てを受けた後、御小座敷で膳の前に坐る。朝膳はいつも粥《かゆ》と香の物のみで、それで充分だ。綱吉は酒食に溺《おぼ》れる者を侮蔑《ぶべつ》している。まして、鳥獣肉の類は躰が受けつけない。

御髪番《おぐしばん》の小姓は綱吉が箸を動かしている最中に髪を梳《す》き、髷を結い、髭と月代《さかやき》をあたる。

信子に聞けば大奥も同様のしきたりであるらしく、慌ただしきことこの上ない。信子には悪しき慣いはいかようにも改めさせよと告げてあるのだが、先例に従うことに本人はさほど苦を感じていないようだ。根が鷹揚《おうよう》であるためか、それとも旧習の多い公家の出であるからなのか。

いや、おそらく、江戸城の風儀にまずは己を慣れさせているのだろう。綱吉も自身にかかわる事どもは二の次で、山積した政務に取り組むことに専心していた。

兄、家綱公が病に臥して後、将軍後嗣の決定が天下の緊要事となった。その詮議を終えるや否や、兄は薨去したのだ。綱吉は幕府の政が停滞するのも承知で、五十日もの間、喪に服した。周囲からは一日も早い忌明けを求められたが、断固たる態度でもって意を曲げなかった。

大名諸侯が参集する葬儀、そして法要を滞りなく執り行なうには施主としての判断を常に迫られるであろうし、それが済めば征夷大将軍就任の行事が待っている。

これから、いかなる政を行なうか。

その想を練るのは喪中の間を措いて他にないと、直感していた。果たして、読みの通りであった。

朝膳の後は、仏間に入る。歴代将軍の位牌《いはい》に香を手向け、誦経《ずきょう》するのである。朝の勤めのうちで最も重んじるべき時間であり、綱吉は粛として父祖、兄を供養する。

その後、大奥に渡って総触《そうぶれ》を行ない、中奥に戻って着物を替える。午後は泉水の庭に面した御座之間《ござのま》に移り、将軍としての政務を執り行なう。

幕政の実務を担うのは町奉行や遠国奉行らの吏僚《りりょう》で、彼らが上申してきた案件、問い合わせを諸役、そして老中らが諮問《しもん》、その見解について将軍の意を仰ぐという仕組みだ。老中が読み上げる案件を綱吉は一件ごと聴取し、判断し、決裁していく。これらがまた老中らを通じて下達される。

この執務は早い時で日暮れ、場合によっては深夜にも及ぶ。得心の行く回答には「諾」を下すが、場合によっては再度の詮議を命じて差し戻さねばならない。

覚悟していた以上の激務である。

幼い頃から病がちであった兄がやがて政を幕閣に任せ、好きな書画で日々を過ごすようになったのもつくづくと腑に落ちる。兄は晩年、重大な政策検討さえも周囲の思惑に従い、すべてに「さようせい」と任せてきた。将軍が政の中枢から一歩も二歩も退いたことによって、幕閣と諸役人は政治力を磨く格好になったのだ。

今や、誰が公方の座に就こうと、天下は営々と動く。が、その分、公方の権威は傾いた。大老、酒井忠清の僭越《せんえつ》が過ぎるのも、長年、我こそが幕府を支えてきたという自負が並々ならぬからだろう。

そして兄は病床で、綱吉にこう命じた。

――強き将軍に成りて、天下を束ねよ。

――泰平の世を。

服喪の間、香華《こうげ》の揺らぐ中で端坐し、その二言をひたすら胸の裡で唱えていた。兄の遺志を継ぐには何を為《な》すべきか。何から着手し、いかに進めるべきか。想を練りながら、自らの考えによってのみ決裁すると決めた。

いずれにしても、余は中継ぎの将軍だ。三兄、綱重の嗣子である甲府宰相、綱豊にその座を渡すまで幕府の陣容を正し、将軍の力を取り戻しておかねばならない。

「それは、前例がございませぬ」

大老、酒井は事あるごとに非を鳴らし、綱吉を牽制《けんせい》にかかる。将軍が自らの考えで動こうとするだけで己の勢力が減ずるのではないか、己の治績を否定されるのではないかと疑うのだろう。

どうせ異例の相続をしたのだ。いまさら前例に囚《とら》われる必要もない。独断専行すると、綱吉は決めた。

そして先月、八月五日、中奥の御座之間に老中、堀田正俊ただ一人を召し出した。まだ将軍宣下を受ける前のことだ。

「畏れながら、御領の民百姓を検分致すのでございますか」

秋虫がすだく季節だというのに、肥り肉の堀田は蟀谷《こめかみ》に汗粒を光らせている。

一見、鈍重にさえ見えるこの風貌が、周囲に「新参よ」と軽く見られてきた理由の一つだろう。堀田はそれを逆手に取って、酒井らを存分に油断させたのではないか。でなければ病床にあった家綱公の許に侍り、後継にかかわる重要な書付を貰い受けられるわけがない。

鼻が詰まったような声を出すこの男は、見目よりも遥かに頭が鋭いのである。胆力もある。

「さよう。生計《たつき》が立っておるか、安寧に暮らせておるかを内密に検分いたし、報告せよ」

「民、百姓の実状をお知りになりたい、と」

堀田は語尾を咽喉の奥に押し返すようにして、眼差しを欄間《らんま》の彼方にやった。ややあって、何かに思い当たったような顔をした。

「仰《おお》せの通り、幕府の勘定は難渋を極めておりまする。ことに延宝に入りましてからは毎年のごとく地揺れ、津波、大風雨にも見舞われておりますゆえ、凶作、飢饉が続き、御領地の年貢徴収は甚だ厳しゅうございまする」

堀田は綱吉の意図を、幕府歳入の低下を顧慮してのことと解したようだ。実際、天守台の西方、馬場の下堀際に四棟ある金蔵の保有高は二百万両にも満たない。幕府財政は将軍の権威と共に傾き、衰弱している。

だが、綱吉の意図は其処《そこ》のみにあるわけではなかった。

「追って沙汰を致すが、その方は民および財、この二つの政を分掌《ぶんしょう》いたせ」

「民と財にございますか」と、堀田は大きく目を剝いた。予測していた通りの反応だ。

「有難き倖せ」と作法通りに礼を述べはしたが、戸惑いを隠さない。

従来、民政と財政を専らに扱う老中は存在しないのである。

「しばし、ご猶予を」

堀田はそう断って、両の肩を大きく開いた。肘を張り、拳を腿《もも》の上に置き直している。蟀谷に浮かんでいた汗粒がしずくになって、耳の際を流れ落ちる。それを拭《ぬぐ》いもせずに、綱吉の意図を己なりに捉えようとしているのがわかる。

「なるほど。財を建て直すには、まず民でござりまするな。百姓の実状を念頭に置かねば、財政のいかなる策も空疎と化しまする」

その汗を見ながら、堀田を信じてみることにした。

堀田は権勢欲を持って、傍流である綱吉を将軍の座に就けようと図った男だ。それを多として重用するほど、此方《こちら》は甘くない。そもそも、将軍になるなど望んでもいなかったことだ。

ただ、綱吉は幕政に参加させられる子飼いの家臣を持っていなかった。館林藩主時代から仕えてきた牧野家老がその適任であることは間違いないのだが、幕閣に入れるには官位を得、禄高も上げねばならず、その手続きには時がかかる。

しかも牧野には幕政の経験がない。たかだか二十五万石の藩政と幕府の政とでは、規模も複雑さも天と地ほど異なるのだ。諸方に睨《にら》みが利き、かつ綱吉の手足となって動ける腹心が今の幕閣の中でどうしても一人、まずは一人が必要であった。

そこで堀田に投げ掛けてみたのである。民政と財政、この二つを任せると命じればいかなる様子を示すのか、試してみた。

己に与えられた任の中身を慮《おもんぱか》ることもせず、懐に転がり込んだ物を唯々諾々《いいだくだく》と受け取る男であれば、ここで見切るつもりだった。まだ内示であるゆえ、正式な沙汰にさえしなければそれで済む。即座に次の腹心候補を探す心算だった。

「百姓之儀は、代々、地場の代官が管掌にござりますれば、公儀が検分を入れるは初となりまするな」

「いかにも。補佐として勘定頭《かんじょうがしら》数名をそちに付けよう」

すると堀田がつと眉を上げ、肥った半身を乗り出した。

「代官から着手されまするか」

「ゆえに、内密にと申した。助力致す気になったか」

「恐れ入りましてござりまする。この堀田、百姓之儀の大任、大死一番《たいしいちばん》の覚悟にて務めさせていただきまする」

綱吉の射た弓が的に命中したのか、堀田は目の奥を炯々《けいけい》と光らせた。

堀田は速かった。

御領地の現状を調べ、文書にまとめて上げてきたのは昨夜、閏《うるう》八月に入ってまもなくのことだ。綱吉が命じてからおよそひと月だ。

そして綱吉は昼前の、ほんの一刻ほど思うままに使える時を利用して、狭小な用之間に入っている。

常に傍に付き従う柳沢保明さえ、隣室の楓《かえで》之間に控えさせている。保明は館林藩の家中から幕臣としたが、近いうちに正式に小納戸役に任じるつもりだ。小納戸役はこの中奥で公方たる綱吉に近侍し、日常の細務に従事する役職である。

文書に目を走らせるうち、青々として波打っていた早苗田《さなえだ》の風景が歪んで色を失った。思わず、呻き声が漏れる。百姓の困窮、衰微は推量を遥かに超えていた。

己が丹精した米の一粒も口に入れることかなわず、子は老いた親を野に捨て、娘を売り、母は産んだばかりの赤子を土中に埋めている。田畑で悠々と働いていた牛馬らはとうに姿を消し、犬も喰《く》い尽くされていた。

むろん、飢饉の折には御領に限らず、諸国でかほどの惨状を呈することは綱吉も承知している。

が、この数年、江戸では捨子が跡を絶たぬのだ。

寛文以降、江戸の町人の力は増している。幕府は度々、町人の奢侈《しゃし》を禁じてきたが、京、大坂の商人が景気は徐々に江戸にも波及し、今では絹を身につける者も少なくない。にもかかわらず親は子を捨て、乞食《こつじき》となって江戸を流浪している。

綱吉はその光景を、館林藩主時代にしばしば市中で見てきた。

もしや、百姓らが田畑を捨てて江戸に入って来ているのではないか。

そう考えて、堀田に代官らの勤めぶりを調べさせたのだ。

幕府は元来、土地の古い有力者に代官職を世襲させ、年貢徴収を一任してきた。いざ戦ともなれば、百姓の二男、三男は出陣させることになる。槍刀を持つ侍だけが戦に出るのではなく、軍馬の足場が悪ければ土嚢《どのう》を積ませ、銃に籠める弾も運ばせねばならない。村々の男を召し出すためにも、幕府はその土地を仕切る者に面目と権益を与える必要があった。

代官の中には開府以前からの名門もある。だがその権益のみを享受し、百姓には暴政を揮う者がいた。

飢えや寒さで苦しむ百姓を一顧だにせず、己が屋敷の普請や衣食に奢《おご》る。何の咎《とが》もない民を野遊びで斬り捨て、娘を気の向くままに凌辱《りようじよく》する。百姓同士の水争いや揉《も》め事においても正しい裁きを下さず、賂《まいない》を取って裁決を左右し、しかも年貢徴収に不正の疑があった。幕府には凶作を隠れ蓑にして実際よりも少なく、あるいは未納としている領地さえある。

だが堀田の調べでは、ほとんどの百姓は年貢を納めていた。代官に逆らっては、その地で生きていけないからだ。

が、それは生きていると言えるのか。

身内を養うことがかなわず、自身も草肥《くさごえ》を喰らうだけで鍬《くわ》を持たねばならない。若女房の腹が膨らんでも、一家で嘆息せねばならない。そして多くの田畑や野山も、荒廃を極めていた。

ようやく戦のない世が到来したと民は安堵したであろうに、かような悪政に苦しめられていたのだ。民百姓の嘆きが書面から湧いてくるようで、綱吉は拳を握り締めた。

ただでは置かぬ。

筆を執り、疎漏のあった者らへの処分を記していく。

長年、代官職の地位にあった名家は幕閣と交誼があり、縁が深いことは堀田から聞いていた。しかし容赦はしない。改易《かいえき》、流罪《るざい》、免職、そして圧政甚だしき者には切腹を申しつける儀を即断した。処分が厳し過ぎると老中らは難色を示すだろうが、手心を加えるつもりはない。

綱吉はすでに、乱心を起こした大名を切腹に処していた。

鳥羽城主である内藤和泉守忠勝《ないとういずみのかみただかつ》が、かりにも前《さき》の将軍、家綱公の法要を行なっている最中の増上寺で刃傷《にんじょう》沙汰を起こしたのだ。相手は宮津城主、永井信濃守尚長《ながいしなののかみなおなが》で、内藤和泉守はいかなる存念があってか、永井信濃守を刺殺した。内藤の存念の詳細は不明であったし、家臣らの申し開きは聞くに及ばなかった。

綱吉はあの六月二十六日を思い返すだけで、黒々と嫌悪を覚える。

先君の法要を血で穢した内藤和泉守を綱吉は許さず、翌日、切腹、三万三千余石の所領を没収処分とした。殺された永井信濃守には嗣子がなく、此方も七万三千余石の所領を没収した。ただ一人の短慮によって、城持ちであった内藤家、永井家の両家が断絶したのである。

だが御領地の百姓らの窮状は代官の暴虐のみならず、それを放置してきた幕府にも責《せき》がある。

かほどの非道を見逃しておいて、何が政ぞ。

代官の処分を決めながら、肚《はら》の内で幕閣らを罵倒《ばとう》し続けた。怒りに任せて書く文字は筆勢が鋭く、右肩上がりになる。

法令だ。代官の服務規定を発布して、まずは規律を正さねばならぬ。その責務を明らかにし、不届きがあらば厳しく処分することを天下に知らしめねばならぬ。

ようやく手を止め、息を吐いた。再び背を立て、筆を走らせる。泛かぶままに文言を記していく。

代官は厳正な年貢徴収を遂行せよ。年貢未納たる事態に至らぬよう、平素から心得よ。

百姓同士の争いごとにおいては、正しく裁きをせよ。身を慎み、支配所の修復普請に努めよ。

代官たるもの、仁政に専心いたせ。

その地の父として、民を慈しむ者であれ。

やがて、「七カ条の令」を発布しようと着想した。民と財を専らにする堀田の名で発布させる。それによって、幕府が直々に民政に乗り出したことを告知できよう。為政者には賞罰厳明を、民には仁政を知らしめる。

再び、あの田植え唄に耳を澄ませた。田に張られた水が皐月の風を受けて波を立て、光を散らす。畦道《あぜみち》で子供らが遊ぶ。

綱吉は筆に墨を含ませ、令の第一条を書いた。

民は国の本《もと》也。

二

延宝九年六月二十一日、本丸表向の大広間で詮議が始まった。

綱吉が坐しているのは中段之間で、一段低い下段之間には尾張、紀伊、水戸の御三家大名、そして甲府宰相、綱豊がいる。むろん幕閣と国持《くにもち》大名、譜代大名が列席し、詮議を受ける高田藩の当事者は二之間、三之間に控えている。今は誰もが揃って平伏しているので、それぞれの位階に応じた数百もの装束が魚の鱗《うろこ》のごとくだ。

巻き上げた御簾の手前には縁頬《えんがわ》が続き、諸役人が居並んでいる。その向こうの練塀《ねりべい》際は黒松のみが整然と植えられた景で、晩夏の朝の陽射しが降り注いでいる。どこかで蟬《せみ》が鳴いている。

「面を上げよ」

許しを発すると鱗が泳ぐように動き、身を起こして居ずまいを正した。その面々の中に、この騒動の当事者の一人ともいえる大老、酒井忠清はいない。

綱吉は昨年十二月、酒井を罷免したのである。

酒井にとっては奇襲とも思える仕儀だったのだろう。顔色を失い、月代までが紙のように白くなっていた。

酒井は老中職に就いて二十八年、大老職も十五年ほどになるはずだ。兄、家綱公が幼少の折には当時の後見職にあった保科正之をよく補佐し、「諸国山川掟《しょこくさんせんおきて》」や「殉死禁止令」の制定に尽力した。その功績を綱吉は知っている。いや、認めている。

しかし綱吉兄弟の叔父である保科が逝去し、他の老中らも死去、あるいは隠退すると、酒井に権力が集中した。

綱吉の嫡子、徳松が西之丸に移る際にも公然と異を唱え、その言は綱吉の母、桂昌院の耳にも入ったほどだ。

「御大老は昔から大層、立派な御方やと聞いておりましたけど、ご自分を何様やと思うておいやすのか。公方様の御子が同じ城内に住むのを、家臣の分際でようも反対するものや」

たっぷりとした白い頬や顎を揺らしながら、眉を弓形《ゆみなり》にしていた。桂昌院は、将軍継承がいかほど難しい政争であるかを、信子のように理解しようとしない。孫の徳松が可愛さというよりも、桂昌院には我が子、綱吉にかかることのみが一大事であった。綱吉の前を阻む者は皆、敵なのだ。

だが綱吉が酒井の罷免を決めたのは、徳松の江戸城入りに否を申し立てたからではなかった。それは些事《さじ》に過ぎない。

綱吉が公方となった以上、直系である徳松を江戸城に住まわせることで、家中をまずは鎮めるのが先決だったのだ。就任早々、甥である綱豊を養子に迎えて後嗣とすれば、またも争いの火種を投げ込むようなものだ。向後、徳川将軍家では後嗣についての悶着は起こさぬと、御三家、幕閣、そして諸国大名に名実でもって示す必要があった。

酒井に対する綱吉の不信は、政そのものにあった。

御領地における悪政に何らの手を打っていなかったばかりでなく、大名家における内紛の裁きにも重大な遺漏があったことが発覚したのである。

事の発端は、延宝二年に遡《さかのぼ》る。

越後高田藩二十六万石の松平家で家督を巡る騒動が起き、事態の収拾に手をこまねいた藩主、松平越後守光長《えちごのかみみつなが》が幕府の評定《ひょうじょう》を仰いだ。形式的には前将軍、家綱公の上意によるが、実際には酒井大老の裁断によって双方に和解が申し渡された。延宝七年のことだ。

ところが家中は一向に鎮静せず、今も内紛が続いている。越後の騒動の噂は、綱吉も耳にしていた。そこで堀田に調べさせると、幕府に再び仲裁が要請されていた。だが酒井は「詮議を再び願い出るとは、不心得も甚だしき」と不快の念を露わにして、採り上げなかったようだ。放置した。

一藩の内紛は、内乱の呼び水となりかねぬのだ。戦になる。その危機を悟って動かぬ大老など、我が治世下には要らぬ。

綱吉は判じた。

酒井はもはや役割を終えた。

ただ、表向きは病の養生のため免職する形を取ることにした。家老、牧野の勧めによるものだ。

「この数十年、御大老には何ものにも代えがたき御働きがあり、酒井雅楽頭《うたのかみ》家としての沽券《こけん》もございりまする」

穏和な馬老《まあろう》らしい進言であった。そして何より、酒井家が綱吉に遺恨を残さぬようにと、綱吉自身の身を案じてのことであっただろう。むろん酒井に病の症などなく、毎日の登城においても大老の威儀を張って寸分の隙もない。齢五十七を感じさせるのは、下瞼の弛《たる》みと白頭、白眉のみだ。

「長年の勤め、大儀との、御懇《おねんご》ろの上意にござる。おめでとうござりまする」

老中、稲葉正則が綱吉の上意を申し渡した時、酒井は一言の抗弁もせず、微動だにしなかった。

長年、蛇蝎《だかつ》のごとく忌み嫌ってきた当人から引導を渡された酒井の胸中を、綱吉は推し量りようもない。ただ、酒井の総身から色という色が抜け、力が失せていくのが見えた。

酒井は上屋敷の門をかたく閉ざし、誰とも面会を断って謹慎の体をとり、今年一月には自ら上屋敷を返上してきた。綱吉はこれを堀田老中に与えた。酒井はまもなく隠居、致仕《ちし》の願いを出してきたので、長子の家督相続を許した。その後、病の床についたようだと堀田に聞いた。そして先月、ついに身罷《みまか》った。

自死との噂も耳にしたが、何も感じなかった。感じぬように己を律している。でなければ、前に進めぬ。

そして綱吉は越後高田藩の御家騒動を面前にて再び詮議するよう、堀田に命じた。今日、大広間に当事者を参集させたのである。

堀田が重々しく命じた。

「御前公事《くじ》であるぞ。皆々、神妙に上申されませい」

高田藩主、松平越後守光長がまずは詮議開始の礼を述べる。

松平家は家康公の次男で武勇を謳われた結城秀康《ゆうきひでやす》を祖としており、御三家に次ぐ名門だ。綱吉自身も、館林藩主であった頃は松平姓を賜っていた。

光長の母は秀忠《ひでただ》公の娘であるので、綱吉にとっては従兄《いとこ》にあたる。

「公方様におかれましては誠に御機嫌麗しゅう拝し奉り、また此度《こたび》は御前にての評定を御差配くだされますること、恐悦至極《きようえつしごく》に存じ奉りまする。七年の長きに亘《わた》って慮外の苦難に見舞われ、驚愕、憂慮の日々に陥りましたるこの越後守、公方様の御世に至りてようやく一筋の光明を見出したる思いにござりまして、かくなる御英断を賜りましたること、衷心より御礼申し上げ奉りまする」

この三十一も年長の従兄は綿々と実《じつ》のない、空虚な言葉を羅列する。戦の寸前にまで家中を乱れさせておきながら、己がいかに難渋してきたかを訴え続ける。

これなら蟬が鳴くのに耳を澄ませておった方が、よほどましだ。

綱吉はそう思いながら、光長の痩せた肩から眼差しを外した。背後の小栗美作守正矩《おぐりみまさかのかみまさのり》が咳払いをして、光長はようやく愚痴混じりの礼を終えた。

小栗家は代々、松平家の家老を務めてきた家で、正矩は光長の妹婿でもある。長年、藩政の実権を握ってきた傲慢さは主君への振舞いだけでなく、見目にも滲み出ていた。鰓《えら》の張った顎に眉は太く、風体にはまるで商人のごとき豪奢さを具《そな》えている。

しかし越後高田藩は幕府同様、激しい財政難に陥っており、家中には新税を課して、実質上は禄を減じている。

そんな折に光長の嫡男、綱賢《つなかた》が没し、この小栗家老の三男の名が後継として挙がった。かねがね家老の圧政に不満著しかった家中はこれに強く反発し、五百名を超す藩士が武装して家老屋敷を包囲したのである。

この暴挙を受けて小栗は家老職を辞し、隠居したが、藩士らの要求はさらに家老一派の家臣罷免にも及んだ。光長はかほどの事態に終始、狼狽し、一門大名、そして酒井大老に相談を持ち込んだ。

幕府は反家老派の家中五名を評定所に召喚し、家綱公の上意という形を取って裁断、首謀者五名を「徒党の罪」で一門大名に身柄預けの処分とした。一方、小栗家老とその一派は不問に付した。

武家には昔より、「喧嘩両成敗《けんかりょうせいばい》」の不文律がある。家老派が何の罪にも問われなかったことに、城下はまたも激昂《げっこう》した。公儀の裁断に「小栗家老が酒井大老に取り入ったゆえ」「いや、賂を贈ったゆえ」との解釈が流布し、脱藩する者が続くなど騒動が激化したのである。

もとはと言えば藩主の後継問題が契機となり、小栗家老の悪政を糺す目的で家中が立ち上がった騒動だ。彼らには命を賭した義挙であったろうが、堀田の報告によればその背景には家老の失脚を目論む反家老派らの存在がある。

その首魁《しゅかい》が藩主、光長の異母弟、永見大蔵長良《ながみおおくらながよし》で、そもそもは自らが兄の後継者と目していたところ思惑が外れるとの疑念を抱き、小栗家老の失脚を企てた節がある。

堀田が小栗に上申を命じると、藩主よりも堂々と威儀を正した。

「畏れながら、公方様に申し上げまする」

謡《うたい》などでさぞ鍛えているのだろうと思わせる、響きの広い声だ。

「それがしが家老職に就きましたる寛文五年に地揺れがござりまして、これによって我が藩は甚大なる財政危機に陥りましてござりまする。それがしは藩の窮状を救うべく港を改築し、新田を開拓させ、特産品の新興にも取り組んで参りました。そして復興に成功致し、大いに実績を上げましてござりまする。確かに今の藩政は苦しゅうござりますが、政と申しますのは憚りながら生ものにござりますれば、良き時ばかりは続かぬのが世の慣い。家中は新税の徴収に不満を持ちまして拙宅を襲うなどという暴挙に打って出たる次第にござりまするが、恥ずかしながら政の深奥を解《げ》せぬ無骨者が多うござりまして、それがしは新たなる税は向後の事業の掛かりを捻出致すがための施策であると説いて聴かせましてござりまする。さすれば、今は黙って堪《こら》えるべき時と覚悟致し、自ら進んで貧窮を堪え忍ぶ家中も出て参りました。ところが、それがしを家老職から何としても追い落とさんと、その一念のみで騒ぐ輩《やから》がおりまする」

そこで小栗は一拍を置き、また言葉を継いだ。

「かほどに不穏なる動きには背後で操る者がおるに違いありますまい、かように進言致す者もございまして、その悪禍《あつか》を絶たねば由々しき事態は一向、収束がつきませぬと、心ある家臣どもは慨嘆致すのでございまする。何事も御家大事、その御為《おんため》のみに身命を擲《なげう》って勤めて参りましたるそれがしにとりましても真に残念至極、痛恨の極みにございまする」

「言わせておけば、何が御家大事ぞ。その方が奢侈に耽り、驕《おご》り高ぶるは悪政ではないと申し開くか。家中の呻吟《しんぎん》苦難を如何《いか》に心得る」

声高に気色ばんだのは、藩主、光長の異母弟である永見長良だ。兄に似ず偉丈夫で、この男と小栗家老との権力争いが家中を「反家老派」「家老派」の二つに分断している。騒動の成行、背景については、すべてが頭に入っている。が、今は双方に言い分を吐き出させねばならない。それを聴取した幕閣が相諮《あいはか》って裁き、綱吉に決裁を仰ぐ。これが御前公事である。

「公方様の御前であるぞ、控えよ」

老中の一人が長良を叱責《しっせき》したが、堀田が「あいや、待たれよ」と膝を回し、綱吉に問うような眼差しを寄越した。小さく頷いて返す。

　貴人たる公方は、「公」の場である表向では易々と声を発しないのが尋常だ。政務を執る中奥、そして大奥に入るにつれ「私」の場となっているので、中奥では堀田や牧野と盛んに考えを交わし、大奥の信子には戯言さえも口にする。しかしここ表向では、使う言葉が相手、つまり勅使《ちよくし》や諸大名、諸役人の誰であるかによってほぼ定まっている。幕閣、役人の任命においては、「念を入れて勤めい」という一言のみだ。

　堀田は右腕を大きく開くように、高田藩の者らを促した。

「御許《おゆるし》が出た。双方、忌憚《きたん》なく続けよ」

「公方様の御高配、恐悦至極に存じ上げ奉りまする」

　藩主、光長がまたも貧相な躰を折るようにして、辞儀をした。

　この光長も面貌に似合わぬ奢侈好みで、堀田の調べによれば光長の奢侈贅沢の掛かりを捻出する必要もあって、小栗家老は新税を課するという挙に出たようだ。

　小栗もまた長広舌《ちようこうぜつ》の物言いから判じられる通り、武士にあるまじき放蕩《ほうとう》は家中において誰一人知らぬ者はない。衣食で贅に耽ること甚しく、京、大坂の大店《おおだな》も越後の小栗家には何人もの番頭をつけて機嫌伺いに参じさせるという。屋敷も豪壮に改築し、一藩の家老の分《ぶん》を遥かに超えている。つまり藩主と家老が各々に藩財政を喰い物にしてきたと言え、そこに家中は不満を燻らせているのだ。そして永見長良はその後ろ盾となって、小栗一派の放逐《ほうちく》を策している。

長良も以ての外《ほか》の仕儀だと、綱吉は捉えていた。異母弟であれば、まず内紛を治めることが先決なのだ。藩の存亡がかかっている。しかし長良は小栗に疑義を抱く家中を利用し、内紛に乗じて藩政を掌中に収めんとしている節が濃厚だった。

綱吉はそのことに暗澹となる。

家中が藩政に疑義を抱くは、己の今の境遇に不満である証だ。その大方の者が武芸のみを重んじ、読み書きを軽んじる軽輩の生まれで、ゆえに藩の役人としての務めについていけぬ者どものようだ。戦場を駆けて血を流し、殺戮《さつりく》によって恩賞を得てきた生きようを、いまだ変えることができない。

なかでも若い家中は藩政の是正という本来の目的を見失い、ただただ戦を欲して槍刀を磨いている。無闇に昂《たか》ぶっている。

小栗と長良の言い争いはまだ続いており、やがてそれぞれの家臣が二手に分かれて互いを面罵《めんば》し始めた。

「もはや隠居を命じられた御身にござりますれば、藩政からきっぱりとお引き願いとうござる。さもなくば、もはや私誅《しちゆう》せんとする家中を止められませぬぞ」

「またもかような浅慮を。小栗様が退かれれば、向後、どなたが藩政を建て直せると申す。御家老の許で家中が一つになりて何としても新たな事業を進めねば、もはや立ち行かねであろうが。何ゆえ、それがわからぬ」

「新たな事業とは片腹痛し。商人と結託して賂を取るための笊《ざる》事業ではないか。第一、かほどに財政を悪化させたは当の御家老ぞ。隠居などでは済まぬわ。腹を召されたし」

互いに憤怒し、かつてなかったほどの怒号が大広間で行き交う。

その中で、藩主の光長は「我、関せず」とばかりに坐していた。

それまで黙って聞いていた御三家の当主が皆、顔色を変えているというのに光長は曖昧な笑みを顔に張りつかせ、上座に向かって会釈を繰り返すばかりだ。

徳川家の藩屏《はんぺい》たる者、家中を安寧に治め、争いも穏便に差配するが務めだ。それを光長は内乱寸前になるまで手をこまねき、自ら何の対策も講じなかった。

何たる怠慢か。

ただでさえ、火種を見るやそこに火のついた矢を射込み、魂を荒ぶらせる者どもが五万といるのだ。一藩の内乱が諸方に飛び火し、またも天下に戦乱を招かぬと、誰が言える。

綱吉はふいに、大音声で言い渡した。

「これにて決案す」

大広間が一斉に静まった。

「早や、罷《まか》り立てい」

よもや綱吉が直に声を発するとは思いも寄らなかったのだろう、高田藩家臣らは一斉にすくみ上がった。堀田が命じて、各々を退出させる。

藩主、松平越後守光長、その異母弟、永見大蔵長良、そして前の家老、小栗美作守正矩の三名のみを二之間に残した。

蟬は鳴りを潜め、松樹の枝先だけが明るい。

綱吉は目を細めて下座を見回した。居並んだ諸大名、幕閣らが固唾《かたず》を呑んで綱吉の次の言を待っている。

「家中両成敗の律に従い、越後松平家を改易とする」

「お取り潰し」

そう漏らしたのは光長か長良か、それとも小栗であるか。綱吉には判じられぬが、三人とも背骨を抜かれたかのように顎を上げている。

「公方様」

膝行《しっこう》して前に進んだのは、尾張徳川家の二代、徳川光友だ。改易に反対の声が挙がるのは予想していたので、綱吉は発言を許した。

光友は述べる。

「御承知の通り、越後松平家は越前松平家の惣領にござりまする。光長の父、忠直《ただなお》公は大坂の陣で多大なる功績を立てた者にて、尾張、紀伊、水戸、この三家同様、至極、大事たる家にござりまする。まして此度の騒動は公儀に弓を引く叛逆《はんぎゃく》にあらず。ただただ、光長が不調法《ぶちょうほう》によって、家中が騒いでおるだけにござりまする。本騒動を理由に改易致さば、万一、向後、徳川三家に同様の事態が出来《しゅったい》したる折も取り潰さねばならぬことと相成りましょう。それでは、徳川将軍家による天下支配も弱体化致しましょうぞ」

綱吉は「いかにも」と頷いた。

光友は半身を緩める。二之間にいる三人も一転、やけに湿った息を唸るように吐いた。胴から離れかかった首を取り戻したかのように、安堵している。

その間合いを充分取ってから、綱吉は言葉を継いだ。

「まさに、その天下支配が揺らいでおるゆえ、越後松平家の家中は騒動を続けておるのではありませぬか」

公方といえども、朝廷の勅使と御三家の主に対しては敬語を用いるのが作法だ。

「かりにも、前の将軍、厳有院《げんゆういん》様の名によって発せられたる上意に背き、醜悪なる騒動を招きし家の罪たるや、決して軽《かろ》きものではござりませぬ。家中騒乱、内紛とは見過ごしがたき失政にて、ここで厳罰に処さねばまさに公儀の威信は地に堕ちましょう」

綱吉はこの騒動を一度の評定で決裁すると決めていた。一門大名から「苛酷に過ぎる」との誹《そし》りが出るのは、百も承知だ。

ここで上意の絶対性を示せねば、再び大名や幕閣の魑魅魍魎《ちみもうりょう》に呑み込まれる。

そして綱吉は一気に言い放った。

「高田藩は改易、松平越後守光長の身柄は配流《はいる》、一門大名家に身柄を預けと致す」

もう誰も、尾張の光友はむろん、紀伊、水戸も何も言わなかった。

高田藩の三名は別室へと移され、綱吉は再び沈黙に入った。公方が自ら裁きを下すのはここまでだ。後は御三家、そして老中らの協議に任さねば、またも権威を下げかねない。

まったくもって、権威という名の光は厄介であった。兄のように重臣に任せきりでは影が自儘《じまま》に振舞い、しかし光が采配を振り過ぎても影はついてこない。

堀田が主導して、評定が進められる。

「高田藩改易につき、藩主以外の者の仕置《しおき》については御前にて吟味する公事ではございませぬ。今、評定すべきは、本家筋たる家の内紛を適切に処理せなんだ一門大名への処罰にござりましょう。むろん、公儀の初裁に手落ちがあり申した。これも厳しく処断致さねば、またも成敗は公平を欠きまする」

一座の誰も「否」を唱えない。粛々と堀田が案を提示し、皆が同意していく。

まず高田藩の前家老、小栗美作守正矩と嫡子は切腹とし、永見大蔵長良は八丈島に流罪、越前松平家の一門大名らは閉門処分、そして初めの詮議にかかわった当時の大目付《おおめつけ》、渡辺大隅守綱貞《わたなべおおすみのかみつなさだ》を八丈島に流罪、酒井大老の跡継ぎである忠挙《ただたか》にも父の責を問うて遠慮処分、大老の弟、忠能《ただよし》についても駿河田中《するがたなか》藩四万石の所領を没収とした。

一同の同意を得た堀田が中段之間に坐す綱吉の前に進んで来て、決裁を仰ぐ。

「さようにせい」

その一言で「諾」を与えた。

座を見回すと、名立たる歴々が蒼褪めている。

綱吉が代替わりにあたってここまでするとは、誰も予想していなかったのだろう。だが、この親裁で示した厳罰は、今後、治政の乱れの抑止になるはずだ。戦の火種を消し、民への仁政を為すためには、避けて通れぬ道である。

大広間の中で、ただ一人の面持ちだけが異なった。堀田だ。

堀田は悠々と構え、両肘を張って坐している。酒井大老の流れを汲む旧派が幕閣から一掃されたのだ。綱吉はそれを目的とはしていなかったが、結果としてそうなった。堀田は周囲を憚りながらも、己が本流になりつつある晴れがましさを隠し切れていない。

蜂谷から幾筋もの汗を滴らせながら、中段之間で立ち上がった綱吉を見上げた。

中奥の休息之間に戻ると、側近の牧野と保明が待っていた。

「御決裁、おめでとうございまする」

牧野は馬のように細長い顔に安堵の表情を泛かべている。おそらく、綱吉の親裁が無事に終わったことを指しているのだろう。

「馬老は相変わらず、耳が早いの」

綱吉が言うと、牧野は満足げに鼻の穴を広げた。保明はいつもの落ち着き払った面差しを崩さないが、親身な所作で綱吉の着替えを介添えした。

己がひどく腹を減らせていることに、今頃、気がついた。

三

何と無様《ぶざま》なことか。

いったい、何とすれば奴らの性根を入れ替えさせられる。

綱吉は今日も用之間に籠り、考え続けている。

天和《てんな》二年、皐月の昼前だが、昨夜から降り止まぬ雨で手許も暗いほどだ。

奉行所から上がってくる報告に目を通すたび、武士の愚行に眉を顰める。己の肩の周囲が一層、明るさを潜めるような気がする。

昨年の晩夏、綱吉は越後騒動を決裁し、その後も大名に対して厳罰をもって処してきた。治政に著しい落ち度があった者には領地没収や減封、転封をためらわず、幕府の吏僚についても同様に信賞必罰の方策を取ってきた。

その際、改易に処した藩の家中で有能と評判の者は出自にかかわらず、登用させたのである。が、熱意のある者は頭に血を昇らせやすく、すぐに刃傷沙汰を起こす。一方、頭が切れる者は小賢《こざか》しく、すぐに増長して後ろ暗い所業に及ぶ。結局、登用しては免職処分を繰り返すことになった。

公方様は人の好き嫌いがお激しい。

牧野はそんな噂が巷間《こうかん》に流れているのを案じるが、綱吉は何と言われようが構っている暇はない。取り組まねばならぬ政策は山と積もり、波のように押し寄せてくる。

昨年の十二月には老中であった堀田正俊を大老職に、そして朝廷に言上していた官位を牧野成貞に貰い受け、側用人《そばようにん》に任じた。御三家や綱豊との対面の際には老中と共に出座できるよう、つまり老中に準ずる扱いとしたのである。

堀田と馬老を腹心に得て民政に力を入れ、諸国の高札《こうさつ》を改めさせて「忠孝」を督励させている。親子の情愛を取り戻し、捨子、捨親を減らすことが目的である。

が、諸国で相次ぐ飢饉に乗じて米の値を操作し、莫大な利を得る商人が跡を絶たない。綱吉は江戸商人の穀物在庫を調べさせ、不当な商いを行なう者を厳しく罰した。倹約令や奢侈禁止令をも発し、過度な奢侈に溺れる商人は見せしめとして江戸から所払《ところばら》いにも処した。

しかし内心では、商いで世を渡る町人に比べ、武士の何と無様なことかと嘆息するのだ。こうして奉行所の報告に目を通すたび、暗澹となる。

奴《やつこ》と呼ばれる者らの乱暴狼藉《ろうぜき》に、歯止めが利かないのだ。奴はそもそも大坂夏の陣で豊臣《とよとみ》側について負けた武将の家臣らが多く、牢人となって以降、何代も経ている。その末裔《まつえい》らが江戸に流入して、喧嘩沙汰を繰り返す。

そのうえ、近頃は直参《じきさん》旗本の子弟からも奴が出てきていた。彼らの仕業は牢人らよりも数段、質《たち》が悪い。十五、六の子息らが徒党を組み、市中で横暴を働く。大酒を喰ろうては町人に斬りつけ、奪い、人前でも平気で犯す。中には刀の斬れ味を小者や犬で試す者もおり、怯《おび》えて逃げ惑う姿を見ては腹を抱えて笑うのだという。

綱吉はその愚かさを憎む。

あと三月《みつき》も経てば、将軍の座に就いて二年になる。しかしこの世は目指す泰平、安寧はおろか、財政もいまだ危機から脱していない。

武ではなく法という「文」で治める政には、ほど遠かった。


雨音が激しくなった。

目を閉じる。だが何も泛かばない。

苛立ちだけが募って、綱吉は膝を立てる。楓之間を通り抜け、鷹之間《たかのま》に出た。保明が背後に控えているのがわかる。

「芝庭に出る」

それだけを命じると保明は短く返事をして、閉《た》て切っていた戸障子を引いた。雨が吹き込んで、たちまち顔が濡れる。他の小姓が慌てて障子を戻そうとするのを、保明が静かに止めている。

保明は綱吉の意を正しく汲み取れる。雨の中に出ようとする綱吉の心持ちを察して足《た》袋裸足《びはだし》のまま庭に下り立ち、庭草履を揃えた。その肩や背中がたちまち濡れそぼつのを見ながら、綱吉は草履に足を入れた。

いつもは青く繁っている芝山が雨で煙っている。足許が滑る。それでも綱吉は構わず、庭の中央に立った。

空を仰ぐと、天が裂けたかのごとく降ってくる。目を開けていられず、躰は飛沫《しぶき》を受けて左右に前後にと揺れるが、それでも仰向き続ける。

波だ。

総身が波に呑まれる。

保明の声が聞こえた。振り向くと、綱吉と同じように雨の中に立ち、顎を上げている。

「まるで、己が船になった心地にござりまする」

綱吉の苦渋を推し量ってか、それとも心から雨を楽しんでいるのか、保明の声はいつにも増してよく通る。篠竹《しのだけ》のごとく降る雨の中を通り抜け、綱吉の胸に届く。

思わず苦笑した。こなたは波に呑まれる思いであったのに、二十五歳の保明は己を船に見立てている。

「そちは大物よの」

そう呟いたが、綱吉の声は雨に紛れたようだ。ずぶ濡れの保明は両の腕を広げ、空を見上げ続けている。

ふと、何かに思い当たったような気がした。

船。ああ、船だ。

まだ前髪を残した若者であった頃、三兄、綱重と共に安宅丸《あたけまる》を見物したことがあった。安宅丸は父、家光公の世に造られた軍艦だ。城郭のごとき堅牢な、勇壮な船である。

「ここに参れ。海がもっと見える」

兄に手招きされ、舳先《へさき》にまで出た。兄弟で身を乗り出さんばかりに海を眺めたので、互いの家老が慌てて止めに入ったほどだ。病がちであった長兄、家綱公に比して、三兄はすらりと上背のある美丈夫であった。保明の面差しに少し似ているが、綱重はさらに目許が明るかったような気がする。

綱重は将軍家の三男として生まれるも、誕生の時点で既に重荷を負うた身であった。

——父親が四十二歳の厄年の時に二歳となる子は、一家一門に祟《たた》る。

かような言い伝えがあったため、本人に何の罪咎がないにもかかわらず後継者の予備軍から排除され、二之丸に住むことも許されなかった。伯母にあたる天樹院《てんじゆいん》の竹橋邸に引き取られ、その手許で養育されたのである。

だが天樹院は今も口の端に上るほどの美貌の持ち主であったばかりか、至って聡明な女人であった。元は千姫《せんひめ》という名のその人は七歳で豊臣家の秀頼《ひでより》公に嫁ぎ、慶長《けいちょう》二十年、大坂夏の陣で綱吉の曽祖父、家康公の命によって落城する大坂城より救い出された。その時、十九であったという。

ただし、「救い出された」とは徳川家から見た言いようであり、天樹院にとっては如何であったろうかと思うことがある。そのことについては黙して語らなかったが、夫と共に大坂城で果てたかったのではないか。ふと、そんな気もするのだ。

千姫はその後、姫路藩主となった本多《ほんだ》忠政《ただまさ》の嫡男に嫁いで子を儲けたが、夫や姑の死が続いたため婚家を出て、江戸城に入ってから出家した。その後、竹橋の屋敷で暮らし、迷信によって城を出された綱重とその母、お夏《なつ》の方を迎え入れ、大切に養ったのである。

戦のない世を開き、お保ちなさりませ。それがこの家に生まれた者の使命にござりまする。

天樹院は繰り返し諭したと、これは綱重が幾度も綱吉に語ったことだ。

幼い頃は弟である綱吉らよりも格下に扱われた綱重だが、他の男児が夭折《ようせつ》してからは徐々に同格に扱われるようになった。それは将軍の弟がただ二人となったこともあるが、それだけではないだろうと綱吉は推している。

　綱重は甲府宰相、綱吉は館林宰相として所領、加増もほぼ同じとなり、それは親しく行き来した。綱吉は心底、綱重を敬愛していた。それほど綱重は英邁で、何よりも綱吉を可愛がってくれた。癇癖《かんぺき》の強い父には近寄りがたく、幼少から将軍であった長兄には臣下の礼を取らねばならなかった綱吉にとって、綱重は兄であり、父であった。

　三十五歳で急逝した綱重を思い返す時、長兄を喪《うしな》った折とは異なる何かが胸を過る。兄上、あなたこそが天下の将軍にふさわしき御方であったのに。

　弟として、ただただそれを無念に思う。

　船の中で奉行らの饗《きよう》応《おう》を受けた際、綱重はこっそりと綱吉に耳打ちをしたものだ。あれは、何と言ったのだったか。

　綱吉は雨の中で、再び目を閉じた。

　異国風の椅子に坐し、潮の匂いの中で互いに笑っていた。まだ無邪気だった。あの時、兄はこう囁いたのだと思い出す。

「泰平の世を作るために、豊臣を滅ぼしたのであろうに」

　何を意図しているのか、綱吉にはわからなかった。

　しかし今は、兄の疑念が腑に落ちる。

　泰平の世、その大義を掲げて徳川幕府は天下に号令を掛けた。が、将軍が五代となった今も、軍艦である安宅丸を擁している。その維持のために年に十万石を費やしている。

綱吉は何度も瞬《まばた》きをして、保明を見た。

亡き兄に似た面貌がふと気づいたように、頭を下げた。


朝、中奥の御座之間で御三家、そして甲府藩主である松平綱豊、金沢藩主らの挨拶を受けた後、綱吉は表向の大広間に出御《しゆつぎよ》して、中段之間に着座した。

梅雨が明けた六月、一門や諸大名が登城し、将軍に拝謁する月次《つきなみ》御礼日である。

諸侯の挨拶を受けた後、堀田大老が一同に告諭《こくゆ》があると告げた。皆、面を引き締めて居ずまいを正す。

綱吉の発意は堀田と牧野に告げてあり、御三家や老中らへの根回しは極秘に済まさせている。事前に事が洩れれば要らざる不安を招き、政争の具にもされかねぬゆえだ。

堀田は飢饉によって公儀財政の建て直しが難渋していることをまず手短かに挙げ、そして切り出した。

「ついては、安宅丸を廃却致すことと相成り申した」

大広間が騒然となった。老中らが鎮めにかかったが、甲高《かんだか》い声を上げる者がいた。

「畏れながら、申し上げまする。安宅丸は万一、再び天下騒乱に及んだ際、他所へ御座所を移すために大猷院《だいゆういん》様が建造された軍艦にござりませぬか。廃却など致せば、武家の棟梁としての面目が立ちませぬ。いや、武門の誇りはいかが相成りましょうや」

譜代大名の中でも古参の、老兵のごとき者が唾を飛ばしながら堀田に喰ってかかった。

全く同じ理屈の言辞を御三家大名も老中らも用い、堀田は詰め寄られたようだ。その場は堀田に一任していたので、何をどう申して説得したかは聞いていない。

「財政がいかほど苦しゅうても、安宅丸だけはお守りせねば大猷院様に申し訳が立ちませぬ。先君、厳有院様も耐えに耐えられて、安宅丸だけは守り通されたはず。天下を率いる将軍家が先君の前例に背かば、忠義に悖《もと》るのではござらぬか」

皆、己の都合の良い折にのみ先君を持ち出し、「忠」を云々する。

綱吉は堀田が反論に打って出るのを制し、皆を見回した。綱吉が口を開くと察した者が数名、平伏し、やがてそれに気づいた者が次々と波のように頭を下げ、膝脇に拳をつかえていく。

「三年、父の道を改むること無きを、孝と謂《い》うべし」

綱吉は『論語』の学而《がくじ》篇の言葉を引き、養父としての亡き兄、家綱を指した。

解る者はさらに頭を下げるが、解らぬ者は眉根を寄せて隣りの者と顔を見合わせている。それでも構わず、先を続けた。

「これは父の喪に服する三年の間、父のやりようを変えぬが孝であるとする考えである。ただし、これは変えずともどうとでもなる事柄を指しているのであって、我が不肖の身をもって祖宗《そそう》の跡を受け継ぎ、四海《しかい》の主として万民を撫育《ぶいく》せんとすれば、先例の利を興して害を除くべきである。かようなことを捨て置いて国用《こくよう》を無駄に費やすは、本意ではない」

前もって用意していた言葉ではなかった。ただ、用之間に籠りながら何度も呻吟し、逡巡《しゅんじゅん》した末に、今、この時、余はかような考えに至ったのかと驚くばかりである。

綱吉は二人の兄の面影を胸に引き寄せながら、さらに背筋を立てた。

「天下騒乱を想定せねばならぬ世は、もはや終結いたした。軍艦の要らぬ安寧の世を創るが我らの務めぞ。各々、武を払《はろ》うて文を用いよ」

そうだ。幕府が率先して安宅丸を廃却することが戦乱の世の終結宣言となり、人心は泰平に向かうはずだ。

立ち上がって、大広間を睥睨《へいげい》した。

「武装解除せよ」

安宅丸よ、さらば。

胸の中で唱えた。潮の匂いがした。

四　萬歳楽《まんざいらく》

一

舞台の四方に立てられた四本の柱に注連縄《しめなわ》が巡らされ、白の紙垂《しで》が真新しい風に揺れる。天和三年を迎えた正月二日である。

信子は二之丸御殿の中庭を見渡せる座敷に坐っており、正面には猿楽《さるがく》の舞台が設えられている。舞台は屋根も壁もないのが尋常で、正面の背景となっているのは中庭に植え込まれた老松《おいまつ》の大木だ。床に敷き詰められた檜板《ひのきいた》の柾目《まさめ》が真っ直ぐに通って、清々しい。

「ああ、楽しみやこと。御上《おかみ》が自らシテをお務めになるとは、ほんにお正月や。楽し、楽し」

信子の左手に坐る桂昌院が高揚を露わに、ふくよかな声を上げた。謡曲が好きな桂昌院は、綱吉が『翁《おきな》』を披露するのを年越し前から楽しみにしている。

「なあ、御台所《みだい》さん、ええ春やおへんか。おめでとう」

「おめでとう」

信子は姑に小さく会釈を返した。元旦からこのかた、祝賀を交わすのはこれで十数度目なのだ。桂昌院は今年で五十七を迎えたというのに、まるで女児のごとく正月が嬉しいらしい。

その横顔はこの一年ほどで豊麗さを増し、顎から首にかけての線もたっぷりと緩やかだ。小袖は黒綸子《くろりんず》地に松と竹、変わり菱模様を総刺繍で表したもので、これほど手の込んだ一領は滅多とないだろう。内着に掛けた浅葱《あさぎ》色の襟が、桂昌院の肌をさらに白く際立たせている。

まさに桂昌院にとってこそ、「我が世の春」なのだ。

天のいかなる引きがあってか、我が子が徳川幕府五代将軍の座に就いた。しかも諸方の予想を遥かに超え、綱吉は「武を払い、文をもって世を治める」という信念を貫いて異例の政を断行し続けている。

就任早々、大名家の内紛公事を自ら声を発する親裁によって一気に裁断し、武門の旗印とも言うべき軍艦、安宅丸を廃却し、そして徳川家の年頭行事をも変えた。

先代将軍までは正月三日を「謡曲初《ぞ》め」とし、同日に「兵法《ひょうほう》初め」として将軍自らが弓と剣術、乗馬を行なうのが恒《つね》の例であったようだ。武家の棟梁としての範を年賀拝礼に登城した一門や国持大名、譜代大名、旗本らに示すのが主眼である。ところが綱吉は一昨年の正月、兵法初めを十八日まで日延べし、前年は兵法ではなく「御読書初め」を執り行なった。小納戸役に任じた柳沢保明に儒学の『大学』を進講させ、今年も同様の段取りが用意されているらしい。

そして今日、二日は綱吉が身内のためだけに、自ら舞を振舞う。

舞台を見れば、翁太夫の装束をつけた綱吉の後ろには大老である堀田正俊と側用人の牧野成貞、それに小納戸役の柳沢保明の姿もある。地謡《じうたい》は綱吉が贔屓《ひいき》の宝生《ほうしょう》流の面々だが、シテの翁は綱吉が、ツレの千歳《せんざい》は保明が、そして狂言方の三番叟《さんばそう》は堀田、面箱持《めんばこもち》は牧野が務めることが装束で見て取れる。

「おやおや、今日は殊《こと》の外《ほか》の祝舞《しゅくまい》やなあ。こないに豪勢な顔触れ、まさに天下一どすがな」

桂昌院がまた両の手を合わせ、華やかな面持ちで周囲を見回した。

「ほんに、粋《すい》な御趣向にござりまする」

桂昌院の左傍に坐している伝も、晴れやかな声で答えている。伝は今や「御袋様」と呼ばれ、周囲にかしずかれる身分だ。

五歳になった徳松、そして七歳の鶴は信子の右手に並んでいる。二人の嫡母はあくまでも、御台所である信子である。

綱吉が天下を統《す》べるようになって、早《は》や二年と半年になる。身内がこうして一堂に揃う景色は初春ならではのことだ。徳松は西之丸御殿に家臣と共に住まっており、鶴は信子と同じ本丸の大奥、桂昌院と伝は三之丸と、同じ江戸城内でも別の御殿で日を暮らしている。

背後にはそれぞれに仕える奥女中らが幾列も従っており、女たちも意匠を凝らした晴着姿だ。いずれも主が一度、袖を通した小袖を与えたもので、たとえば伝に付いている女中は伝から正月小袖を拝領するのを何よりの誉とする。

伝は今も言葉数は少ないものの、将軍世子の生母として仰がれるうちに所作が重々しくなり、御所言葉をも巧みに使うようになった。

「ご機嫌よう」

この一言でさえ、江戸と京では音の上げ下げや語尾の伸ばしようが異なる。江戸のそれから公家風に変えるのは難しかろうが、伝の上達はこの数年、京から公卿の娘らを上臈《じょうろう》女中として多く招いたことが功を奏しているのだろう。

武士を武官ではなく文官とするために、綱吉は大奥の女中も入れ替えたのだ。

宮中で最も学問に秀でると謳われていた典侍《ないしのすけ》、常盤井《ときわい》局《のつぼね》の噂を耳にするや、信子を通じて大奥に招聘《しょうへい》した。今は右衛門《えもんの》佐《すけ》という名で、信子の真後ろに控えている。右衛門佐は歌詠みと書の才に優れているばかりか、政の手腕にも抽ん出ていた。大奥をたちまち京の風儀で塗り替え、言葉遣いも禁裏を範としてより典雅にした。

伝も、そして紀伊藩の二代藩主、徳川光貞の嫡男、綱教《つなのり》との婚儀が決まっている鶴も、近頃は香合わせや歌詠みにもますます秀で、書を嗜《たしな》む。

そして将軍家の大奥が変われば、奥同士の交誼を通じて諸大名家の奥も変わる。

綱吉が鶴との縁組を紀伊藩に命じたのは天和元年のことで、入輿の年までまだ二年がある。が、婚礼にまつわる用意はすでに始まっており、諸大名からは祝の献上物が続々と届いている。鶴や綱吉へはむろんのこと、嫡母である信子や実母の伝、そして桂昌院の許にも諸方からの献上が引きも切らないのだ。

それらの品々の選びよう、水引の掛け方を目にするにつけ、今、いずこの大名家にも公家風が行き渡りつつあることが知れる。

奥の妻女が変わってこそ、当主が変わる。

綱吉はそう考えているのではないかと信子は推し、その人心の摑み方に目を瞠《みは》る思いさえする。信子自身、江戸に輿入れしてからは武家の風儀を努めて学んできたのだが、右衛門佐に引かれてか、瞬く間に御所言葉が戻ってしまった。綱吉はそれを耳にするたび、機嫌よく眼尻《まなじり》を緩める。

「御台所の言葉は美しいの」

信子は「おや」と眉を上げたものだ。

「御上、おからかいはよしにあそばせ。さようなものが美しゅうとも、何のお役にも立ちませぬものを」

大奥では今や、綱吉を「御上」と呼ぶのがもっぱらになっている。本来は禁裏におわす帝だけに用いる呼称だが、右衛門佐の導きで「公方様」から変えられたのだ。信子は不遜《ふそん》が過ぎるのではないかという気持ちもあって初めは滅多と使わなかったのだが、それもいつのまにか慣れている。

「いや、言葉こそ美しゅうなくてはならぬ。人は言葉で物事を整え、思量する。言葉が心を作るのだ。常に言葉が糸となって人と人を結び、かかわりを織り成す」

そんな話を御小座敷でしたのは、師走《しわす》に入ってまもない頃だっただろうか。

笛の音が静かに流れ、小鼓《こつづみ》が鳴り始めた。

徳松が息を詰め、静粛したのがわかった。まるで己も舞台を務めるかのように袴《はかま》の両脇に手を入れ、身じろぎもしない。闊達《かったつ》な鶴はふとした拍子に、伝の顔立ちを思わせる顔つきを見せることがあるけれど、徳松はつくづくと綱吉に似ている。鼻梁が高く、意志の強そうな顎の線を持っている。

シテの翁を演ずる綱吉が素顔の直面《ひためん》で、いよいよ謡い始めた。

「とうどうたらりたらりら、たらりあがりららりどう」

寿ぎの呪文のごとき祝詞《しゆくし》で、平素よりも響きの重い声だ。

地謡がそれに応える。

「ちりやたらりたらりら、たらりあがりららりどう」

翁と地謡が順に、掛け合いを始める。

「所千代《ところちよ》まで、おわしませ」

「我らも千秋《せんしゆう》、候《さぶら》おう」

「鶴と亀との齢にて」

「幸《さいわ》い、心にまかせたり」

「とうどうたらりたらりら」

「ちりやたらりたらりら、たらりあがりららりどう」

やがて笛の音だけに静まった。

綱吉が静かに笛座《ふえざ》前へと退き、替わって千歳役のツレを務める保明が両袖を巻き上げて舞い始める。千歳は神や貴人の先導として場を浄《きよ》める役で、年若の役者が最後まで直面のままで謡い、舞う。笛に三挺《ちょう》の小鼓が加わった。

「鳴るは滝の水、鳴るは滝の水、日は照るとも」

端整な眉目を持つ保明は床を踏み鳴らす音も若々しく、声は深く澄んでいる。

「何とまあ、保明は舞の腕を上げたこと。小納戸役にしておくのは、もったいのうおすな」

桂昌院が上機嫌で戯言を口にしたので、女中らも小声で褒めたたえる。ふだんは女ばかりの大奥の中で、謹厳に勤めに励んでいるのだ。一堂に集まって新年を寿ぐことが気持ちを沸き立たせるのだろう、さざめくように衣擦《きぬず》れの音を立てる。

地謡が「絶えずとうたり、ありうどうどうどう」と、また言祝《ことほ》ぎで返した。

舞台の右手に坐した綱吉は面箱に向かって手を伸ばし、翁の面《おもて》をつけている。いくつもの所作を行なって、舞台は一転して厳粛な気配を取り戻した。

綱吉が中央に進み出《い》で、舞を始める。

「総角《あげまき》や、どんどうや」

綱吉が謡えば、地謡が応える。

「尋《ひろ》ばかりや、どんどうや」

「坐して居たれども」

「参ろうれんげりや、どんどうや」

綱吉の翁はさらに音声を高め、鳥のように大きく両腕を広げた。

「ちはやふる、神のひこさの昔より、久しかれとぞ祝い」

「そよやりちや、どんどや」

そして綱吉は静寂の中で、一足一足を緩やかに動かす。両腕を大きく左右に開き、扇をかかげた。

「およそ千年の鶴は、萬歳楽《ばんぜいらく》と謡《うと》うたり。また万代《ばんだい》の池の亀は甲に三極《さんきよく》を戴いたり。

滝の水、冷々《れいれい》と落ちて、夜の月あざやかに浮かんだり。渚の砂《いさご》、索々《さくさく》として、朝《あした》の日の色を朗《ろう》ず。天下《てんが》、泰平国土安穏の、今日《こんにち》の、御祈禱《ごきとう》なり」

笛と小鼓の奏が入り、綱吉は謡い続ける。

「在原《ありわら》や。なじょの翁ども」

「あれはなじょの翁ども、そや、いづくの翁とうとう」

「そよや」

舞台を左へと、まるで水面の上を滑るように動きながら、舞台の真正面でまた鳥の翼のごとく腕を動かし、一礼をしてから足で床を大きく踏み鳴らした。右に動き、奥へと回って大きく左腕を振り上げ、頭の後ろに置く。広袖を腕に巻き上げた後、舞はひときわ重々しく、荘重さを増す。ここからは「神之舞」となる。

「千秋万歳《ばんぜい》、喜びの舞なれば、一舞、舞おう、萬歳楽《まんざいらく》」

綱吉は今日のために、師走から精進潔斎していた。それは保明ら他の者も同様で、むろん猿楽役者もこの演目の前には身を慎むのが尋常であるらしい。

この『翁』なる演目は日々の無聊《ぶりょう》を慰めるというよりは、遥か大和《やまと》のいにしえより伝わる祭祀を汲んでいる。祈りの儀式なのだ。シテは自らが依代《よりしろ》となって神を宿し、五穀豊穣と天下泰平、国土安穏を祈願する。

翁がこうして時折、大きな足拍子を立てるのは、地の神を揺り起こしているのだろうかと信子は思った。そして謡や笛の音は風で舞い上がり、天の神を呼ぶ。

「萬歳楽《まんざいらく》」

「萬歳楽」

「萬歳楽」

徳松の幼い肩は威儀を正して寸分も動かないが、息遣いを父のそれに合わせていることがわかった。息を吸う深さ、躰の芯の保ち方、声を発する咽喉の震えまでを同じくすることで、自身も祈りを捧げているのだろう。

地謡が「萬歳楽」と言祝ぎを繰り返せば、綱吉もまた応える。

「萬歳楽」

身の裡に言祝ぎが響いて谺《こだま》する。信子はいつしか頭《こうべ》を垂れ、目を閉じた。

胸の中でゆっくりと、名乗りを上げる。

徳川将軍家御台所、信子がここに畏《かしこ》みて、畏みてお頼み申しまする。

今年も天下が泰《やす》らかに続きまするよう。

田畑に五穀が稔《みの》り、人々が安寧に生きられまするよう。

萬歳楽。

綱吉は元の笛座前に身を移して翁面を外し、面箱に戻した。再び舞台正面の前に進み、腰を落として深々と一礼してから、橋掛かりより退出する。ツレの千歳を務めた保明もその後に続き、舞台から退いた。

するとと堀田が務める三番叟が前に進み出て、直面のまま声を上げた。

「おさえおさえおう。喜びありや。わがこの所よりも外《ほか》へはやらじとぞ思う」

肥り肉の堀田は声がよく通る。奏には大鼓が加わって、祭のごとき賑《にぎ》やかさが訪れた。

何度も足拍子を踏み、軽快に踊る。

すると、隣りの桂昌院が「ふう」と息を吐いた。前のめりになって、膝の上で指を動かしながら自身も拍子を取り始める。神之舞の厳粛さは桂昌院にとって退屈に過ぎたようで、歓びで溢れんばかりのこの「揉之段《もみのだん》」が気に入りである。

やがて黒式尉《こくしきじょう》の面をつけた三番叟は、牧野の面箱持と滑稽なやりとりを交わし、桂昌院は何度も笑い声を零した。背後の女中らも、そして右隣りの徳松と鶴も頬を寄せ合って、何やらくすくすと小声で囁き合っている。

牧野が色白の堀田に向かって、「色の黒い尉よ」と、つまり色黒の老人よと呼びかけたからだ。明らかに牧野の方が色が黒く、綱吉からは馬老と呼ばれる馬面である。しかも堀田と牧野は同い年で、綱吉よりもちょうど十二歳年長の五十だ。が、堀田はその齢より幾歳も若く見え、牧野は遥かに老けて見える。徳松と鶴はそんなさまざまが、何とも可笑しいらしい。

牧野が務める面箱持から鈴を受け取った堀田は囃子方《はやしかた》が奏でる音に合わせ、時に導くように軽々と舞い続ける。面をつけているので顔つきはわからないが、手足の上げ下げや足拍子の音も保明に負けず劣らずの若々しさだ。この「鈴之段」の所作は五穀豊穣を願い、種を蒔く姿を模している。

　桂昌院がまた高揚してか、とうとう「楽し、楽し」と身を揺らし始めた。

二

　公儀の賀正行事がつつがなく済み、一月も末の朝を迎えた。総触の後、綱吉が四ツ半過ぎに御小座敷へと入ってきた。

「ご機嫌よう」

　信子が手をつかえて迎えると、綱吉は床の間を背にした上座に腰を下ろした。一日のうちでこの半刻《はんとき》ほどが夫妻で過ごす唯一の機会であるが、日によっては茶を一服してすぐに中奥へ引き返すことも多い。政務はなお、繁多を極めている。

　それでも綱吉は必ずいったんはここに坐り、信子の礼を受ける。

　そればかりか、三之丸で暮らす桂昌院の許には毎日、近臣を遣わして機嫌を伺わせ、時には猿楽役者を招いて饗応することさえある。自身も、政の合間を縫って舞と謡の稽古を怠らない。大老の堀田や馬老、保明のみならず、近頃は他の幕閣や大名の中にも修練する者が増えているようだ。猿楽師を卑賤《ひせん》の芸者として幾段も低く見てきた武士が、膝を折って役者に教えを請い始めた。

そして綱吉は歌を詠み、書画にいそしみ、儒学者を招いて学問に励む。眠る暇も惜しんでいるのではないかと思われるほど、何事にも真摯に取り組むのだ。将軍の嗜み、好みは波の紋のように周囲に広がり、真似《まね》ぶ者が増える。

「御台所、折り入って相談したき儀がある」

信子は背筋を立てて居ずまいを改めた。

「京より、徳松に大納言の官職を下されようとの内意が参った」

あまりの果報に目を瞠った。

大納言は本来、大臣を輔佐《ほさ》し、宣下の伝達と奏上を主に掌《つかさど》る重職だ。が、武家に下される官職、官位は有名無実となって久しい。

綱吉はたぶん迷っているのだろう。眼差しも声音も慎重さを崩さない。

「そなたは、いかに考える」

信子の兄、鷹司房輔《ふさすけ》は今上帝に仕えた前の関白である。そして妹、房子《ふさこ》は昨年十二月に准三后《じゆさんごう》を宣下され、来月には中宮として冊立されることがすでに決まっている。

房子は女御として入内してから栄子《まさこ》内親王をお産み参らせたものの、嫡妻が中宮として立后《りつこう》されるのは宮中のしきたり上、異例のことだ。兄、房輔などは信子への文で「これも公方殿の御威光、至極」と、義弟への感謝を率直に知らせてきたものだ。

綱吉は堀田大老に農政の建て直しを命じ、諸国代官には百姓への「仁政」を命ずる一方で、朝廷を尊重する姿勢を明らかにしたのである。天和元年に帝と公卿の間で深刻な紛争が起きた際も帝の意向を重んじ、当時の大納言父子を流罪としている。

従来の幕府は官位を下される帝と朝廷を敬しながらも、帝の外出《そとで》一つにも幕府の許可を取るよう拘束してきた。宮中の暮らしは幕府が供する御賄料がなくては立ち行かず、武門からの援助は太閤秀吉公の世からの慣いとなっている。

だが、綱吉が深く学んでいる儒学では「忠義」「孝養」、そして「尊王」の志向が篤い。ゆえにこうして、徳松への内意を信子に相談しているのかもしれない。

しばらく考えを巡らせてから、信子は口を開いた。

「畏れながら、ここで若君への宣下を有難くお受けすれば、またも世人《せじん》は後嗣を云々いたしましょう」

綱吉は徳松をいったん世子として西之丸に入れたものの、六代将軍の座は甲府宰相である甥、綱豊に禅譲すると決めている。兄、家綱公から弟である綱吉への相続は当代だけの、いわば中継ぎであって、ゆくゆくは三兄の息《そく》である綱豊に跡を襲わせることで「正統」に戻したいとの考えだ。

将軍家が長幼の序を犯せば諸国で相続の律が乱れる、綱吉はそれを危惧《きぐ》するのだろう。

跡目を巡って家臣が分かれれば、深刻な争いの火種を生む。精魂を傾けている文治政治が、一瞬でふいになりかねない。

「宣下はご辞退申し上げるが筋かと、存じ奉りまする」

信子は続けて、一思いに告げた。すると綱吉は我が意を得たように頷いた。

「そなたもさように考えるか」

「御上、お人が悪うてあらしゃいます」

作法違いに厳しい綱吉だが、互いに論じ合える相手は尊重し、好んで耳を傾ける。いかにすべきかはもう、己の中で決まっているのだ。しかし鼓を打っては緒を締め直し、また打って音を整えるように確かめたがる。

綱吉は満足げに目尻に皺を寄せ、次之間に命《めい》を発した。

「誰か、御台所に褒美の菓子を持て」

「あいぃぃ」

中臈らが応え、何人もの気配が動く。

「御上、菓子だけでは堪忍致しませぬ」

信子は軽く睨んで見せた。

「では、何が欲しい」

「考えておきまする。御上がたんとお困りになるような、難儀な物をねだることに致しましょう」

欲する物など何も無いのだった。

願わくば、今しばし共に過ごす時を。

胸の中でそう呟いたけれど、異なる言葉を発していた。

「手柔らかに頼むぞ」

綱吉は少し眉を下げて笑い、いつものように顎を上げた。将軍付の女中を目で呼んでいる。もう中奥に戻るという合図だ。綱吉は信子に会釈をしてから、席を立った。

「ご機嫌よう」

信子は辞儀をして、政の只中に向かう夫を送り出した。


雨が続いて、ひどく蒸し暑い。

端午の節供が過ぎ、今日は五月も二十二日になったというのに、徳松はまだ病快癒の酒湯を使うことができない。節分頃に咳をするようになり、そのまま臥せっているのである。

信子は見舞いの品を幾人かの中臈に持たせ、西之丸を訪れた。

本丸よりも一回り小作りな殿舎であるが、西之丸の襖絵は若君にふさわしい龍虎図や四季草花図で、住吉派の筆が揮《ふる》われている。

事前に聞いていた通り、徳松の寝《やす》む座敷には桂昌院と伝、そして数人の医者が詰めていた。鶴は先月、水痘《すいとう》を患い、それは信子も看病に加わって事なきを得たのだが、万一、徳松にうつってはいけないと、綱吉が鶴の見舞いを制したようだ。

たった二人きりの七歳と五歳の姉弟が、立て続けに不例となった。

「ああ、御台所さん。よう見舞《みも》うてくらしゃいました。さ、こちらへ」

顔を上げた桂昌院は手首に幾重にも巻いた数珠《じゅず》を鳴らし、伝と医者らは平伏した。医者はそのまま次之間へと膝を退らせ、退出していく。御台所の顔を直に見ることは、しきたり上、許されていないためだ。

信子は伝に「苦しゅうない」と声をかけてやり、自らも腰を下ろした。徳松の臥せる床を挟み、桂昌院、伝と向き合う格好になった。

「若君、また参りましたぞ」

徳松は熱があるのか、顔が赤く膨れている。医者の診立ては風邪であると聞いているが、この三月《みつき》の間に食が細り、今では葛湯《くずゆ》しか咽喉を通らなくなっている。

正月にはあんなに凛々《りり》しい姿で父の舞に見入っていたのにと思うと、胸苦しくなる。目の前の徳松は水鶏《くいな》の雛のように首まで痩せているのだ。

「昨日は、子沢山の広敷番《ひろしきばん》をここに召しましたのや」

桂昌院が徳松の顔を見ながら言ったので、信子は黙っていた。すると桂昌院がこちらを見て言葉を継いだ。

「五人も子がおるとかで、夫婦《めおと》でここに召しました」

どうやら、信子に話しかけているらしかった。

「五人も」

広敷番は幕臣が就く役の職名で、大奥の広敷という場に詰めて主に警護を担っている。

「そうどすわ。目見得《めみえ》以下の御家人《ごけにん》ですよって、本来は若君の前には出せん身分ですけどな。何せ子が五人やから」

子沢山の夫婦に見舞わせることで、縁起を担いだようだ。

「明日は私自ら護国寺《ごこくじ》に詣でて、病快癒を願う経を上げてもらいます。毎日、女中に代参させてはおりますけどな、三度に一度は私が行かんと効き目が薄うおす」

綱吉は桂昌院の発願によって、護国寺という寺の建立《こんりゅう》を命じた。桂昌院は昔から仏教への帰依《きえ》が深く、信仰心が篤いことは信子もよく承知している。

だが誰にも口にできないことだが、桂昌院が唱える般若心経《はんにゃしんぎょう》や真言《しんごん》は縁起担ぎとして変わらぬもののように思えるのだ。

観自在菩薩《かんじーざいぼーさつ》。行深般若波羅蜜多時《ぎょうじんはんにゃーはーらーみーたーじー》。

仏に救いを求める仏教は、生きてこの世にあることを苦と感じ、あまりにこの世が苦しみに満ちているのでこれは仮の世であると捉えたことが起源である。まして戦乱の世の武士は、生きて還《かえ》ることが珍しい憂き世だった。自ずと死を恐れず、死と親しむ生きようが理想となった。

ゆえに綱吉は今、ありとあらゆる手立てでもって、武士から死を遠ざけようとしているのだ。正月の行事では武芸より文雅を率先させ、学問を奨励している。

ところが桂昌院にとって、生きてこの世にある日々はすでに歓びに溢れている。憂き世ではなく、浮き世なのだ。美しい小袖をまとい、心地よい笛鼓の音に身を躍らせ、謡う。

そこには恐らく、綱吉のような祈りは無い。

毎日が心から楽しくて、楽しくて楽しくて。

こうして孫の病を案じている時でさえ明るさが滲んで溢れ、鳴らす数珠さえ現世利益《げんせりやく》の音がする。

ゆえに信子は向かいに坐す桂昌院に向かって、手を合わせたくなる。

その生きる力を、若君にもお分けくださいますまいか。

徳松の顔に目を戻すと、あまりの憐《あわ》れに胸の裡が引き絞られる。腹を痛めて産んだ子でないとはいえ、信子は嫡母である。正式な母だ。そして、神田屋敷では共にいくつもの季節を過ごした。手を差し出せば何のためらいもなく胸に飛び込んできたあの躰のぬくもりを、まだしっかりと憶《おぼ》えている。

徳松はさらに熱を発してか息が荒く、額に汗粒を浮かべている。

胸許から懐紙を取り出し、拭ってやろうと徳松の額に手を伸ばした。と、その手を払いのけられた。顔を上げれば、伝だった。束の間、沈黙した。

伝は瞬きをし、すぐさま頭を下げる。

「御台所様手ずから、畏れ多きこと。介抱は私がいたしまする」

伝は身を乗り出し、手にしていた布で徳松の汗を拭う。もう一言たりとも口をきくまいと決めたかのように唇を結んでいる。その横顔は土気色だ。

信子は己がこうもたじろぐとは、思いも寄らなかった。おとなしい伝が初めて見せた敵愾心《てきがいしん》だった。我知らず、頰が強張った。

桂昌院が取り成すように、「まあ、まあ」と数珠を鳴らした。

「御台所さんも伝も、そないに案じぬことです。護国寺さんで読経《どきよう》してもろうたら、たちまち、お良し良しになりますさかい」

病の平癒を公家言葉で「お良し良し」と言う。

「梅雨が明けたら、お良し良しや。必ず、そうなる」

病床には不釣り合いなほど明るい声だ。だがやがて桂昌院も口をつぐみ、徳松の息だけが耳にそばだつ。

「御台所様、そろそろお戻りにならしゃる刻限にござりまする」

背後から中﨟に促され、もう一度徳松の顔を見た。

明日も参りますゆえ。

伝の気持ちを憚って、胸の中で呼びかけた。

その時、褥《しとね》の下が揺れた。はっとして坐り直す。桂昌院と目が合った。快癒祈願の薬《くす》玉《だま》が、屏風《びょうぶ》と共に音を立てて倒れた。

「じ、地鳴りや」

桂昌院が叫んだ。

徳松の身をおおうように掻巻《かいまき》の上に伏せると、伝も同様にしたらしく、手が重なった。女中らが口々に己の主の名を呼ぶが、誰もこの座敷に入ってこられない。

「まさか、また日光と違うやろうな」

畳の上に這いつくばった桂昌院が顔だけを上げて、北を見た。

三月の半ば頃からだったか、下野国《しもつけのくに》で地揺れが続き、徳川幕府の開祖、権現様を祀ってある東照宮の石垣が崩れたのだ。

「えらいことや。御上に大事はおませんやろうな」

桂昌院は中奥で政務を執っている綱吉の身を案じながら、譫言《うわごと》のように真言を唱える。

「おん、あぼきゃ、べいろしゃのう……」

信子は大地が轟《とどろ》くのを懸命に堪えながら、伝の躰ごと、徳松をかき寄せた。

三

信子は中庭に面する座敷で、今日もぼんやりと七月の空を見る。
――伊勢《いせ》は朧《おぼろ》に、駿河《するが》は曇る、花のお江戸は闇となる、日光の事にて合点《がってん》か、おお、さて合点。

近頃、耳について離れない戯歌《ざれうた》がまた甦る。

夏の終わり頃から夜な夜な城の周囲を唄い、踊り歩く者たちが現れた。桂昌院から聞かされた噂である。

「数百人も集まって、手拍子を打ちながら練り歩くそうな」

さしもの桂昌院も、それを面白がって口にしているのではなかった。

信子が徳松を見舞った翌日の朝、日光でさらに大きな地震が起きた。北方の山が崩れ、形が無くなったほどの揺れだった。

そして閏五月二十八日酉《とり》の下刻《げこく》、徳松が息を引き取った。

綱吉は連日のように西之丸を見舞い、その日も朝から訪れて、本丸に戻った一刻後に亡くなった。信子はちょうど西之丸に向かう用意をしていた。その最中に右衛門佐から報せを受けた。

「若君が、おなおりにならしゃいましてござります」

公家では死という言葉を忌んで、「なおる」と言う。

「そう」

信子はその一言を返し、人払いを命じた。身も心も動かず、ただ茫然と坐していた。

享年は五歳。たった四年しかこの世にいなかった。

そのことを思うたび、今も身の裡から何かがせり上がる。柔らかなあの腕の感触や、まだ乳臭いような息、生き生きとした瞳を思い出す。泣きたくなる。

徳松の死によって家臣の多くは幕臣として取り立てられ、館林藩は消滅した。

人々の唄と踊りは徳川の凶兆を祓わんとするものなのか、それとも揶揄《やゆ》しているのだろうか、信子は承知していない。いずれにしても、歓迎すべからざる流行だ。大地震と世子の死は、天下を治める将軍、綱吉の「不祥事」と見做《みな》されるのである。

萬歳楽。

年の初めに捧げたあの祈りは、いずこへ追いやられたのか。

地の神、天の神は、あの謡と舞をお聞き届けにならなかったのか。

信子は近頃、一人でそんなことばかりを考える。

「御台所様」

呼ばれて振り向くと、右衛門佐が控えていた。許しを与えると、顔を上げた。

右衛門佐は一重瞼の目尻が下がっているので、いつも眠たげな顔つきに見える。長年、内裏《だいり》に仕えてきただけあって内心を滅多と表さないが、徳松の葬儀、服喪に当たって大奥が混乱を来たさずに乗り切れたのは、この右衛門佐の手腕による。

気持ちの湿っぽい者は「おいたわしや」と幾日も泣き通し、「次の御袋様は誰ぞ」と俄《にわ》かに色めき立つ者らもいた。いずれも信子には気が昂ぶっているように見え、厭わしかった。

右衛門佐が睨みを利かせて差配しなければ、二つの派ができていたかもしれない。大奥の女たちは何事かが起きると己と同じ捉えようをする者と気脈を通じ、そうでない者を非難したがる。

幕臣や諸大名でも同様のことが起きたらしく、それも七歳以下の世子が亡くなった場合の服喪規定が無いゆえだと綱吉は口にしていた。

物事の捉え方、振舞い方には規範が要る。

その言葉の意味がつくづくと、腑に落ちた。伝は自身の座敷に引き籠り、悶《もだ》え死にしそうなほど泣き暮らしていると耳にしていた。信子はその慰めようがわからない。何をどう伝えても、伝にはわずらわしい風の音としか響かないだろう。

右衛門佐がゆっくりと口を開いた。

「先ほど、中奥より御使者が見えましてて」

不思議に思って、信子は瞬きをした。右衛門佐はここ大奥を取り仕切っているので、堀田大老や馬老、他の老中とも対面し、さまざまな談合や交渉をも行なう。が、信子への伝言であればいつものように配下の女中を寄越せば事が済むはずだ。わざわざ右衛門佐がここに出向いてくる用向きではない。

「御上が御召しとのことにござります」

「御召し」

「吹上の御庭に、お出ましくださりませ」

「明日か、明後日か」

「畏れ入りまするが、直ちのお出ましをお望みであらしゃいます」

「今か」

声が上ずりそうになるのを抑えたので、不行儀にも早口になった。

「今は、おもやもやであらしゃいますとお断りいたしましょうか」

取り込みがあって忙しいことを「おもやもや」と言うのだが、右衛門佐は信子の真意をとうに見通しているはずであるのに、わざと事を曲げてかかっている。平安の昔の女たちのように「相手を焦《じ》らせ」とそそのかしているのだ。

思い通りに動くおなごなど、すぐに飽きられますがな。

ぼってりと青墨を置いた眉の下で、一重瞼の奥が信子の出方を待っている。

「右衛門佐」

「はい」

「お断り申すやなんて、かような返答があるものか。ここは江戸ぞ」

「さようにござりました。ほな、およろしゅう、お出ましあそばせ」

「ん、参ろう」

ついさっきまで気鬱《きうつ》に中庭を眺めていた己が嘘《うそ》のように、信子は立ち上がった。

初秋であるというのに陽射しはまだ強く、背後から供の女中が日傘を差して陰を作っている。

広大な吹上御庭に入ると、風が変わった。

「日傘は、もうよろし」

女中に命じて、閉じさせた。供の歩調を気遣いながら歩くと、空を思いのままに見渡すことができない。青く晴れ上がったその色に見惚《みと》れながら、大池の水面に舞い下りる水鳥を眺め、稲穂の匂いを味わった。この御庭の中には稲田も幾反《いくたん》かあるので、やがて一面が黄金色《こがねいろ》に染まって波打つだろう。

諸国の田畑も豊かに稔るだろうかと案じながら、両脇が山萩の大株で彩られた道を行く。綱吉と落ち合うのは庭内の茶屋だと聞いている。秋海棠《しゅうかいどう》や紫苑《しおん》、鶏頭《けいとう》が揺れる花畠を過ぎて、信子は歩を緩めた。

右衛門佐の言うように、少し待たせてやろうという気持ちになっている。朝の総触で挨拶し、後は御小座敷への来訪を待つだけの御台所なのだ。

茅葺《かやぶき》で簡素に仕立てた茶屋に近づくと、何人もの警護侍の向こうに柳沢保明の姿が見えた。柱は枝打ちの跡もそのままにした素木《しらき》で、床几《しょうぎ》に腰を下ろした人影がある。

信子は夫の前にゆるりと進んだ。目が合うと、綱吉は舞うように腕を動かしてかたわらの床几を指した。

女中らが背後に回り、信子の上掛の裾を持ち上げる。佇まいを整えてから、もう一度、夫に向き直った。

「御召しをくださりまして、有難う」

公家訛《なま》りで礼を言えば、綱吉は「ん」と目許を和らげる。ほどなく、保明に人払いを命じた。それぞれの家臣、供女中が何間《なんげん》も退いて侍り、茶屋の中は二人きりになった。

徳松を喪ってから綱吉は粛然と喪に服し、忌が明けてからは徳松の一切を口にしようとしない。おそらく、逝った我が子を忘れようと努めているわけではないのだ。あまりに哀しみが深く、愛おしくて惜しくて、いかなる言葉をも用いることができない。信子にはそう思えて仕方がない。

綱吉の両頬はめっきりと削《そ》げ落ち、翳《かげ》が差している。

「信子、ようやっと武家諸法度《ぶけしょはっと》がまとまったぞ。今月の末には発布する」

けれど、声には張りがあった。

「それは、おめでとうございまする」

武家諸法度は綱吉の祖父である二代将軍、秀忠公が京は伏見において発布したのを嚆《こう》矢《し》とすることは、以前、綱吉から聞かされていた。将軍家代替わりのつど改定を加えて発布し直すのが慣いで、当代の将軍の考えを正式に天下に知らしめるものだ。

綱吉はこの内容の吟味を儒学者に命じ、自身もずっと取り組んできたはずである。

「第一条は、文武忠孝を励まし、礼儀正しくすべき事」

信子は驚きを隠せなかった。武門の棟梁の妻となったのだ。従来の第一条が「文武弓馬《きゅうば》の道、専ら相嗜むべき事」であることは承知している。

いかに武を払うとはいえ、この法度はすべての武家に対して発布し、違反した者は厳罰に処することになる。にもかかわらず、「弓馬の道」という士道に触れないという。

綱吉は信子の反応を予測していたのか、会心の笑みを泛かべた。

「そうだ。この第一条によって、武士としての生きようを変えさせる。主君への忠、親への孝、そしてすべての行ないにおいて、何よりも礼を重んじさせる」

「あの、触れの第一条とほぼ同じゅうしてあるのですね」

「いかにも」

去年、綱吉は諸国に高札を立てさせた。信子はそれを諳《そら》んじている。

——忠孝を励まし、夫婦、兄弟、諸親類に睦《むつ》まじく、召使の者に至るまで憐憫《れんびん》を加うべし。もし不忠、不孝の者あらば、重罪たるべき事。

幕府は諸国の民に向けて、「忠と孝を重んじ、身内は相睦まじく、目下の者への憐れみの心を持つよう」命じたのだ。不忠、不孝、そして人身の売買を禁じ、奢侈放埒《しゃしほうらつ》を慎しむよう求めた。むろん高札を立てるだけでなく、堀田大老には直々に「士民の心志《しんし》を直し、その行為を正すように」と指図をしたようだ。

この意を受けて堀田は町で悪行《あくぎょう》を繰り返す無頼《ぶらい》の徒、そして貧しい御家人に無礼な態度を取る悪徳商人の実状を調べさせた。さらに綱吉も自らの名で寺社奉行、大目付、町奉行、勘定頭を召し出し、目先の処分に囚われることなく公正な裁断を下すよう申し渡したのである。

綱吉は淡々と続けた。

「武については第三条に回した。人馬兵具《ひょうぐ》等、分限《ぶげん》に応じ相嗜むこと」

「随分と短《みじこ》うございますね」

「気になるか」

「畏れながら、私でさえも戸惑いまする」

「いつも申しておろう。反発は承知の上だ。そのじつ、余はこの第三条も要らぬと考えておったのだ。が、堀田が粘りに粘ったのよ。今さら諸侯の顔色を窺うことは致しませぬが、この条項まで外さばかえって世が乱れかねませぬと、一歩も引かなんだ。あやつ、これを受け入れられねば大老を辞するとまで申した。腹を切るつもりであったのだ。まったく、あの意志堅固には参った。具申が通らねば職を放擲《ほうてき》致すとは、それぞ最たる不忠であろうと、余は一喝したのよ。すると堀田は何と申したと思う」

綱吉が憤りを持っていないことは口ぶりでわかった。安心して、次の言葉を待つ。

「主君の過ちを知りつつこれを正さぬこそ不忠なり、阿諛《あゆ》追従《ついしょう》なり。いざとなれば一命を懸けて献言するは、断固として忠にござりまする、とな」

綱吉は苦笑いを零した。

「ゆえに第七条に、喧嘩口論は慎むべしを残した。私《わたくし》の諍論《そうろん》、すなわち私闘を禁ずる。やむを得ぬ事情があらば奉行所に申し出でよ、とした。己が正しいと信じている者同士が忌憚なく論を交わし合える間柄は、少ないのだ。余と堀田のようには、なかなか行かぬだろう。これまでの法度でも大名の諍いは禁じていたが、すべての武士に対して私闘を禁じたのはこれが初となる」

綱吉が、ふいに声を低くした。

「信子、余は命の重さを、この世に取り戻す」

家臣は主君に忠を尽くすことで国を安寧に保ち、夫婦や親子は互いに和することで道理に外れた生きようを防ぐ。それこそが儒学の教えの根本でもあると、信子は解している。

「大名も民も皆、等しく慈愛を持つようにと命ずるのですね」

「そうだ。身分の貴賤《きせん》にかかわらず、民の一人びとりが命の尊さ、慈愛を教えられて良いのよ」

戦場では、勇んで命を捨てる者が多く必要だった。それが人生の手柄となり、家の誉として子や孫に伝えられてきた。いや、その死をもって手に入れた軍功によって家を保ち、禄を受け取る仕組みであったのだ。

命の重さ軽さだけでなく何を尊ぶかという考えも、命を受け継ぐ仕組みも異なっていた。

それを五代将軍、綱吉は変えようというのである。

慈愛の心がまさに「文」であり、その力によって武を制し、真の泰平を導く。

風が渡って、空がいっそう青々と澄んできた。

このお人は我が子の死を嘆き悲しむ代わりに、発布すべき法度を考え尽くしてきたのだろうと思った。

綱吉も黙って、空を見上げている。

徳松に何かを呼びかけているのだろうか。それとも、今、この時も「萬歳楽」と唱えているのだろうか。

二人でしばらく黙したまま、秋風に吹かれていた。

あくる年の天和四年は、二月二十一日に「貞享《じようきよう》」と改元された。

幕府は「服忌令《ぶつきりよう》」を定めて発布した。

綱吉は徳松を亡くしてまもなく、服喪の規定を整えるよう老中に命じたらしかった。

徳松の一周忌を滞りなく済ませると、瞬く間に盆が過ぎ、八月も二十八日となった。

昼前、信子は中庭に面した広縁に坐って、兄からの文を読んでいた。

綱吉はよほど疲れが溜まってか、左耳の真下から首筋にかけて大きな腫物《はれもの》ができていた。

「えらいことや。祈禱《きとう》をさせな、あきません。いや、鍼《はり》がええ。灸《きゆう》も最上の艾《もぐさ》を取り寄せよう」

桂昌院は地鳴りが起きた日よりも顔色を変え、護国寺はもとより徳川家の菩提寺《ぼだいじ》である芝の増上寺、上野の寛永寺に祈禱を依頼した。

「御台所さん、兄《あに》さんに頼んでな、霊験あらたかな神社から護符を送ってもろうてくだされ。お寺もな。おっとり構えてたら、あきませんのやで。すぐに送ってくれはるよう強うお願いせな、お公家さんは何かにつけて時をかけるのが作法やと思うてはるのやから。早《は》よ、く、国じゅうの神さんと仏さんにお願いするのや」

これだけを言う間に、桂昌院は幾度も声を裏返らせた。

「さほど痛みはないのだが、母上があなれば、余にも止められぬ」

「真に痛みはないのですか。真にござりまするか」

「御台所まで何だ」

綱吉は左手の人差し指と中指を揃えて、腫物を押すような仕草をした。

「こうすると痛みは感じるが、耐えられぬほどではない。案ずるな」

しかし信子自身、気が気ではない。すぐさま鷹司家の兄、房輔に文を書くことにしたが、大層な病のごとき書きようをすれば朝廷で要らざる噂が立ちかねない。迷信深い公卿らは桂昌院に負けず劣らずの騒ぎ方をして、それが政にかかわらぬとは言い切れないのだ。

かといって、護符を貰い受けるのに本人の名がなくては、神々は誰を守れば良いのか迷われるだろう。しかも兄のことだ。あまり深刻でない頼みようをすれば、目当ての物が江戸に届くまで半年はかかる。

信子は思い余って右衛門佐に、文の書きようを相談した。

「かような場合の頼み事は、率直にお書きあそばすのが一番にござります」

右衛門佐は「たとえば」と、下唇だけを動かす。

「重篤でない腫物と察せられ、医者の診立ても同様でありまするが、桂昌院様が……御台所様、ここで桂昌院様の御名をはっきりと出されるのがおよろしいかと存じまする。いいえ、桂昌院様の御気性は大奥にご奉公いたす女中らの文で、今や京でも知れ渡っているのでございります。前の関白様のお耳に入っていることは間違いございりません。ゆえに、桂昌院様がいたく御心痛で大取り込みの由と書かれませ。神仏のお助けを、半日でも早《はよ》うと請うておられます、と」

「大仰《おおぎょう》に過ぎるのではないか」

「いいえ、このくらいでちょうどにございりまする。宮中の女官で信の置ける者に私からも文を出しておきますゆえ、ご安堵くださりませ。鷹司様の御意向を受けて、あらゆる伝手《つて》を辿らせましょう。いえいえ、かようなことはいともたやすきこと。神仏にかけてだけは、まだ禁裏の方が力をお持ちであらしゃいます。何せ、七百年ほども前から、宮さんらが仰山《ぎょうさん》、方々の神社やお寺にお入りにならしゃってきたのですから」

右衛門佐が口にした通り、兄の房輔は信子の想像を超える早さで名刹《めいさつ》に病平癒の読経を上げさせ、格の高い神社に祈禱を願い、白木の大箱に護符をぎっしりと詰めて送ってきた。

そして綱吉の腫物は徐々に小さくなり、先月、七月には痕も残らず腫れが引いたのである。

「大きに、有難う」

桂昌院は目頭を湿らせながら、信子に何度も礼を述べた。まるで己が命拾いをしたかのような、本心からの「有難う」であることがわかった。

信子は平癒の礼に白銀《はくぎん》五十枚を添え、文を書いた。すると兄も大層、安堵して、見舞いの品として書や歌集を贈ってきた。

兄の文には、京での綱吉の評判はことのほか優れ、帝も上々の思召《おぼしめ》しと記してある。世辞含みであるにしろ、信子にはそれが嬉しかった。そして兄の贈物は何よりも、綱吉を喜ばせた。

昨年、あの武家諸法度を発布して以来、世にますます「強く厳しい将軍」として知られ、自らもそうあらんと決めて幕閣を率いている。が、寸暇を惜しんで書を繙《ひもと》き、歌を詠み、舞うことをやめない。

学問や芸の世界にしばし身を置くことで、綱吉は途方もない重圧や逡巡を跳ね返し、己を保っているのかもしれない。

今日は月次《つきなみ》の御礼日であるので、一門や諸大名を謁見しているはずだ。

綱吉の側室らに懐妊の兆はまだ見えず、伝は鶴の婚礼支度に余念がないらしい。

「御年寄がお越しにござります」

中臈が訪《おとな》いを告げたので、信子は兄からの文を巻き直した。目通りの許しを出してほとんど時を置いていないのに、もう右衛門佐が次之間に姿を見せている。いつになく顔つきが険しい。

不吉な念が胸を過る。努めて平静に声をかけた。

「何事です」

すると、右衛門佐が微かに息を呑み下す音が聞こえた。

「今、表向から報せが参りました」

黙って次の言を待つ。

「御大老、堀田様に凶事が出来《しゅったい》にならしゃったとの由にござりまする」

「凶事。無事なのか、大老は」

右衛門佐は辞儀をするだけで、何も応えない。

そんな。よもや、そんなことが。

繰り返したが、声にならなかった。

五　生類《しょうるい》を憐れむべし

一

凶報が届いた時、綱吉は着替えを済ませたばかりだった。

今日は月次の御礼日で、まもなく表向に出座し、諸大名を謁見せねばならない。尾張、紀伊、水戸の三家は徳川一門、いわば身内であるのでこの中奥に招き入れるが、他の大名からは表の大広間で挨拶を受けるのが常例だ。

出座までに少し時があるので腰を下ろし、小姓が差し出した茶碗を手にしたが、ふと目を上げた。間違いない、泉水の庭越しに不穏な音がする。一人や二人ではない足音だ。耳を澄ませば、怒声までが行き交っている。

小納戸役の柳沢保明も庭の向こうに顔を向けており、綱吉に向き直ってから辞儀をした。

「見て参りまする」

保明は綱吉が無作法な、とりわけ粗暴な振舞いを厭うのを心得ている。文官たる者、常に礼を重んじて身を慎み、静粛謹厳たる態度で世人の範とならねばならぬ。

保明が踵《かかと》を立てたその時、襖が動いた。足早に入ってきたのは側用人の牧野成貞だ。

馬のごとく長いその横顔を見やって、綱吉は茶碗を黒漆の茶托《ちゃたく》に戻した。

牧野の面からは血の気が引き、蒼白だ。

「馬老、何事ぞ」

許しを与えると、いったん平伏していた牧野が半身を立てる。高い頬骨が目尻の皺を伴って上下に動いてから、口が開いた。

「御大老が、刃傷の沙汰に遭われましてござりまする」

咽喉を締めつけられたような声だ。

「堀田がやられたと申すか。誰にじゃ」

「稲葉石見守正休《いわみのかみまさやす》殿にござります」

途端に総身の血が滾る。

若年寄ともあろう者が殿中で、しかも大老相手に刃《やいば》を振るうてか。

「して、堀田は無事であろうな」

綱吉はまもなく姿を現すであろう、堀田の姿を思い泛かべる。

荒い鼻息を吐き、「不覚を取り申しました」と恐懼《きょうく》しながら詫びるのだろう。仲秋であるのに、額には大粒の汗を浮かべているはずだ。幕閣の最高位たる大老としては真に似合わざる性質と言わねばならぬが、綱吉は不思議とそれに苛立ったことはない。

堀田の大きな目鼻や盛り上がった肩を目にするにつけ、ふと愉快な気持ちさえ催す。一回り歳上のこの重臣に綱吉は深い信を置き、儒学を学ぶ場においては師と仰ぐこともある。従来の武家では儒学を仏教の真義と相反するものと捉え、忌み嫌う者も少なくなかった。弓馬の道を重んじ学問を柔弱として軽んじる風潮に至っては、いまだ根強いものがある。

だが堀田は幼い頃より儒学、朱子学に親しんできただけあって、ひとたび書見台を前にすれば並々ならぬ知を備えていることが知れた。

「堀田は無事であろう」

ゆっくりと語尾を上げ、牧野に確かめた。だが牧野は黙って唇を震わせるのみだ。綱吉は片膝を立てて迫った。

「馬老、堀田は」

我知らず、大音声になった。

「一突きで深手を負われてござりました。手当の施しようもなく」

牧野は頭《かぶり》を振ってから、綱吉の目を見て告げる。

「御大老堀田筑前守《ちくぜんのかみ》、卒去《そつきょ》」

綱吉は言葉もなく、天井を仰いだ。

中奥の御座之間に老中、若年寄を召致したのは、それから一刻の後だった。

一同は皆、蒼褪め、血の腥さを総身から放っている。

血飛沫を浴びた装束は始末し、身を浄めてからこの場に集まったはずだ。それでも、人を斬った臭いは易々とは去らぬ。昏《くら》い昂奮がまだ冷めやらず、眦《まなじり》を引き攣らせた者もいる。

事の次第は既に、牧野から報告させていた。

凶変が起きたのは、五ツ刻から始める謁見の前だという。大広間には堀田や他の老中らも出仕するので、面々は中奥の相之間《あいのま》に詰めていた。そこへ若年寄の稲葉正休が現れ、堀田に何か相談があると告げた。堀田は腰を上げ、稲葉を伴って隣りの次之間に移ったようだ。相之間にいた者らがただならぬ呻き声を耳にしたのは、その直後だった。

老中らは即座に脇差を手にして隣室に踏み込み、稲葉を滅多斬りにした。血溜まりの中で、稲葉も息絶えた。

――何ゆえ、稲葉を生け捕りにせなんだ。咎人《とがにん》をその場で殺してしもうては、裁きができぬではないか。

難詰したいのを綱吉は抑え、腿の上に置いた拳を握り締める。

咎人への尋問によって真相を明らかにし、しかるべき処分を下す。向後、かように公正な裁きをすると、武家諸法度で宣言したのである。そして堀田こそが綱吉の意を汲み、法度の成文化に尽力した者だった。

発布は昨年、天和三年の七月二十五日だ。もう一年と一月《ひとつき》を経ている。

にもかかわらず、この者らは咎人を迷うことなく成敗した。

そもそも殿中で重臣が大老に刃傷に及ぶとは、正気の沙汰ではない。

噴き上がる怒りをも堪え、事の経緯を吟味していかねばならない。それが公正なる裁断であり、将軍は身をもって範を示すが務めだ。

「事の発端から詳《つまび》らかに致せ」

老中の一人がややあって、重々しく答えた。

「相之間に詰めておりますれば石見守が傍に参り、御大老に少々、意見を得たき儀がござると申しました。御大老は快く腰を上げられ、石見守を伴《ともの》うて次之間に移られました由、これは何人かが見ておりましてござります。その後、御大老が倒れておられた場から察しまするに、石見守は御大老が着座もされぬうちに不意討ちに及んだようにござりまする。脇差で右の脇腹を一突きに致し、さらに深《ふこ》う抉《えぐ》っておりましたので、我らで討ち取りましてござります」

稲葉を総勢で斬り捨てた後、老中らは堀田の手当を命じたが、奥医師が着到した時には既に絶命していたようだった。

遺骸は供の家臣に付き添われて自身の乗物駕籠で下城し、屋敷に帰った。しきたりによって、自邸で息を引き取った体にするのだ。当人と家の面目を守るための配慮である。

「石見守が不埒《ふらち》なる儀に及んだ理由は」

名家のほとんどの例に洩れず、堀田と稲葉も縁続きの間柄だ。

堀田正俊は綱吉の父、家光の乳母《めのと》であった春日局の養子であり、家光の上意で春日局の孫である稲葉正則の娘を娶っている。そして稲葉正休も春日局の孫の一人だ。二人の歳頃も近く、堀田は五十一、稲葉は四十半ばのはずだ。

「不明にござりまする。ただ……」

口をつぐむ。すると、「畏れながら」と別の老中が頭を下げた。

「控え部屋に、かような物が残されてござりました」

懐から包を取り出し、膝前に置いた。

「書置《かきおき》にござります。詮議を受ける際に己が取り乱すを恐れ、前もって之《これ》をしたためると書いてござりまする」

すなわち、稲葉は堀田を殺めた後、己が捕えられて尋問されるのを想定していたことになる。そこを弁《わきま》えられるのであれば、何ゆえ、かような挙に出たのだと綱吉はまた唸り声を洩らした。

なぜ、堀田を殺そうなどと考えた。

「公方様」

老中が包を改めて、前に差し出した。作法通りの奉書紙だ。が、白い包がざっくりと割れて暗い血を噴きそうで、目を背けた。

「それがしがお読み申しましょうや。それとも」

綱吉自身が読むかと訊ねている。かような、どうでも良いことだけは上意を伺いたがる。綱吉は黙って顎をしゃくった。

血で穢れた物に、余が触れるわけがなかろう。

老中が「畏れながら」と一礼してから、書置を持ち上げた。包を開いて脇に置き、畳んだ紙を広げる。

「先般より筑前守の政は士道に悖《もと》ること甚だしく、見過ごし難き所業と存じおり候。かくなる上は、累代の御高恩に応えんが為、筑前守を討ち果たさんと決意致し候」

堀田への存念については何一つ、詳細に記していない。そして多くの遺書、果たし状と同じく、巧妙なすり替えが行なわれている。

同じことを老中の一人が問うた。

「石見守は歴代の上様の御恩に報いる為、忠心ゆえの決意と申しておるのか。私憤ではないと」

書置を読み上げた者が包に戻してから、「いや」と息を吐いた。

「そうは申しても、おそらく淀川《よどがわ》の件であろう。御大老にあの任から外されたことを、石見守は恨んでおったのだ」

「治水策か」

「いかにも」

老中らが口にしているのは、大坂の淀川の件であろうことは察しがついた。

淀川は長年、水害が絶えず、綱吉は昨年、治水工事に着手させたのである。稲葉石見守がその任に就いた。

幕府は従来、重要な案件は老中によって合議し、その他の政務は月番によって任に当たってきた。しかし綱吉は各々の老中に、特定の事柄を専らとするよう命じたのである。

これは開府以来初めての統治体制であったが、将軍就任早々、堀田に財政と幕領の民政を担当させて功を奏していた。特定の事業にかかわることで重臣らも専門の知を集積でき、かつ、責任を分散させにくくなる。月番などという交代制では、無能な者でも外聞をつくろいやすい。従前は何を命じても遅々として進まず、進捗を知るのにも要領を得ぬ者が多かった。

稲葉は現地を視察して「淀川治水策」をまとめたので、綱吉もそれには目を通している。

「淀川が如何《いかが》したのだ」

綱吉が訊ねると、皆、一斉に目を伏せる。

「申せ」

一同を睨《ね》め回すと、ようやく一人が口を開いた。

「畏れながら、石見守は御大老によって治水の任を解かれましてござりまする」

それについては報告が上がってきていたが、理由は添えられていなかった。何を綱吉の耳に入れ何を入れぬかを裁量するのも、大老の務めだ。

「何があった」

「実は、治水に要する費えに見込み違いがござりました」

「見込み違いとな」

「石見守は四万両の掛かりを計上致したそうにござりますが、御大老は財政に深く通じた御方ゆえ、あまりの金高《きんだか》に不審を抱かれたとの由。そこで視察に同行いたした河村瑞《かわむらずい》賢《けん》なる商人を召して問い糾されたところ、二万両にて可能との意見を得られたようにござりまする。そこで御大老は即刻、石見守の任を解かれたと聞き及んでおりまする」

となれば堀田は至って正当な判断を下したのであり、稲葉はやはり私憤、逆恨みによって殺意を抱いたことになる。

ところが稲葉が解任された理由を、今、初めて知ったという老中がいた。

「さような仕儀があったか」

「御大老は石見守の面目を考慮して、解任の理由を公にされなんだのであろう。御大老らしい温情にござる」

感に堪えぬような声音だ。すると別の者が、「さは、さりながら」と眉をつり上げた。

「精魂込めて策を練り、弾き出した費えぞ。それを、己が同行させた商人の意見によって否を突きつけられたのだ。半額で工事を成し遂げられるなどと脇から進言されては、石見守の立つ瀬はいずこにある。かほどの不面目があろうか」

堀田が稲葉の計上した金高に不審を抱き、身分の低い商人の言を採り上げて罷免したことを稲葉は恥辱と感じた。そう言いたいらしい。

と、口にした老中は俄かに気づいてか、「申し訳ございませぬ」と平伏した。綱吉に向かって頭を下げる。

「決して、咎人の肩を持ったわけではございませぬ。平に、平に御容赦を」

「苦しゅうない」

その言を投げると、当人は恐る恐る身を起こす。

ああ、堀田がこの場にいてくれたならと、綱吉は思った。

堀田がいたならば、皆にこう言い切るだろう。

武家諸法度において、私闘は厳に禁じておる。いかなる料簡を持っておったとしても、情状を酌《く》む余地は全く無きものと心得よ。

綱吉は前君までの武家諸法度のほとんどを改定し、武道より「忠孝」「礼儀」を重んじるよう求めたのだ。主君に対する忠義、父祖に仕える孝、そして礼儀こそが泰平の世を盤石なものにする。しかも、従来は旗本、御家人に対して諸士法度《しょしはっと》を別に用いてきたものを、武家諸法度に統合させた。綱吉が発した武家諸法度は初めて、大名と徳川の家臣団すべてを対象としたものだ。

その発布者たる公儀の殿中で、若年寄が大老を刺殺した。

天下に示しがつかぬではないか。法度の威信はもろくも崩れて、粉々に散る。

綱吉は己に問うた。

ならば余は何ゆえ、この言葉を者共に発しないのか。何をためらっている。

通じぬからだと、己が答える。

場を見渡しながら、誰の顔も知らぬような気がした。目も鼻も穿《うが》たれていない、木から刳《く》り貫《ぬ》いただけの面だ。熨斗目《のしめ》、長上下《ながかみしも》を身につけ、所作をいかほど洗練したとて、たやすく血を滾らせる者らだ。

彼らは一向、変わりたがらない。

堀田、なぜ死んだと、綱吉は奥歯を噛みしめる。

そちがおらねば、誰が余の言葉を伝えるのだ。

主君より先に逝くとは、かほどの不忠があろうか。「忠」も「孝」も、自らの生きようで体現していくことではなかったのか。

主君や父祖を崇《あが》め、祀るだけが忠孝ではない。生きて、この世に尽くしてこそ。余にそう教えたのは、堀田、そちではないか。

昨日、三之間での評定を思い返す。

幕閣が一堂に会して諸事を評定する場に臨席し、裁可を下す、それが将軍の政務の一つ。事と次第によっては再度の詮議を促す場合もあるが、昨日の評定は別段、苦慮する案件はなかった。

「さようにせい」

そう命じて三之間を出る際、堀田は充実した面持ちで見送っていた。白く肥えた頬が若者のごとく、うっすらと赤かった。

大儀であった。また、明朝。

綱吉はそんな心持ちで頷き返したのだ。あれが最後になろうとは、思いも寄らなかった。

昨年の閏五月二十八日、世子、徳松が身罷った。そして今日、八月二十八日、恃《たの》みにしていた重臣を喪《うしの》うた。

吟味を終え、老中らが退出して後も、綱吉は身じろぎもせずに黙していた。いずこの庭からか、秋菊の匂いをはらんだ風が入ってくる。

かくも殺伐とした身にも、風は吹く。

暮れかかる座敷の中で、下座に控えている二つの顔に秋陽が差した。

馬老と保明だった。

二

乗物駕籠が市中に入ったのか、「下にぃ」と下々に先触れする声が聞こえる。

七月に入ったばかりの今日、桂昌院の発願で建立した護国寺に参詣する道中である。綱吉の乗物の後ろには信子、桂昌院、伝の乗物が続いているはずだ。

そして鶴も夫と共に藩邸を出立し、本堂で落ち合うことになっている。警護の侍や供を務める者らの足音が響く。馬老と保明は鶴を迎えるべく、先に護国寺に入っていると聞いていた。

今年、貞享二年の二月二十二日、鶴は紀州徳川家に入輿した。縁組を決めたのは綱吉で、輿入れ先は二代紀伊藩主、徳川光貞の長嗣、綱教《つなのり》だ。鶴が日々を暮らすのはむろん江戸藩邸であるので、今もしばしば機嫌伺いに大奥を訪れ、綱吉や信子と共に時を過ごす。その際は桂昌院や伝も本丸の大奥に集い、皆が頬を緩めて鶴を囲む。

桂昌院などはつい十日前に会っていても一年ぶりのごとき声で懐かしみ、鶴の手を取って握り締める。

「息災でお過ごしやったか、鶴姫さん。何ぞ困ったことがあったら、この祖母にお言いなされ。綱教殿は歳が離れておいでやろう、話は合いますのか」

鶴はまだ九歳であり、夫の綱教は二十一だ。将軍家や大名家では珍しくない取り合わせで、しかも綱教は綱吉の兄、家綱が偏諱《へんき》である「綱」の字を与えただけあって、家格、人格共に申し分が無い。

だが桂昌院は町方の夫婦のごとき理屈を持ち出して、あれこれと案ずる。

「兄君のように、優しゅうしてくらしゃいます。昨日も双六《すごろく》遊びをしてくらしゃいました。鶴は御礼に、琴をお弾き申しました」

「そうか。けど、奥には、姫さんの母御のような歳の者も大勢、おりますやろう。あんじょう、仕えてますのんか。何でも我慢したらあきませんのえ。口に出さへんことには、こっちが何を我慢してるのか、誰にもわかることやありまへんさかいな」

すると、鶴はくすりと笑んだ。

「皆、良うやってくれてます。私は果報者にござりますゆえ、祖母様はご安堵あそばせ」

九歳の孫に宥められて、桂昌院は「ほんまかえ」と肩をすくめる。そのさまを見て、綱吉は信子と苦笑し合う。

政務に気を抜けぬ毎日の中で、鶴と過ごすひと時がいかほど心をなごませてくれることかと、乗物の中で揺れながら有難いような心持ちになった。

側室らは一向に懐妊の兆を見せぬままで、鶴は我が血筋を引く唯一の者なのだ。他家に嫁がせたとはいえ、天分の明るさと素直さを持つ姫に「父様《ととさま》」と呼ばれるだけで、ふいに胸が熱くなる時もある。

そんな己をずっと戒めてきた。将軍はいつ、いかなる場にあっても、公の立場を弁えていなければならない。するとある朝、婚礼支度が整った昨年の暮れだったろうか、信子が大奥の御小座敷でこんなことを言ったのだ。

「御上といえど、姫を可愛がられるのに誰を憚ることがあらしゃいましょうや。我が子を存分に慈しむは、親に孝を尽くすと同じにござりまする。畏れながら、私はかように存じまする」

あの頃、余はさぞ陰鬱な面持ちをしていたに違いないと、背後の行列に続く信子を思った。信子は己が心中に抱いている悔いを見抜き、慰撫《いぶ》してくれたのだと、綱吉は察している。

徳松に対する悔いだ。父が将軍の座に就いたばかりに徳松は生母や姉と別れ、家臣に取り囲まれて生きる運命を負った。

余が館林藩主のままであったならば、今もあの神田屋敷で息災に暮らしていたであろうに。

他人は詮無きことをと笑うかもしれないが、きっと生きていたと綱吉は確信する。生きてこの世にあれば六歳だ、年が明ければ七つだと綱吉は指を折った。共に筆を持って書画を嗜み、息遣いを合わせて『論語』を読み、舞い、板敷の舞台を足で踏み鳴らしていたに違いない。ああ、それはどんな音なのだろうと、耳を澄ました。

綱吉は頭を垂れ、額を両の掌でおおった。

かようにぶざまな、哀れな真似は人目のある殿中でできるものではない。中奥の用之間で一人、政務に取り組む時も、背後に控える者らの眼差しを必ず意に留めていた。まして大奥では、たとえ信子にもこの姿は見せられない。

弱みを晒さぬ、いや、弱みなど天《はな》から持たぬのが将軍だ。

ゆえに綱吉はいつしか、乗物駕籠の中のみと決めていた。徳松を、そして堀田を思うて存分に嘆くことができるのは、この狭い場しか持ち合わせぬ身になっていた。

綱吉は堀田の死後、殿中の穢れを祓うため、すぐさま中奥を改修させた。その際、重臣らの詰所である部屋の配置を変えさせた。従前は、老中、若年寄を集めて評議を行なう御座之間と彼らの詰所は間近に配してあったのだが、詰所を出入り口付近へと遠ざけた。

その結果、綱吉と老中らの間を側用人である馬老、牧野成貞が取り持たねばならぬようになった。側用人の職務は中奥に所属する者の人事や処罰の申し渡し、猿楽舞の開催、山王《さんのう》権現への代参など、表の政務にかかわらぬのが本来だ。

が、綱吉の居場所と老中らの詰所に距離ができたことで、老中らは諸事をまず側用人である馬老に相談し、綱吉は馬老から伺いを立てられるようになった。

綱吉はそこまでを見越して部屋の配置を変えさせたわけではなかったが、馬老は自ずと幕閣から重んじられる立場になった。幼い頃からいわば綱吉の守役であった馬老に思いも寄らぬ苦労をかけると思う日もある。

ただ、馬老は日を追うごとに任にふさわしい貫禄《かんめ》を備えるようになり、実際、贔屓目ではなく実に神妙に務めている。置かれた立場、職務によって潰れる者もあれば、大きくなる者もあるのだ。それも才のうちであろう。

そして綱吉は、己が老中や若年寄らをもう微塵《みじん》も信じていないことを自覚していた。

顔を上げ、背筋を立てる。

堀田の死後、繰り返し考えてきたのだ。稲葉石見守正休の書置が、ずっと肚の底に沈んでいた。小さな、けれど硬い石のごとき文言を、綱吉は片時も忘れたことがない。

――先般より筑前守の政は士道に悖ること甚だしく、見過ごし難き所業と存じおり候。かくなる上は、累代の御高恩に応えんが為、筑前守を討ち果たさんと決意致し候。

稲葉の真意に気づいたのは、いつのことだったろう。

そうだ、鶴が嫁いだ日のことだ。

綱吉は行列が門外へといつまでも続くのを、上から見晴るかしていた。婚礼の儀が滞りなく運び、紀伊家屋敷への入輿行列が壮麗を極めたことに満足していた。将軍の座に就いて以来、葬儀と服喪に明け暮れたのだ。徳川将軍家の威信はかような晴れの場でこそ示さねばならなかったし、諸国の大名や朝廷、公家、寺社の礼の尽くし方も以前より深まっている。天下を率いる主として綱吉を認めつつある。

己の信ずる政を歪めることなく進めるには、権力の掌握は欠くべからざるものだ。今は土台しか残っていない天守閣の址《あと》に立ち、綱吉は「天下一の輿入れぞ」と満ち足りていたのだ。堀田が生きていれば共にこの眼下の景色を見たであろうにと思うた途端、肚の中であの石が硬い音を立てた。

もしやと、肚に手を当てた。そして気づいた。

稲葉は堀田ではない、堀田の背後にいる余を非難したのではないか。そうだ、淀川の件から外されたほどのことで、堀田を刺殺するまで思い詰めるだろうか。

後で知ったことには、稲葉が用いた脇差は「事をし損じぬように」と前もって刀工に打たせたものだった。むろん詮議を受けた後、切腹、もしくは打首をも覚悟していたであろう。武家では「喧嘩両成敗」が律であり、綱吉もその点を改定してはいない。他者を討つと決意すれば、己の命を賭すのは当たり前のことだ。むしろ綱吉は喧嘩両成敗を残すことで、抑止の力が働くよう期待していた。

もはや、武士の使命は他者の命を奪うにあらず。我が存念を訴えるのに、刀を用いぬ方法を模索せよ。

稲葉はその政道に、命を懸けて抗ったのではないか。綱吉を将軍の座に就け、新しき政を押し進めてきた大老を殺すことで、「不承知」を申し立てた。

堀田は、余の代わりに殺されたのだ。

慄然《りつぜん》とした。その後、天守台から中奥へとどう帰ったのか、よく憶えていない。城下で続く寿ぎの景色も虚《うつ》ろに霞み、足下の砂土に膝まで埋まって一歩も進めぬような気がした。

己を立て直せたのは、馬老と保明がいたからだ。二人は堀田が突如消えた殿中で、一心に務めていた。綱吉の政を支えようとしていた。

綱吉はもう一度、己の為すべきことを信じてみようと思った。

武士が仁の心をもって、弱き者を慈しむ。弱き者も互いに和する。そのために公儀は法を整え、公正な裁きを行ない、学問を奨励する。心を鍛錬し続けさせる。

この「文治」の政を前に進めねば、堀田に報いることはできないだろう。

綱吉は己に言い聞かせる。

徳松にもと、口の中で呟いた。

乗物の歩みが止まって、外が騒がしい。

小窓を引けば、供の者らが道で蹲踞《そんきょ》している。

「公方様」

「何事ぞ」

問うと、供の一人が言上する。

「申し訳ございませぬ。道の先を町人の飼《こ》うておる犬が横切りましたゆえ、今、叱責致しております。しばし、このままお待ちくださりたく」

綱吉はさらに窓の戸を引いて、外を見やった。参詣行列の際は這いつくばらずとも良いと触れてあるのに、方々で身を伏せている。

「あの者らは何をしておる」

「犬猫が御成《おな》りの道筋に飛び出さぬよう、押さえておりまする」

と、誰かが「あ」と声を洩らした。供の者らも一斉に首を動かす。

痩せた子供が道に走り出ていた。行列を横切ったとかいう犬が度を失ってか、道の真中を走ってくる。子供が泣きながらその犬を追いかけ、とうとう立ち往生した。供の何人かが刀の柄《つか》に手を掛け、犬と子供の前を塞いだからだ。

「お赦《ゆる》しくださりませ」

母親らしき女が叫びながら子供に飛びかかり、道端に引き摺ってひれ伏した。

「市中で刀を抜くでない」

綱吉は鋭く発し、家臣を制した。

「横切った犬はいかがした」

大名行列の前を横切った犬猫は容赦なく斬り捨てられていると、耳にしたことがあった。すると「討ち損じましてござりまする」と、供が詫びた。

「斬ってはならぬ。飼主も、構い無しと致せ」

すると供の前に、別の者が進み出た。町奉行の配下だと名乗り、平伏して許しを請う。

「上様の御成りの道筋に起きてはならぬ不始末、向後、一切、家から犬猫を出さぬよう、町役人《ちようやくにん》にきつく申しつけまする」

また通じぬと、綱吉は苛立った。

「構い無しと申したであろう」

「は」

「行列が犬猫を避けて行けば良い。町役人も不問じゃ。咎め立て致すな」

「はあはッ」

供の者らが動き、「構い無し」と先頭に言葉を伝えていく。

ややあって、行列が再び動き始めた。

町人らは土の上に坐したまま、頭を土の上に押しつけている。

各々、さような所作は不要じゃと、窓の外に向かって告げた。

皆、暮らしに戻れ。職人は自らの鑿《のみ》や槌《つち》を持て。商人は秤《はかり》と品物を手に、商いに励むが良い。

しかしその声は、民には届かない。直に綱吉が声をかければ混乱を招くのだ。公方たるもの、決して思いのままに振舞ってはならない。

ゆるゆると進むうち、町人らがまだひれ伏していることに気がついた。振り返ると、さっきの子供が大きな口を開けて仰向き、腕で顔を何度もこすっては泣いている。そのかたわらに、犬を抱き寄せている母親と亭主らしき男、年寄りの姿もある。

一家が飼うている犬だったのだろうか。

信子が鶴に与えた犬を囲んで過ごした、あの日の陽射しをふいに思い出した。なごやかに、徳松の誕生日を祝っていた。

また死んだ子の面影が甦り、綱吉は目を瞬《しばたた》かせる。

すると綱吉の乗物に向かって、一家が手を合わせているのが見えた。顔を前に戻せば、沿道の町人が次々と両の肘を折り、ひしと拝んでいた。

三

綱吉は中奥の用之間で持っていた筆を措き、眉間を揉みほぐした。

腰を上げ、鷹之間へと出た。馬老と保明がすでに控えており、綱吉の姿を認めると揃って辞儀をする。

「いよいよか」

訊ねると、馬老が「今から半刻ほど後にござりましょう」と答えた。芝庭に出て空を見ようと心積もりをしていたが、気が変わった。

「久方ぶりに、吹上に参ろう」

「御供致してもよろしゅうござりましょうか」

綱吉は「むろん」と許しを与え、馬老の背後に控えている保明にも目で促した。

「恐悦至極に存じまする」

二人で礼を述べる。

馬老、保明の他は近習の者を数人従えただけで中奥を出て、吹上の庭へと歩いて向かった。信子も誘ってやりたかったが、今朝、まだ咳をしていた。高貴な生まれにもかかわらず、信子は壮健である。先月、梅雨の半ばに風邪をひき、こうも長引くのは珍しかった。

信子のことだ。誘ってやれば、いかに具合が悪くても出てくるに違いない。綱吉に遠慮を立ててではなく、生来、溢れんばかりの好奇心を持っている。床の中から這ってでも、「お伺い致しまする」と返事を寄越すだろう。

が、外気に当たらせて風邪をこじらせては事だと、綱吉は大奥へ遣いを出すのを思い留まった。風邪がきっかけとなって寝つき、そのまま逝ってしまう者は少なくない。もう誰も見送りたくなかった。

晴れ上がった六月の空の下、蟬の声を聞きながらゆっくりと歩を進める。

将軍御成りの道筋に犬猫が出ても構わぬと触れを出したのは、今から三年前、貞享二年のことだ。だが長年の慣いはなかなか改まらず、調べさせれば酒に酔って犬猫を斬殺する者がまだ跡を絶たなかった。犬を喰う風習がいまだ残っているためもあったが、事はもっと根深い。

江戸の大名屋敷では主に鷹狩に用いるため、百匹を超える犬が飼育されてきた。が、躾《しつけ》が行き届かず逃げ出す犬もおり、市中に主のいない野犬が増えたのだ。餌を与えられない犬は捨子を喰らい、町人の幼子を襲った。

一方、諸国の大名家では今も鷹の餌として百姓に犬を上納させる慣《ぶ》わしが続いている。百姓らが大事に飼い馴らしてきた犬を無理に納めさせ、目前で打ち殺し、鷹役人の中には一匹で良いところを「痩せている」と難癖をつけて何匹も連れてこさせる者もいた。

子を捨て、老親を捨て、犬を殺す。

綱吉には、すべてがつながっていることがわかる。

世に慈しみの心を涵養《かんよう》せねば、殺生は一向に無くならない。しかしこれがまたも、通じなかった。

何ゆえ公方様は、犬猫を大事にせよなどと仰せになる。

身分にかかわらず、ほとんどの者が困惑した。だが綱吉が捨子、捨親を禁じたのは、将軍に就任してまもなくの頃だ。

綱吉は間を置かず、拵馬《こしらえうま》を禁じた。馬の姿をより美しく整えるために尾を切り、腹の筋を伸ばす風習を、公儀の命で正式に禁止したのだ。犬を殺害した浅草観音別当《べっとう》は他の咎もあって追放に処し、精進日に鶴を捕獲した鷹匠《たかじょう》は免職とした。

そして何年も悩まされてきた無頼の輩《やから》を、ようやく捕えさせた。犬猫を御成りの道筋に出しても構い無しと触れを出した翌年、貞享三年のことだ。

無頼の徒は旗本の子弟や不良町人らが集まってできた遊俠《ゆうきょう》の輩で、神祇《じんぎ》組、鶺鴒《せきれい》組などと称し、善良な町人や生きものに乱暴を働いていた。異様な風体で町を闊歩《かっぽ》するので傾奇者《かぶきもの》と呼ばれて恐れられたが、これに憧れて真似る少年らが追随し、江戸の治安を乱す一方であったのだ。知恵の働く首領格の者らが何人もいて、町奉行所は幾度も裏を掻かれて撲滅できずにいた。

が、ようやく二百余人を追捕《ついぶ》し、首領十一人を斬罪に処したのである。

世間では老人が旧弊な考えから脱することができず、若い者ほど進取に富むと捉えがちだが、綱吉は学びの足りぬ若者がいかほど頑迷に陥るものか、思い知っていた。戦乱の世を再び恋うがごとく太刀を振り回し、満たされぬ思いを弱者に向けて憂さを晴らす。

貞享四年には街道沿いの宿場で病んだ旅人を捨てる行ないを禁じ、馬捨てや犬斬りの者を処罰する意向を天下に打ち出した。江戸で食犬を強制的に禁じ、江戸城中では饗応目的以外での鳥魚の使用を禁じた。続けて「犬が大八車や牛車に轢《ひ》かれて死傷する事態が止まぬので、随分念を入れて過ちが生じぬように」との町触れを出し、「主無き犬について、生類《しょうるい》憐れみ候よう」と念を押した。

大八車や牛車で犬を引っ掛けて傷つけぬように、飼主のいない犬に餌を与えてやるようにと命じるのはひとえに慈愛、慈悲の心を説いているのであるが、町人らは人よりも犬を大事にせねばならぬのかと、また心得違いをする。

綱吉は粘り強く、再び「何事にも、生類憐れみの志を持つことが肝要」との触れを出させた。

生類を憐れむべし。

綱吉はそう念じて触れを発し続け、裁き続ける。

命への慈しみを人々の心に養うことで、秩序に満ちた世を開く。かつての将軍が一度も踏み込んだことのない、またも先例なき挑みだ。

吹上の庭口門に至り、中に入ればもう森閑としている。

道の左右には見上げるほど高く盛土がしてあり、緑の苔《こけ》が一面に丹精されている。左を見上げれば天に届かんばかりの黒松の並木が続き、右手には杉、檜、木斛《もっこく》などの大木が混植されている。

蟬の鳴き声が静まり、松籟《しょうらい》だけが響く。

「何処《いずこ》で御覧になられまするか」

背後から馬老が問うてきた。先に人を遣わし、上覧の場を整えようとの配慮だろう。

「構いは無用じゃ。勝手次第と参ろう」

綱吉が行く先々で、目に見える数倍、時には数十倍の家臣が動かねばならない。それが各々の勤めであるし、こうして将軍が不意に訪れた場合にいかに対応するか、場数を踏ませることで能吏は育つ。

だが今日は気の赴くままに歩きたかった。近頃、城内の表と中奥、大奥を行き来するだけで一日を終えることが続いていた。

道の正面の空に、純白の入道雲が湧いている。

と、誰かが声を上げた。

今しがた、ついに鷹部屋で飼っていた鷹が武蔵国の空に放たれたはずなのだ。ここからは見えるわけもないのだが、綱吉は空を仰ぎたかった。

綱吉は長年、百姓らを苦しめ、餌にされてきた犬らの命を鑑《かんが》みて、鷹狩の件をずっと考えてきた。勢子《せこ》によって野の鳥を追う「追鳥狩《おいとりがり》」はとうに禁止していたが、鷹狩は武家よりも遥か昔、宮中に伝わる旧《ふる》き風習だ。

古来、鷹を使って鶴などの鳥を捕え、献上させる儀は権力者の証であったのだ。

綱吉は禁裏にも諮《はか》りながらいくつもの段階を経て鷹狩を漸減《ぜんげん》し、貞享五年の今日、ようやく鷹の解き放ちに至ったのである。

鷹匠によって飼われてきた鷹は風切羽《かざきりば》を切ってあるので、深山まで飛んでは行けまいと具申する老中がいた。人に飼い馴らされた生きものゆえ、自ら餌を取る術《すべ》を持たぬと断言する鷹匠もいた。

余は、途方もない道に踏み出したのだろうと思いながら、空を仰ぎ続ける。

生前の堀田と、こんなやりとりを交わしたことがある。

毎日、夜更けまで政務に取り組んでいた頃だ。二人とも疲労困憊していたので、綱吉から縁頬に出ようと声をかけた。月が夜の庭に光を落としていて、やっと茶の一杯を喫した。

堀田が肩肘を緩め、ふと何かを思い出したような声を出した。

「先だって、桜田門の外を通った折、孤児《みなしご》と思《おぼ》しき子供が二人、道端で泣いているのを見かけましてござりまする」

当時は飢饉が続き、親の無い子が俄かに増えた時分だった。親と死に別れ、あるいは捨てられた子供も少なくなかった。

「憐れに思い、すぐさま救おうと考えましたが、思い留まりましてござりまする」

「そなたともあろう者が、いかなる考えだ」

不審に感じて問うた。すると堀田が居ずまいを改めたのだ。

「それがしは大老という御役を賜っておりまする。身寄りの無い子供を救うは、容易《たやす》きことにござりまする。が、それがしが直に救済するは役務の埒《らち》を超えましょう。のみならず、配下の役人の権限を侵し、遺漏を指摘することにもなります。ゆえに、あえて思い留まりましたる次第にござりまする」

堀田らしい思慮だと思いながら、どこかで得心が行かなかった。

「堀田」

「はッ」

「貧者を、弱き者を助けるを己の職務の埒外と考えるは、心の迷いではあるまいか」

口に出しながら考え、考えながら次を続けた。

「仁の心の発するに、事の大小はかかわりがなかろう。見よ。月も星も日もあまねく、この世を照らしておるではないか。そなたが些細なことに情を寄せるを惑うとしたら、その考え自体を過ちとせねばならぬ」

堀田はいつしか深く頭を下げており、そのまま微動だにしない。

「違うと思わば反論致せば良いのだぞ。論駁《ろんばく》せよ」

政務の合間を縫って、堀田とあれこれを論じ合うのが愉しみでもあった。

「異なる意見に照らされることで自らの考えを磨き、事の正邪を見定める。政道にとって最も肝要であるのは、正しきことは正しいと信じ、邪《じゃ》であってもあえてその方法を取る態度だと教えてくれたのはそなたではないか」

するとと堀田はゆっくりと顔を上げ、破顔した。

「公方様の仰せの通り、仁の心のあるところ、事の大小は一切、かかわりはございませぬ」

「では、降参か」

夜更けに二人で声を合わせて笑った。痛快だった。

天下を率いる者にとって最も忌むべきは、その正邪の区別がつかなくなることだと、綱吉は天空の青を見つめる。

武士に「殺すな」と命じながら、法を犯す者の命は奪わねばならない。慈愛を説きながら無頼の輩を斬罪に処し、病の馬を捨てた百姓を流罪としている。

綱吉は、矛《ほこ》と盾のごとき乖離《かいり》に気づいていた。

だが、これからも罰することを恐れるわけにはいかない。罰を伴わねば、人の世に法は行き渡らぬ。皆、新しい考えを受け入れようとしない。

余はおそらく極楽浄土には往けぬであろうと、覚悟を決めていた。

そして、また新たな触れを考えつく。捨子があれば町で養育するよう命じ、飼うている犬の扶育をやめぬよう戒めよう。

何度でも繰り返し、伝えていかねばならない。

生類を憐れむべし。

振り向くと、馬老が眉の上に手をかざして真上を見上げている。背後に立つ保明は目許をやわらげ、綱吉に小さく頭を下げる。

おめでとうござります。

綱吉の耳には、そう聞こえた。

澄んだ晩夏の空を数羽の鷹が翼を広げ、より高く、遠くへと飛んでいく。

「かような景色は二度と見られますまい」

鷹部屋で飼われていた鷹ではないはずであろうに、馬老が感嘆の声を洩らす。

皆、山に辿り着くのだぞ。

綱吉は空を見上げながら、胸の裡で呼びかける。
ほどなくして、木立の蟬が鳴き始めた。

六　扶桑《ふそう》の君主

一

元禄《げんろく》五年、雛の節供が過ぎた。

庭の木々も緑芽をのどかに膨らませていたのに、今日、弥生《やよい》の六日は朝からひどい雨だった。

「春とは思えぬ降りようやったなあ」

「ほんに。冬が戻ってきたごときありさまにござりました」

桂昌院と伝が小声で言葉を交わしている。伝は数年前に建てられた五之丸御殿に移り住んでおり、今は「五之丸殿」と呼ばれる身だ。二人は信子の左隣りに坐しており、その背後には各々の奥女中が居並んでいる。といっても猿楽舞を拝見する折よりは少なく、皆で四十人ほどであろうか。

「おお、寒《さぶ》。この座敷はまた一段と冷えますわ」

桂昌院が肩をすくめながら、辺りを見回した。襖のすべてが取り払われて百二十畳ほどの広間にしてあり、中庭に面した畳敷きの縁頬も開け放してある。隅々まで冴え返るのだ。

ここは大奥ではなく、中奥の御座之間《ござのま》である。

江戸城の中心たる本丸御殿は用途によって大きく三つに区分けされており、表向と中奥、そして信子や側室、奥女中が暮らす大奥だ。表向は幕府が政を執り行なう公の場で、儀式や諸大名らとの謁見に用いる大広間に書院、そして諸役人が執務や警備を行なう座敷から成っている。

一方、この中奥は綱吉が日々を暮らしつつ政務をみる場で、いわば公の邸《やしき》といえよう。大奥との境は厳重な銅塀《どうべい》で仕切られているが表向とは一続きで、仕切りは設けられていない。

綱吉に仕える側衆はむろん武士たる男《おのこ》であり、奥女中がふだんこの中奥に出入りすることはない。信子や桂昌院らも同様だ。

ところが綱吉は、信子らを中奥に招いた。まもなく阿蘭陀《おらんだ》の商館員らが訪れるからで、しかも公儀としての儀式は昨日に終えており、今日はあくまでも非公式な謁見之儀だ。そこに女たちの同席が許された。

信子は桂昌院の言葉に取り合うことなく、また目前の景に気を戻した。

磨き抜かれた角柱が高天井を目指して幾列も伸び、真正面の向こうは金地の襖が閉てである。一枚の高さが人の背丈の三倍はある大襖で、地際から大きく枝を伸ばした松に桜樹、泉水、芭蕉《ばしょう》、そして孔雀《くじゃく》も描いてある。元は豪壮な絵柄の襖絵であったらしいが、綱吉の命によって京は琳派《りんぱ》の手になる雅なものに替えられたらしい。

するとの桂昌院がまたも不平を鳴らした。

「御上も酔狂であらしゃることや。何も、中奥にまで招き入れんでもよろしおすのに」

誰よりも何よりも大事の我が子に対して、珍しく非難がましい言葉を口にする。もともと紅毛人《こうもうじん》嫌いのうえ、もう七十に近い齢なので、今朝の雨がもたらした冷えに機嫌を損ねているらしい。

察するに、綱吉は老母に無理強いをしているつもりはないのだ。常々、母や妻妾《さいしょう》、そして奥女中らにも親愛の情を細やかに示し、武家にありがちな男女の隔てをしない。珍しい献上品があれば共に味わい、折々の寺社参詣や花見、祭見物なども必ず「共に」と誘うてくれる。

江戸城に入った折には、御台所は己の葬儀以外は一日たりとも外には出られぬ身だと聞かされていたので信子はその覚悟もしていたのだが、綱吉は身内の女たちにも異例の処遇を続けた。

城中での学問だけでは、真の見聞は広まらぬ。これからは女《おなご》も民の暮らす市中に出掛け、己の目と耳で知り、感じ、心を養うべきだ。

綱吉はさようなことをよく口にし、自身も時を見つけては外に出ている。そのためもあって、「将軍御成りの道筋に犬猫が出ても構い無し」と、触れを出した。将軍の外出《そとで》のつど、粗相があってはならぬと人々が気を詰め、仕事の手まで止める。あまつさえ犬猫にまで恐懼《きようく》の体を取らせるのは、綱吉の望むところではなかった。

そこには、実《まこと》が無いからである。

館林宰相であった頃から綱吉は度々、家臣に礼儀作法を重んじるよう命じていたが、それは荒ぶった所作が喧嘩沙汰を招き、すぐに命のやり取りになるからであって、決して形だけを整えよと唱えていたわけではなかった。

むしろ、形式を整えて外を飾るに腐心するより、ただひたすら実を以て生きるようにと、これは今でも幕閣らに命じているようだ。

そんな綱吉の考えによって、信子や桂昌院も心養いの外出を行なえるのである。

二年半ほど前の冬であったか、綱吉が馬老《まあろう》の自邸を訪ねた際に信子が随伴したことがあった。ただ、その折は桂昌院を誘わなかったらしく、少々、面倒が起きた。後で知った桂昌院がじくじくと拗《す》ねて、綱吉は難儀させられたのだ。

「前夜から気分が優れず横になっておられると聞いておったので、誘わなんだのだ。しかし余の申し開きなど、聞く耳を持たれぬ。馬老の屋敷はいかなる普請であったのか、奥の者の衣装は、詠んだ歌はなどと、それは矢継ぎ早に訊ねられるのよ」

そして「次の御成りには必ず、妾《わらわ》もと念を押された」と、綱吉は苦笑を泛かべていた。

何かにつけて桂昌院が大奥に遣いを寄越すようになったのは、その時からかもしれないと、信子は左隣りにほんの少し顎を動かした。

桂昌院は口の前に扇を立て、伝とさらに額を寄せ合うようにして言葉を交わしている。

「蘭人《らんじん》はもう城内に入ってますのか」

「そろそろ、控之間辺りには連れられてきておるのでござりましょう」

「ああ、ほんに獣臭いような気がする。ち、近いとこに来てる」

「まあ、おいたわしい。かようにお震えになって。……退座されまするか」

「いや、よろしのや。このまま、このままでよろし」

背を丸めたまま扇を閉じ、伝を制している。

桂昌院としては、たとえ御簾越しといえども紅毛碧眼《へきがん》の阿蘭陀人に会うのは恐ろしくてたまらない。けれど、万一、それが楽しい見物《みもの》であった場合を想像すると、己だけが間《ま》の悪いことになる。

そこで何日か前も伝を巻き込み、こちらの意を伺いに使者を遣わしてきたのだ。桂昌院が暮らしている三之丸、そして伝の五之丸から老女が揃って本丸に罷りこし、大奥を取り仕切る右衛門佐に面会を求めてこう言上した。

「御台所様がお出ましにならしゃるのでありましたら、我らもご相伴《しょうばん》に与《あず》かりとうござります。ご辞退なさるのであれば、我らも同じゅうに」

側室である伝は言うに及ばず、将軍生母である桂昌院と御台所とでは、信子の方が遥かに位が高い。何事も御台所を差し措くまいとの礼を尽くしているのだが、そのじつはこちらの出方を窺い、暗に我意を忍ばせていることは右衛門佐も承知していた。

異人なんぞ、怖いやおへんか。けど、己だけが差し措かれるのはもっと厭なことや。なあ、御台所さん、御上の誘いを辞退してくれはれへんか。なあ、断って。

大抵のことは、姑の意に沿う答えを返すように心掛けている。これが綱吉の唱える孝であるのかどうか、それはいまだによくわからない。

ただ、今日の謁見之儀については桂昌院の意向を寸分も顧《かえり》みることなく、右衛門佐に「出座する」と返させた。おそらくそれがあまりに素気なかったので、桂昌院はその点も含めて機嫌を斜めにしているのだろう。

それも良しと、信子は思っている。

御台所の座に就いてそろそろ十二年になろうかというこの頃、気がついたことがあるのだ。

家内《いえうち》の事どもも、いわば政なのではないか。

信子が預かる大奥に五百人を超す女中が奉公しているように、桂昌院にも伝にも各々、仕える女たちがいる。下働きの女中も加えれば、今や総勢で千人を超すだろう。綱吉が担う天下に比すれば小さな世界ではあるけれど、常に人の心を慮って物事を捉え、捌《さば》き、判断を下さねばならない。

日々、気骨《きぼね》が折れる。だが、いつしかそれが面白くもなっていた。

大奥を己の手で「治めている」と思えば、桂昌院や伝との交誼も同様なのだ。大勢にかかわらぬ些事については快く首肯し、機嫌良く暮らせるよう意を尽くしもするが、あえて有無を言わさぬ仕儀に出ねばならぬこともある。

私は何もかも、すべて意のままにはならぬ相手にござりますよ。

時折は、そう発しておく。誰しも、親しきに慣れれば無遠慮な言動に出て、秩序を乱すからだ。

冷淡に過ぎぬように、かつ阿《おもね》らぬようにと振舞うのは難しいことだが、綱吉が世評を一切、意に介さずに政に臨んでいるように、己も揺れ動くまいと信子は決めている。

ましてこの目で紅毛人を見てみたいという念願が、今日、ようやくかなうのだ。胸が高鳴る。

遥かなる海を渡ってやってきた阿蘭陀人は、紅毛のみにあらず。金銀の髪を持ち、目の色は薄く、肌もそれは白う透き通っておるのだ。

綱吉が昂奮した口振りで語ったのは忘れもしない、将軍宣下《せんげ》を受けた延宝八年のことだった。その頃はまだ館林藩主であり、将軍の弟に過ぎなかった。

にもかかわらず、綱吉は突如、表向で行なわれる謁見之儀に出掛けたのである。儀礼を顧みず、前の公方である家綱公の出座を待っている最中の場につかつかと入り、いきなり大声で訊ねたようだ。

「名は何と申す。歳は」

平伏していた蘭人はもとより長崎奉行や通詞《つうじ》も周章狼狽《しゅうしょうろうばい》していたらしいが、綱吉は返答を得るや、また儀礼を抜きにしてその場を去った。

綱吉はそれを得意げに信子に語ったが、馬老は「冷や汗を掻き申しました」と嘆息していた。

「大広間に疾風《はやて》が渡るごとき為されようにござりまして、お諫め申す暇もござりませなんだ」

阿蘭陀商館は公儀から商いを許されているその礼として、贈物を携えて長崎から参府してくる。が、身分の低い商人であるので、将軍が拝謁を許す儀式は至って短いもののようだ。甲比丹《かぴたん》と呼ばれる商館長が御簾越しに挨拶をする、それで仕舞いであるのだが、儀礼にはあらかじめ決まった段取りがある。

その一切を綱吉は顧みず、蘭人を一目、己の眼で見てみたいという心のままに動いたらしい。馬老は綱吉が幼い頃から後見役のような立場であるので、後で「あり得《う》べからざる仕儀」と幕閣から叱責を受けたようだった。

将軍後継者の立場に無いと目されていた綱吉は常々、周囲から軽んじられていたゆえ、馬老はその点については別段、苦にしている風ではなかった。「困ったこと」と嘆きつつも、

「商館長は殿を、立派な風貌だと称賛しておりましたな」

信子に言い添えた。長い頬を盛り上げて、誇らしげであった。

綱吉は図らずも五代将軍の座に就いてから政のさまざまに異例なる手を打ってきたが、この拝謁の儀式をも変えた。天和二年に公の拝謁の他に、非公式の拝謁を行なうべきことを、しかも甲比丹のみでなく同行の蘭人すべてを入座させるよう長崎奉行に命じたのである。

その頃はまだ徳松が生きていたので、もしかしたら我が子のためにかような場を設けたのかもしれないと信子は推量している。

徳松は蘭人の奇妙な髪の色について、そして阿蘭陀国の暑さや寒さ、楽器はいかなる物を使《つこ》うているのかなどを訊ねたようだ。

そう、徳松は聡《さと》い子であったと、信子の胸にその面影が甦る。

蘭人は徳松のために、故郷の歌まで披露したという。徳松はその様子を信子や桂昌院、伝の前で真似てみせた。両足を開いて少し踵を上げ、手を胸の前で組み、赤く柔らかな唇を大きく開いた。

「真に、蘭語らしき」

桂昌院でさえ、その時ばかりは歓び、褒め称えた。

信子も無性に胸が躍ったものだ。耳慣れぬ旋律であったが、あの澄んだ歌声は忘れられない。徳松が亡くなったのは、その翌年であった。

以来、非公式の謁見は続いている。右衛門佐によれば京、大坂では「物見高き将軍、蘭癖《らんぺき》がおあり」との世評が立っているらしい。

だが信子の知る限り、綱吉にさような癖《へき》は無い。幕府の開祖、権現様やそれ以前の太閤秀吉公、織田信長公といった武将は随分と外国《とつくに》の物が好きで珍《めずら》かな物を収集したようだが、綱吉はむしろその逆で、珍奇な物を欲さない。以前、朝鮮国の使節から贈られた天馬《てんば》と称する珍獣の皮を全く喜ばず、「珍奇玩好《がんこう》無用の物は尊ばぬ」と退けたほどだ。

天和三年には、羅紗《らしゃ》や猩々緋《しょうじょうひ》などの輸入を禁じた。上方《かみがた》の豪商らの間でこれらの取得に血道を上げる者や自身の衣装に用いて綺羅《きら》を飾る者が目立って増えたからで、綱吉は度々、衣服の倹約令をも発した。

それでも奢侈《しゃし》は進む一方で、やがて舶来の鳥や獣の見世物が流行し、中には鳥獣に芸を仕込んで酷使する者まで現れた。そこで綱吉は寺社、勘定、町の三奉行と大目付を呼び、直々に風俗の是正を命じたのである。

——さしあたっての理非にかかわらず、下々の心志を直し、行ないを正すべし。

その頃から綱吉は、「生類を憐れむよう、慈しむよう」と諭していたのかもしれない。そして今も、心根を変えるよう、人々に説き続けている。

襖絵の孔雀が陽射しを受けるたび緑青《ろくしょう》や白を光らせるので、羽を広げて遊んでいるように見える。信子は黙して、その風情を味わう。目を中庭に移せば、雨上がりの清らかな光が満ちている。

まもなく綱吉が出御するはずのこの座敷は御座之間の中で最も奥まっており、一尺ほど床が高い。大奥と同様、中奥の座敷も身分に応じて床に高低をつけてあるのだ。中庭に近い左手の縁頬や入り口付近の座敷は幾段か低く、そこにはすでに正装の重臣らが何十人も列を成して坐している。さらに下座となる御廊下には警護の者が大勢、控えているようだ。

右手にも四十畳ほどの座敷があって、ただしそこにいるのはただ一人、側用人である馬老だけだ。貴人たる将軍は直に蘭人とは言葉を交わさぬので、綱吉の言葉を代わって伝えるのが馬老の今日の役割だ。

信子は真正面の大襖に目を戻した。その手前にも四十畳ほどの座敷がある。しかしその半分の二十畳は畳が取り払われ、榛《はしばみ》色に塗った板間が見えている。どうやら蘭人はその場に招じ入れられるらしく、つまり畳一枚分、他よりさらに低い場に坐することになる。

頭上に巻き上げられていた幾帳もの御簾がすべて下ろされ、甲高い若者の声が背後から綱吉の出座を告げた。

「御成りぃ」

皆が一斉に平伏する。信子も半身をゆっくりと折り、膝前で手を揃えた。

綱吉はいつもながら静かな足運びで、柳沢保明を始めとする近侍の衆を従えているはずだ。やがて信子の隣りに置かれた御褥の上に腰を下ろした。沈香《じんこう》の匂いがする。

やや置いてから頭を上げると、夫の横顔がそこにあった。と、綱吉は微かに眼差しを動かし、小さく頷いた。束の間、目尻に皺を寄せたので、綱吉が「いよいよぞ」と呟いたような気がした。

私もようやく会える。

見知らぬ、異国の人々に。

御簾に向かって背筋を立てる。すると隣りの桂昌院が「どないしよう」と尻を浮かせ、身を寄せてきた。前を向いたまま左手だけを膝の上に伸ばしてやると、きつく握ってくる。桂昌院の手首で幾重もの数珠が鳴る。

最も下座である御廊下の襖が引かれ、その者らが入ってきた。

思い泛かべていたよりも、遥かに異形《いぎょう》である。

二

まず、殿中であるというのに沓《くつ》を履いている。板間に響く沓音は耳に心地良いものではないが、禁裏の公達《きんだち》も儀式の際には同様の物を身につけていたので、少し懐かしいような気もする。

そして御簾越しであっても、驚くべき髪を持っていることがわかった。綱吉から聞いていた通り、この世のものとは思われぬ色だ。金銀に光って渦を巻いている。

信子は息を吞み、そしてもっとよく見たいと目を見開いたが、一同は板間に入り終えると、ぎくしゃくと膝を折り曲げて平伏した。こちらに向かって額《ぬか》ずく。阿蘭陀商館員は六人いる。

綱吉はもはや何度も謁見を重ね、しかも昨日も謁見しているので慣れているのだろう、くつろいだ声で馬老に命じた。

「苦しゅうない」

馬老がそれを通詞らしき武士に命じると、その者は少々訛りのある物言いで「畏まりましてござりまする」と頭を下げてから、蘭語らしき言葉を繰り出して商館員らに発した。

六人がおずおずと頭を上げた。

皆、透けるがごとき肌色だ。彫りが深く、鼻梁が美しく通っている者もいれば、鼻先が鷲《わし》の嘴《くち》のように折れ曲がっている者もある。

信子の隣りで桂昌院が狼狽してか、「おお」と声を洩らした。首をすくめ、扇で己の顔をおおっている。慌てて伝も倣い、各々の女中が次々とそれに従った。だが信子の背後に坐している本丸の奥女中らは、一切、衣擦れの音を立てない。それは信子が動かないからで、右衛門佐を始めとした二十人は静まったままだ。

「名乗りを上げよ」

また綱吉が命じた。馬老を通じて通詞が伝えると、中央に坐している男が膝の上に拳を置く。

「甲比丹ニ、ゴザ、リマスル」

我が国の言葉ではないか。信子は己の耳を疑って、思わず綱吉を見た。すると綱吉は「どうだ」と言わぬばかりに、唇の端を上げる。

「フタタビ、オメシヲイタ、ダキ、キョーエツ、シゴク」

すると、桂昌院が「何と」と扇を下ろした。

「今、喋ったやありませんか」

まるで犬が口をきいたと言わぬばかりの驚きようだ。

「御上、こ、紅毛人が喋りましたがな」

「母上、商館員は長崎に暮らして長き者らゆえ、多少は日本の言葉を解し、話もできまするぞ」

綱吉は導くように言ってやっている。

「それにしても、下手なこと」

「あれでも、随分と上手《うも》うなりました」

「棒読みですがな」

桂昌院はいつのまにか、御簾の前に膝を進めていた。前屈みになって懸命に目を凝らしているので、伝と女中らも一斉に倣う。

綱吉は「外套《がいとう》を脱いでくつろぐように」と蘭人をねぎらい、「ごく当たり前の、ふだんの所作で過ごすが良い」と言った。

すると甲比丹が配下に命じてか、四人が立ち上がり、板間の中を連なって歩き始めた。袴が細く脚の形が露わであるのはぶざまだが、信子が見慣れた摺足《すりあし》ではなく、膝が伸びては前に進む歩き方は雄々しく見えた。

やがて綱吉の求めに応じて、蘭人同士の挨拶をして見せ、飛び跳ねたり踊ったり、果ては一人が頭に手をやって髪を毟《むし》るような手つきをした。すると金色の巻髪が外れ、薄茶色の短髪の頭が現れた。

「おお、頭が変わった」

桂昌院がのけぞり、童《わらべ》のように声を上げた。

「蘭人の正装は、かように鬘《かつら》を被るものにござりますれば」

「何と、奇妙な風儀やこと」

短髪になった男はあろうことか膝を少し曲げ、科《しな》を作った。両の肘を左右に張り、何かを抱くような格好で歩く。

「赤子をあやしてるのやありませんか、あの所作は」

桂昌院はもはや身を乗り出している。

「母上、大当たりにござります」

綱吉が答えると、「やっぱりな」と得意げな口振りだ。

「まもなく、夫婦者の様子を披露してくれまするぞ。そら」

やがて、母親役の男の傍に胸を張った男が寄り添うように並んだ。と、いきなり唇と唇を合わせた。

「何と、何と、紅毛人も口を吸いやるのか」

桂昌院があまりに直截《ちょくせつ》な言葉で驚いたので、信子はとうとう噴き出してしまった。

綱吉もつられて笑い、御座之間が揺れぬばかりに沸いた。

やがて蘭語の本の朗読から絵まで描いて見せられ、桂昌院はいつしか御簾の間に懐紙を挟んでいた。隙間を作って、そこから蘭人を覗き見ようとの工夫らしい。背後の女中までもが夢中になって、皆、御簾に吸いつくようにして並んでいる。

信子はまた綱吉と顔を見合わせて笑った。一人で取次ぎを務めている馬老の笑い声も聞こえて、すると綱吉が「馬老」と呼びかけた。

「例の物を当てさせてみよ」

「またもやにござりまするか」

馬老は不服そうに応えている。

「良いではないか」

「昨年、すでに明かしておりまするに」

綱吉はどうやら、信子や桂昌院に披露する演目をあらかじめ考えていたようだ。猿楽舞を演ずるにおいても、必ず自身で舞う曲を決める。

「意地が悪うおなりあそばしましたのう」

馬老が小声で訴え、すると綱吉は苦笑交じりに急かした。

「余の意地の悪さは昔からぞ。何年、つき合《お》うておる」

「やれやれ」

馬老はぼやきながら、「ところで」と声を張り上げた。

「わしは、幾歳に見え申す」

通詞がそれを蘭人に伝えている間に早や、女たちがくすくすと笑い始めた。

馬老は綱吉よりも一回り上であるので、五十九のはずだ。十年以上前に側用人に任じられ、今では七万石を超える備後守《びんごのかみ》である。

しかしいかに出世を遂げても飄々《ひょうひょう》として、実直でありながら、どこかのんびりとした風情は変わらない。しかも長身で痩せており、馬に似た細長い顔つきであるので、若い時分から大層、老けて見られていた。右衛門佐も大奥に入ってまもなくの頃は、「七十くらいのお方かと思うておりました」と目を丸くしていた。

それを綱吉は時々、茶化すのだ。実際、馬老はまた老けたようだと、信子は少し案じている。綱吉と老中の間を正しく取り持たねばならぬ側用人は、大層、激務であるらしい。ゆえに数を増やすべく、綱吉は自ら面談をして登用するがなかなか意に染まず、解任を繰り返していた。

そして、綱吉の背後に控えている柳沢保明が小納戸役から側用人へと引き上げられた。元禄元年の冬のことで、保明も若年寄より上座となったのだ。その働きには綱吉も満足し、信子にも度々、「神妙なる勤めぶり」と口にしている。

甲比丹が畏まって、蘭語らしき言葉で馬老の歳を推量した。通詞が「六十歳頃と拝し奉る」と、声を張り上げた。またくすりと、女たちの中で笑いが起きる。

「ケンペルはいかがだ。今日はおとなしいの」

綱吉が誰かを探すように、顎を左右に上げた。

すると、板間の端の、最も下座の一隅に坐している男がゆっくりと半身を立てた。この者と甲比丹の二人は、歩いたり踊ったりを披露していない。

ケンペルと呼ばれた男は立ち上がり、腰の後ろで手を組んでこちらを真っ直ぐに見た。にやりと唇の端を上げる。

「シジュウゴト、オミウケイタシマス」

皆がわっと笑声を立てた。その答えがわざと引き算をしたものであると知れるからで、こういったやりとりを異人と交わせるのだと、信子はそれが無性に嬉しくなる。綱吉の近習の者や重臣、家臣らも腹を抱え、そして誰よりも悦に入っているのが当の馬老だった。

「ケンペル殿はさすが医者じゃ、お目が高《たこ》うござる」

「ドウイタシマシテ、ゴザル」

二人が大真面目に言い合うのが、なお可笑しさを誘う。

ややあって、御廊下から数人の男が座敷に入ってきた。裃《かみしも》をつけた三人であるが、真ん中の一人を両脇から支えるようにしているので、座が水を打ったように静まり返った。足許がどうやら覚束《おぼつか》ないらしく、ようやっとのことで板間に運び込まれる。

「この者の病は何じゃ」

綱吉の下問が、ケンペルという医者に伝えられた。

「何の病なんやろう。阿蘭陀の医者やったら治せるんやろうか」

桂昌院はもはや懐紙ではなく指を御簾の隙間に入れているので、信子にも板間の様子がよく見える。

ケンペルはすぐさま男に近づき、片膝をついて脈を取り始めた。さらに病人の首筋に指を当て、神妙な面持ちになった。その横顔は四十過ぎくらいで、他の者らに比べて身《み》形《なり》は簡素だ。金銀の蔓をつけておらず、栗色の総髪を撫でつけている。筒袖の上着の肩には房飾りもなく、今朝の雨によってか、沓の先は泥を拭き取った跡が縞模様になっている。

長い睫毛《まつげ》が動いて、ケンペルは通詞に蘭語で告げた。通詞が怪訝《けげん》そうに訊き返している。ケンペルは頷く。

「診立《みた》てをお伝え申します」

通詞が声を上げたので、束の間、皆が固唾を呑んだような気がした。信子も耳を傾ける。

「酔っ払いにござりまする」

馬老が不思議そうに首を傾げる。

じゅうが沸いた。

「酔っ払いとな」

と、綱吉が相好《そうごう》を崩した。

「見事じゃ」

どうやらこれは馬老にも内緒で、綱吉が仕組んだ座興であったようだ。病人の役を与えられた者は本当に酒を呑んできたらしく、見れば剽軽《ひょうきん》にも鼻先が赤いのでまた座敷じゅうが沸いた。

桂昌院だけが、「もう」と小鼻を膨らませている。

「私、ほんまに案じてしまいましたがな。馬老の申す通りや。御上はほんに、お人が悪うならしゃった。ご苦労をかけるな、馬老」

「痛み入りまする」

馬老は長い頬をさらに伸ばすようにして礼を言った。

綱吉は上機嫌のまま、ケンペルを「大儀であった」とねぎらっている。

よほどこの医師に信を置いているのだろうと、信子は目を細めた。

綱吉のことだ。阿蘭陀商館に勤める医者に、むざと恥を掻かせようなどとの思惑を持つはずもないのである。敵対する相手にはもっと素早く明瞭な手を打って出るし、そもそも自身が気に入らぬ者を信子らにこうして会わせたりはしない。

側近には保明のように頭の巡りが良く、冷静で振舞いの美しい者を好んで置くが、馬老のごとき諧謔味《かいぎやくみ》に富んだ人柄にも親しみ、進んで交わりを深くする。そういえば、亡くなった堀田大老は案外と身のこなしが軽く、いざ扇を持って舞えば独特の妙を放ったものだった。

おそらくこの医者にも何か、惹《ひ》かれるものがあるのだろう。綱吉は、己の思惑を超えた言葉や振舞いに接したいのだ。感心したいのである。

「最後に、あれを聞かせてはくれぬか」

馬老が綱吉の意を受けて通詞に何かを告げ、ケンペルは微笑を泛かべて短く答えた。信子には「やー」と聞こえたが、それが蘭語であるのか、間違って憶えた日本語の片言であるのかはわからない。

板間の中央に立ったケンペルは長い脚を少し広げ、踵を浮かすような所作をしてから右肘を軽く曲げて胸に手を当てた。

低く張りのある声が響き、やがて胸の裡が揺れる思いがした。

その抑揚は、かつて徳松が歌ったそれと似ている。同じ歌なのだろうか。このケンペルという医者が歌ったのを徳松は真似て、披露したのだろうか。

信子は綱吉にそれを問わずにはいられなかった。声を潜めて訊くと、綱吉は「徳松が」と言うなり、しばし口を噤《つぐ》んだ。

「御台所らに聞かせたのか」

綱吉はそのことを知らなかったらしく、しみじみと言葉を継ぐ。

「この歌ではない。徳松が謁見した折には、まだこの者は参府しておらぬ」

「さようにございまするか」

落胆を悟られぬように、目を伏せた。

「だが、似ておるぞ。これも阿蘭陀の民の歌であるゆえ。……いや、同じ歌だ、これは」

嘘だとわかっていながら、信子は会釈を返した。顔を前に戻し、御簾の向こうに耳を澄ませる。

ケンペルは右手を大きく前に差し出し、そしてゆっくりと腕を開いてゆく。切ないほどの旋律が高い天井に響いた。

これは誰かを愛おしいと思う、その想いを打ち明けているのではないか。

そんな気がした。胸が一杯になって、いつしか目を閉じて聞いていた。

三

朝、総触の後、いつものように綱吉が四ツ半過ぎに御小座敷に入って来た。

「御機嫌よう」

迎えると、綱吉は上座に腰を下ろした。顔つきから察して、今日も政務が山積し、すぐに中奥へ引き返さねばならないのだろう。

阿蘭陀商館の異人らを謁見したのは三日前のことで、大奥では信子に従って同席した上位の奥女中らによってその様子が伝えられたようだ。日を経るごとに知る人数が増え、昨夜も紅毛人の話題で持ち切りであった。

桂昌院などはわざわざ本丸に訪ねてきて、中臈らを相手に長々と話し込んで行く。

「瞳の色は、そうやな、これに似てますのやで」

翡翠の数珠を見せると、当日、信子が伴わなかった中臈らが感嘆の声を上げる。そんな瞳を持つ者など六人の中にはいなかったのだが、桂昌院は何度もそう話すうちにすっかりと思い込んでしまっているようだ。

「お歌も、それは妙《たえ》なるものでした。あんなん、聞いたことない。まるで極楽浄土におるがごとき心地やった」

すっかり蘭人贔屓になっていた。

信子も桂昌院と話しながら、あれこれと思い出しては共に笑う。綱吉とはこういった時を持てぬし、ああだった、こうだったと過ぎた時を反芻《はんすう》し、何度も味わうような愉しみ方は、女《おなご》と年寄りだけに許された愉しみかもしれぬと思ったりもする。

まして綱吉にとっては、もはや三日も前の、過ぎた日のことなのだ。今日、そして明日の政に心血を注がねばならぬのを信子は充分、承知しているので、いったん礼を述べた後は、自らは「あの節は楽しゅうござりました」とは努めて口に出さぬようにしている。

少なくとも綱吉は前をしか見ていないし、そうせざるを得ない立場だ。

茶を服しながら、名を呼ばれた。返事をして顔を見ると、綱吉は低い声で一気に告げた。

「余は先に帰る。後で、内々に参れ」

よくわからぬまま、「いずこにござりまするか」と訊ねると、中﨟らの気配を見つつ、さらに声を抑える。

「右衛門佐には、保明から話を通させてある」

綱吉は脚付の茶托に茶碗を戻すや、もう立ち上がっていた。

まもなく現れた右衛門佐は一重瞼の奥をほとんど動かすことなく、中﨟らに告げた。

「御台所様は、吹上の御庭にお出ましや。御供は妾がお務め申すよって、その方らは気を兼ねぬよう、ゆるゆるとお過ごし」

女主が外出をするので、その間は少々、躰休めをしても良いと、暗に許しを与えた。

若い中﨟らは正直なもので、さっと顔色を明るくしながら作法通りに辞儀をした。

「お早《はよ》うお帰りなさりませ」

ところが右衛門佐は、いつもとは異なる御廊下へと信子を案内した。しんと静まり返っており、所々に警固の女中が平伏している。吹上御庭に通じる門とはまるで方角違いであることにはとうに気づいていたが、信子は黙って右衛門佐の背中を見ながら足を運んだ。いくつもの御廊下を曲がり、そのつど、絵柄の異なる板戸がすっと開く。やがて下《しも》の御鈴《おすず》廊下に入ったと知れた。

ふだん綱吉が大奥に渡ってくる際は上《かみ》の御鈴廊下を用いるので、信子らはそこに坐して出迎える。しかし下にももう一本、中奥と大奥をつなぐ御廊下があり、これは万一の火事や地揺れ時にしか使わない。

綱吉はおそらく中奥に招いたのだと察したが、何用であるのか、その見当はつかぬまだ。御錠口《おじょうぐち》に詰めている女中が扉を引き、右衛門佐はそこで初めて足を止めて振り返った。上掛の裾を翻すや、平伏した。

「行ってらっしゃいませ」

中奥に足を踏み入れると、保明が待っていた。

今度は保明に案内され、またも人気《ひとけ》のない御廊下を進む。ここは綱吉しか使うことを許されていない御成廊下なのだろうと察しながら従《つ》いて歩いて行くと、やがて障子越しの光で足許が明るくなった。ということは、障子の向こうに中庭があるはずだと推する。

保明は最も奥で膝をついて自ら障子を引き、信子を目顔で招いた。

踏み出すと、そこは広い濡縁《ぬれえん》で、正面にはやはり中庭が広がっている。右手には猿楽の舞台、正面には築山と泉水が見えるが樹木は一本も植わっておらず、白砂だけが波紋を描いて敷き詰められている。

そして春陽を受けて光る小さな池があった。珍しい方形で、保明はひそやかな声を発した。

「御台所様、あの水盤の下が地震之間《じしんのま》にござりまする」

初めて耳にする座敷名だ。

「公方様の御思案によって、地上部は水盤として設えられてござりまする。あの水で、地の揺れを吸い取る仕組みにござります」

まるでわからぬので信子は黙っていた。すると保明はまた前へと進み、扉らしき物を手前に引いた。

庭に下り立たずとも、殿中からの通路があるようだ。続いて中に入れば、そこは一転して薄暗がりになった。燭台を持った者が控えており、保明はそれを黙って受け取って信子をまた案内する。

「今から階段になりますゆえ、お足許にご留意を願いまする」

下りてゆくうち、微かに人の声がした。やがてそれが二人、いや三人ほどの声だとわかり、中の一人は間違いなく綱吉の声だ。またも保明が扉を引き、自身はその手前で灯を掲げるようにした。

そろりと中に入ると、二十畳ほどの部屋だった。といっても畳一枚敷いていない土間で、背の高い燭台がいくつか灯っている。壁は剝き出しの石積みで、天井は暗くてよく見えない。

綱吉は床几のような物に坐していた。そのかたわらで立ち上がり、深々と辞儀をしている者が二人ある。信子はその姿から察しをつけ、許しを与えた。

「苦しゅうない」

「キョウエツ、シゴク」

顔を上げたケンペルは、満面に親しげな笑みを泛かべている。

信子は床几《しょうぎ》に腰を下ろし、保明も背後に控えた。

「今日、謁見の礼を述べに再び参ったのだ。診てもらいたい病人があると甲比丹に申し入れ、ケンペルだけを残らせた」

どうやら綱吉は二度の謁見では、話し足りなかったようだ。

「初日は公の記録に残さねばならぬし、二日目はいろいろと所望したゆえ時を喰うた」

やはり、信子や桂昌院を楽しませるためにあの日を設けてくれたのだろう。

「あの歌は大変、結構でした。有難う」

信子はケンペルに礼を言った。すると斜め後ろに坐している若侍が、何やら小声でケンペルに告げている。通詞のようだが、先日にかような若者がいただろうか。若い通詞が訛りのある抑揚で「恐れ入りまする」と辞儀をし、そしてケンペルの言葉を告げた。

「御台所様にお褒めを頂戴し、かほどの栄誉はござりませぬ」

と、綱吉が耳打ちをした。

「この通詞が最も正しく言葉を伝えると、ケンペルが伴ってきたのよ」

だがまだ若いし、身分も足りぬ。将軍の前で大役を務めるのは大通詞しか許されぬのだと、綱吉は言を継いだ。

「ケンペルはの、そなたを大層、美しいと感嘆しておったぞ。そなたのような黒い瞳は、欧羅巴《えうろぱ》の貴き血筋の女性《にょしょう》に多く、憧憬されるそうだ」

信子は驚いて、ケンペルを見た。面と向かって容姿を云々されるのは、生まれて初めてのことだ。すると相手は伏し目になり、詫びるように頭を下げて何かを呟いた。

「無礼をお許しください」

通詞が告げる。

「いいえ」とだけ、信子は答える。

「しかも、そなたを三十六歳くらいかと評した」

信子は四十二である。

「御上、また歳当てにござりまするか」

少し睨んでやると、綱吉は苦笑しながら信子の背後に目をやった。

「馬老にも叱られた。のう、保明」

保明は静かに控えたままであるので、黙って首肯したのかもしれない。

しばらく談笑が続いたが、保明が四人の真ん中に脚付の卓を出し、紋入りの盃を並べた。酒器から注がれた酒は異様に黒い。

「葡萄《ぶどう》の酒だ。躰が温まる」

綱吉は度々、大酒を禁ずる令を発している。が、自身が酒を厭うての禁令ではない。「度を越さねば薬だ」と言い、桂昌院には商館から献上された葡萄酒を贈ってもいた。士民に禁酒を強いているわけではないのだ。乱気に至るまでの大飲は命を縮め、何より風儀が乱れるので、「己の程を知って呑め」と促しているのである。

信子は盃を持ち上げ、口に運んだ。甘く、酸いような香りがする。と、舌になめらかであることに驚いた。日本の酒はとろりと濁って舌にまとわりつくが、水のように咽喉を滑り落ちて行く。その直後に、葡萄特有の渋みを感じた。

綱吉は盃を干し、ケンペルに話しかけた。ゆっくりと、ひときわ低い声だ。

「欧羅巴の王政は、今、いかが相成っておる」

通詞を通してそれが伝えられると、ケンペルは目許を引き締め、盃を卓の上に戻した。眉間が狭くなり、時々、手振りを交えながら綱吉を見つめて話す。

通詞はその背後で筆を使い、何やら書き留めている。ケンペルが話を終えると通詞はいくつか問うて、確かめているようだ。ケンペルは「やー」と頭を縦に振ったり、説明を加えたりしている。

火影の揺れる下で綱吉は苛立ちも見せず、じっと待っていた。

通詞が「申し上げます」と頭を下げてから、暗誦するように肩を開いた。

「欧羅巴の国々ではいまだ騎士道によって私闘が止まず、自らの名誉を守るために易々と命を懸けまする。王らはその騎士道によって支えられておりますゆえ、何の疑念も抱いておらぬものと拝察いたします。民もまた労働に明け暮れるばかりで、その鬱憤は鳥獣や幼き子らによって晴らされまする。虐げられること凄《すさ》まじく、子供は家の仕事の役に立つ歳に達するまではただ養うばかりの存在にて、牛馬並みの扱いが当たり前にござりまする」

あまりのことに信子は息を呑んだが、綱吉は「やはり、今も変わらぬか」と呟いた。

「御上はご存じであらしゃいますのか」

思わず問うていた。

「長崎奉行、それに諸藩にも内密に命じて、知り得る限りの事どもは常に報告させている。外国《とつくに》についても目配りをするのが政だ。……難しいか」

「はい」

「たとえば薩摩が、清《しん》の船を追い払うかどうか、幕府に伺いを立ててきたことがある。三十七年前のことだ」

「それは、何ゆえにございますか」

「清が琉球支配を明らかにしようと、琉球に冊封使《さつぷうし》を遣わそうとしたからだ。薩摩は戦も辞さずとの旗色であったゆえ、幕府が決意すれば間違いなく清との間で戦になっただろう。しかし幕府は戦よりも、清と共に存することを選んだ。それが、我が国を取り巻く海の秩序を守る道であった」

ケンペルはこのやりとりの合間に一度だけ物問いたげに後ろを見たが、若い通詞は首を横に振った。蘭語にできぬのか、いや、してはいけない内容なのかもしれない。綱吉もそれを見て取ったようで、満足げに「今村《いまむら》」と声を掛けた。

「我が国の民をどう思うか、率直に述べよと伝えよ」

「かしこまりました」

今村という名の若き通詞がケンペルに伝えると、ケンペルは「ウン」と頷いた。また綱吉を見て語り始め、今村が最後まで聞き取ってから口を開いた。

「泰平なこの国の人々は活気に溢れ、ことに好奇の心がすこぶる強うございまする。その好奇の心こそが知の源にて、私の故郷の父もよく申しておりました。永遠に生きるがごとく学べ、そして今日、死んでも良いように生きよ、と」

そこで今村は言葉を切り、少し声を高めた。

「扶桑《ふそう》の人々はまさにかような生きようを始めていると、私は拝察しておりまする。これは公方様への世辞ではござりませぬ。欧羅巴の王の中には阿諛追従《あゆついしょう》を好む者もおりますが、公方様は上辺だけを飾って実のない言葉、振舞いをお好みになりませぬ」

信子は目を瞠って、ケンペルを見返した。

綱吉の真意を曲げることなく汲んでいる。髪や肌の色が異なる者とでも、こんなことが起きるのか。

するとケンペルは信子にも目を合わせてきた。燭台の炎が揺れて、束の間、灰色の瞳が微かに翡翠色を帯びた。

「公方様がさような御方でなければ、商館に勤める医者を格別にお召しになって話をしたいなどと仰せにはならぬでありましょう。しかも城内の、かように特別な場にまで招じ入れてはくださらぬと推し奉りまする」

ケンペルは今村の言葉がすべてわかっているかのように、そこで胸に手を当てた。

「故郷を離れて暮らす異人にとって、その国の君主から信を置かれることがいかばかり心強く、誉であることか、お察しくださりましょうか。であればこそ、真に思うたことをお伝え致すのでござりまする」

綱吉は小さく頷いて返した。またケンペルが話し、今村が伝え続ける。少し頬を紅潮させている。

「さらに申し上げますれば、この国の人々は異人の旅人に至って親切にござりまする。ゆえに、私は良い面ばかりを見ようとしているのかもしれぬと、己の眼差しを疑うこともあります。さもなくば、信じられぬのです。かように穏やかで、よく笑い、かつ気高い人々が、他のどの国にいただろうかと」

そしてケンペルは胸を張った。

「この扶桑の国のように、命を重んじるよう命じた王など、欧羅巴には一人もおりませぬ。公方様は厳しい決意を持って政に臨んでおられるが、民に対しては実に憐れみ深く振舞《ふるま》うておられることは、我ら異人にはよう感ぜられまする。この国の民は、豊かな土地に極めてふさわしい、偉大で卓越した君主を得ました」

綱吉は黙ったまま、何も発しない。

望外の言葉を束の間だけ味わうことを、己に許しているのだろうか。

やがて天井を見上げ、綱吉は一つ、長い息を吐いた。膝の上に両の拳を置き、何かを見晴るかすような眼差しをしている。

おそらく己のことではなく、民を思うているのだ。

異国の者に認められた、それがただただ、誇らしい。

そう思えてならない。なぜなら、信子自身がそうであるからだ。

やがて信子が先に地震之間を退出することになった。

「御機嫌よう」

そう告げて微笑むと、ケンペルはさっと左足を後ろに引いて右の片膝を立てた。その上に右腕をのせて優雅に頭を下げる。

初めて目にする辞儀であったけれど、最上の礼を取っているのだろうと思った。

七

犬公方《いぬくぼう》

一

夜が明けるのを待って、紅葉山の御霊屋《おたまや》に詣でた。

紅葉山は江戸城西之丸の北にある小高い丘で、権現様を祀った東照宮を始め二代将軍以降の霊廟《れいびょう》が設けられている。歴代の忌日には菩提寺である寛永寺や増上寺にも参詣するが、毎年、権現様の忌日の四月十七日にはこの御霊屋に詣でるのが慣わしだ。従五位《じゅごい》以上の大名、諸役人が大紋の式服を着用して供奉《ぐぶ》するので、「大紋行列」とも呼ばれている。

だが今日は三月も半ばの十四日で、まだひと月余りもある。近習の小姓ら数名のみを供にして、本丸中奥の寝所を出てきた。

しんと冷えた城内の道を進み、濠に架かった橋をいくつか渡ると桜林の中の小径に至る。足許はまだ薄暗く、桜の枝越しには朝靄《あさもや》がたゆたっている。

ほどなく緩い坂を登り、正式な参詣では用いない大田御門から入った。紅葉山の南西部は、松や檜など常磐木《ときわぎ》の緑が荘厳な濃淡をなす林だ。その緑に連なるかのように玉垣を巡らせた四つの霊廟、さらに父祖が用いた具足と鉄砲、書物や屏風を収めた蔵も並んでいる。

いくつかの階段を上り、中央の廟の前に立った。

「人払いじゃ」

辺りの息遣いが鎮まるのを待って、小さな門を潜った。また七段ほどの階段を行くと、一面に白石が敷き詰められている。兄、厳有院の廟前である。植込みの西側には父、大猷院のそれが隣接しているのだが、今朝はここにだけ詣でるつもりで本丸を出てきていた。

朝露を含んだ石が光る。土の上に坐して拝礼し、身を立てた。両の掌を合わせ、目を閉じる。

兄上、綱吉にござりまする。

胸の裡で久しぶりに、そう呼びかけた。本丸大奥の内には仏間があり、位牌には毎朝、信子と共に手を合わせている。だがすでに仏となった人に向かって、綱吉は呼びかけることをしない。下々は現世利益を先祖に願う者もあるらしいが、それは以ての外の仕儀だ。ただ無心に香を手向け、経を上げてこそ祀りとなる。

にもかかわらず、「兄上」と呼んだ。たちまち、後の言葉につかえた。

余は何を話しとうて、参ったのか。

目を閉じたまま頭《かぶり》を振り、気を整える。

兄上、ご安堵召され。余は恙無《つつがな》く、御遺志を継いでおりまする。

――恙無くであるか。

自問が兄の声になる。心中で、その問いを押し返した。

真にございますとも。今年も帝の思召しは御めでたく、本日に勅答《ちょくとう》之儀を終えまする。

今年、元禄十四年の三月十一日から、勅使、院使の公家衆が辰ノ口の伝奏屋敷に逗留《とうりゅう》している。これは毎年の通例で、まず年頭に綱吉から禁裏へ祝儀を贈る。その答礼として帝は勅使を、上皇は院使を遣わし、返礼してくるのである。この勅旨に対して綱吉が奉答する。これが勅答之儀だ。

勅使らが江戸に参着した翌日に綱吉は表向の白書院で引見《いんけん》し、昨日、十三日には猿楽舞で接遇した。この饗応には勅使らも終始、満足の様子で、青眉を置き、紅をさした白顔を綻ばせ、高家《こうけ》の吉良《きら》上野介《こうずけのすけ》義央《よしひさ》に対し上機嫌であったそうだ。

「真に結構な舞におじゃりますな」

それが尋常だ。勅使は京におわす帝の名代《みょうだい》で参向している。徳川将軍家の面目に懸けて寸分の粗相もあってはならず、幕府はこの三日の間に催す儀式と饗応のために、毎年、ひと月余りをかけて支度をする。

その取り仕切りの任に当たるのが、幕府の儀礼、典礼を掌る家々である高家だ。高家は此度《こたび》のように勅使の接待儀礼を始め、日光、伊勢への代拝や京への使者も務める。

長年、その役を任じているのは畠山、武田などの名家で、中でも吉良家は高家筆頭の肝煎《きもいり》だ。今年、上野介の下で勅使馳走役を務めるのは赤穂《あこう》藩主である浅野内匠頭長矩《あさのたくみのかみながのり》、院使馳走役は伊達《だて》左京亮宗春《さきょうのすけむねはる》である。

綱吉は兄に向かって言葉を継いだ。

京の帝を御大事に拝し奉るのも、将軍の役割にござりますれば。

帝は、この国を守りたもう神々に連なっている。

ゆえに綱吉は、朝廷儀式の復活にも力を注いできた。

霊元《れいげん》帝の譲位後、今上帝の即位にあたって大嘗祭《だいじょうさい》の復興を禁裏から打診されたのは、十四年前の貞享四年のことだ。祭祀の復活は天下の安寧のためにも必須と考え、逡巡することなく許可を出した。

さらに歴代の帝の山陵《さんりょう》が荒廃を極め、枯草に埋もれていると耳にすれば、その調べにも即刻、着手させた。神武《じんむ》より崇光《すこう》帝までのうち七十八陵を調べ終えたのは一昨年で、その間、山野と化して御陵の体を成していなかった六十六陵を新たに確定し、修復を命じた。

禁裏御領も一度ならず加増し、元禄七年には京の賀茂社《かもしや》に祭田《さいでん》を与え、久しく途絶えていた御蔭神事《みかげ》、すなわち葵祭を復興させた。むろん、尾張熱田《あつた》神宮や伊勢神宮の修築をも手厚く行なわせている。

帝という聖なる存在を尊崇し、帝にまつわるすべての事物を庇護することもまた、将軍家の務めなのだ。

父、大猷院、つまり家光公が治政時は、三十万人に及ぶ軍勢を率いて上洛せねばならなかった。当時はまだ江戸を政の拠点として確固たるものとすることができておらず、西国大名らを統治するには京まで動いて天下人としての力を示す必要があったのだ。その際、禁裏のみならず京の町人らにまで多額の銀や米を下賜したという。

そして兄、家綱公の世を経て、綱吉は武力をことさら誇示せずとも天下への支配力を高めることに成功している。種々の儀礼を通じて諸大名の階層序列を明確にし、大名にもこれを遵守《じゆんしゆ》させることで統制を図っているからだ。

正しき将軍になりてこそ、生類すべての命を慈しむ世がかなえられる。

それは綱吉にとって、亡き兄の遺志を継ぐことでもあった。人の死を厭い、命を助ける志はそもそも家綱公の治政から始まっており、今では「御救《おすくい》の政」と呼ばれている。

綱吉はこれをさらに生類すべての命に念を広げ、真の「仁政」を目指している。

――この扶桑の国の民は、豊かな土地に極めてふさわしい、偉大で卓越した君主を得た。

いつか阿蘭陀国の医者は、そんな称賛を口にした。そしてこうも言っていた。

欧羅巴の王らはまだ、これほど泰平な世を実現できていない、と。

綱吉は己を抑えつつも、時折、この美酒のごとき言葉を取り出しては味わった。己が信じて創ってきた天下のすべてが、そう、一木一草に至るまでが誇らしかった。実際、すべては順調に運んでいるかに思えた。

「生類を憐れむよう」との町触れを出し、食犬の風俗を禁じ、さらに放鷹《ほうよう》制度を廃止して、鷹を空に解き放った日を思い返す。これに伴い、諸大名家でも所持する鷹を放ち、あるいは国許に送り返した。

ところが猟犬として、あるいは鷹の餌として犬を飼わなくなると、江戸市中が野犬で溢れることになった。腹を空かせた野犬が人を襲い、捨子を喰う事件が起きた。江戸の民は犬を憎み、追い、撲殺する。

また、触れを出した。飼主のいない無主犬について、「生類憐れみ候ようにとの命を心得違いせず、何事にもその志を持って扱うが肝要」と伝えさせたのだ。しかし市中では、犬を飼うといっても放し飼いだ。飼主の有無は、一見して判別がつかないことがわかった。

そこで、牛馬犬猫についての覚書を飼主に提出するように命じた。たとえば、次のような具合である。

一、粕毛《かすげ》馬　壱疋《いっぴき》　金十郎
一、黒ぶち犬　壱疋　孫兵衛
一、虎猫　壱疋　新右衛門

いわば人別帳のごときもので、これがあれば迷うた場合も探索できるし、野良との区別がつく。

そして人を襲い、病を伝染《うつ》す恐れのある野良は小屋に収容し、幕府の専任役人が面倒を見ることとした。病や怪我を負った犬のために、犬医も手配させた。

犬小屋は元禄八年から翌年にかけて大久保に二万五千坪、四谷に一万八千九百二十八坪を設けたが収容しきれず、中野に十六万坪の小屋を設けざるを得なくなった。中野に収容した犬はおよそ十万疋で、犬一疋の餌料は一日当たり米二合と銀二分、一年の間に金九万八千余両を費やす。これらの掛かりは江戸の町々から徴収することとしたが、それについての不満が出るのは承知の上だった。

生類を慈しむ心を実践し、かつ市中を幼子らが安んじて歩けるようにするためには、町の者も代価を払うべきだ。自らの町を自身で守る気風も併せて涵養せねば、いつまでも公儀任せの他人事《ひとごと》であり続けるだろう。

ところが三年前、元禄十一年のことだ。綱吉は町奉行に「犬の様子はいかがか」と訊ねた。

犬猫が町角のそこかしこでくつろぎ、捨子はなく、病人は必要な治療を受けられ、傷ついた犬も犬医によって手厚い看護を受けている。そんな返答を予想していた。

だが、奉行は思わぬことを口にした。店先の品物を盗んだ犬を店主が撲《う》ち据えるという厄介が起き、その報を受けた役人が店主を捕え、投獄したのだという。そして店主は牢の中で他の囚人らと諍いになり、命を落とした。結果、風評が立った。

「人よりも、お犬様の命の方が重んじられる、と」

奉行はそこで口ごもり、しばらく置いてからこう上申した。

「市中は犬に対して、戦々恐々となっております」

綱吉を恐れてか、奉行は蒼褪め、目の下を引き攣らせている。

「何ゆえ、その町人を投獄など致したのだ。誰がかようなことを命じた」

奉行はまた平伏するのみだ。綱吉が「申せ」と声を強めてようやく、事の次第を打ち明けた。

「公方様のご意向に沿わんとするあまりの、行き過ぎにござりまする」

下端の役人らが町触れを読み違え、大仰な措置を取ったのだ。自らの手落ちにならぬようとの小心か、もしくは手柄欲しさの逸脱であった。

なにゆえ、己の頭で考えぬのだ。

すぐさま老中らを呼びつけ、「触れを出せ、本意を伝えよ」と命じた。誤解や曲解が多いとわかった限りは、よりわかりやすく修正せねばならない。事が起きるつど「念を入れるように」と伝え直し、それはもはや百を超えていた。ところが似たような触れを出せば出すほど効力が薄れ、手がつけられなくなっていく。

民の心とは、何と御しがたいものか。

綱吉は激しい挫折感を味わっていた。

民の父としての覚悟をもって臨んできたというのに、人心はまるで一つの生きもののように思いを撥《は》ね返してくる。大酒を禁ずれば「公方様は酒嫌いだ」と鼻を鳴らし、犬猫をよく養えと命ずれば「人よりも犬猫が大事か」と背を向ける。

子も親も病人も、そして犬猫や牛馬、鳥どもも皆、等しく、国の本たる生類ではないか。それらを慈しむ心を何ゆえ、受け入れられぬ。

怒りさえ込み上げそうになって、綱吉は己を戒めた。

ならぬ。民を憎んだ瞬間、余は民の父ではなくなる。

そしていつしか、天に向けて祈るようになっていた。将軍の座に就いてから、天下の安寧を祈らぬ日は一日たりともない。だが今は、禁裏におわす帝が八百万《やおよろず》の神々に祈る、その姿を胸に思い泛かべて祈る。

舞台で猿楽舞を踊りながら、朝陽を拝しながら、夜は星々にも祈ってきた。

ですが兄上、私の祈りはなかなか天に届きませぬ。

家綱の廟の前で、頭を垂れる。

——犬公方《いぬくぼう》。

己が市中でそう呼ばれていることを知ったのは、今年の勅使が江戸に着くという前日だった。三之丸に住む桂昌院の機嫌伺いに出向いた際に、知らされたのである。

「犬公方とは、何たる呼び名どす。犬槙《まき》、犬黄楊《つげ》、犬枇杷《びわ》、木々に付いた名はいずれも本物に比べて役に立たぬ、似て非なるものとの蔑称やおませんか。かような無礼を放置しては示しがつきませぬぞ、御上」

七十五になった母を、努めて軽くいなした。

「町人どもが憂さ晴らしの、ただの悪口《あっこう》に過ぎませぬ。罰するも笑止」

「そやかて、御上、あまりに口惜しゅうおすがな」

かつては瑞々しかった頬に、縮緬《ちりめん》のごとき皺が醜く浮かんでいた。己の吐く言葉が我が子をいかほど傷つけるかにはまるで頓着せず、桂昌院は「犬公方」を何度も口に上せた。

「何と験《げん》の悪い、忌々《いまいま》しい呼称であることやろう。今のこの江戸の繁華はいったい誰のお蔭さんであることか、蒙昧《もうまい》な民はまるでわかっておりませぬのや。飼犬に手を噛まれるとは、まさにこのこと」

綱吉は、対座する母に目を据えた。

「御台所の耳に入れとうは、ございませぬな」

「ええ、ええ、ほんに。御台所さんにこないなことをお聞かせ申すは、真にお気の毒さんというものにござります。妾でさえこうも苦しゅうて、胸の中を藁束でざわざわと掻き回される心地でござりますゆえ」

口止めをしたつもりであったが、衰えたとはいえ桂昌院の声はよく通る。女中らによって本丸大奥へと噂が達するのも、さほど日数はかかるまいと察せられた。

桂昌院はやがて手首に巻いた数珠を掌に掛け直し、口の中で念仏を唱え始めていた。

この流言によってまた寺院への寄進をねだられはせぬかと、綱吉は埒もない想像をした。仏教への帰依が深い桂昌院の発願によって護国寺を創建して以降も、数多《あまた》の寺への寄進を続けているのだ。

ただ、仏教を偏信《へんしん》すれば、出家遁世《とんせい》して悟りを得んと欲する者が出るのは平安の昔からあったことだ。現世の主君や親から離れてこの世を捨てれば、天下そのものが成り立たない。徳川家が支配するのは無数の「家」の集まりであり、その家を捨てるを是とすれば幕府は砂上の楼閣となる。

そこで綱吉は、「釈迦の道、孔子の道、その双方の根本を学び、車の両輪のごとく用ゆべし」と、説き続けている。忠孝を重んじて先祖を祀る儒学を仏教と同様に重んじて、湯島の地に儒学の聖堂まで創建した。従来は武家の間で軽んじられていた儒学者の林家《りんけ》を幕府で登用し、綱吉も度々、保明ら臣下に四書《ししょ》を講義している。

仏儒の両道を学んで、その根本を見失うことなかれ。

だが綱吉自身に限って言えば、もはや仏教と儒学だけでは足りなかった。

この数年というもの、不穏な出来事が続いている。三年前、東叡山《とうえいざん》寛永寺根本中堂《こんぽんちゆうどう》を落成し、供養勅会《ちよくえ》を執り行なった。この堂には禁裏から勅額を賜ったのだが、それが届いた日に江戸は大火に見舞われたのだ。その不吉は、綱吉の心胆を寒からしめた。

つくづく、元禄十一年は尋常ならざる年であった。尾張から迎えた養女、喜知姫《きちひめ》が亡くなり、尾張藩主の室であった千代姫も身罷《みまか》った。千代姫は綱吉にとって唯一人の姉であった。そして昨年、元禄十三年の七月には、天文方《てんもんかた》から「星の異変」を言上された。

寝所の中で独り、綱吉は慄《おのの》いた。

将軍としては、己の信じた施策を断行し続けるしかない。何年かかるかわからぬ成果を、真摯に待たねばならない。

暗い格天井を睨みながら呟いて、己を律した。

ただ、心のどこかで、人知の及ばざる力の加護を欲した。そして周囲を見回せば、御台所、信子の肩越しに尊い血の脈が見えたのだ。畏れ多いことだが、それからである。心底、帝を崇め奉るようになったのは。

この世で唯一人であった。

帝も、将軍も。

綱吉は信子の面差しを思い返す。五十一になった今もなお麗しく、黒い瞳は澄んでいる。いや、その奥に含んだ光の何と強いことだろう。それこそが綱吉の手の届かぬ、高貴なるものだ。

信子はたとえ「犬公方」を耳にしても、綱吉にはそれを毛筋ほども匂わせぬだろう。知らぬふりを通す。綱吉も信子に心中を打ち明けるつもりはなかった。下々のように夫婦でそれを嘆いて、いったい何になる。巷間の言など、己の身一つで引き受けるべき些末な小事だ。

ただ、よく眠れないのである。

咽喉許を縄で括《くく》られて河原に引っ立てられ、磔《はりつけ》にされる。そんな夢を三日前から立て続けに見ている。何年か前、道端で犬二匹を磔にした事件が起きたのだ。愛護の令に対する反発であることは明らかだった。下手人は旗本の子弟で、親子ともども切腹に処した。

今頃、その記憶が綱吉の眠りを侵してくる。目が覚めれば総身が汗に塗《まみ》れ、夢の中で己が抱いた疑念に愕然とする。

犬公方がいかほど誠を尽くしたとて、天は味方してくれぬのではないか。

冷たいものが肚の底へと伝い落ちる。

そして紅葉山におわす兄に会いたくなった。一度も会ったことのない帝をいかほど思うても、この懊悩《おうのう》だけはどうしようもなかった。

——弟よ。

兄の声が響いたような気がして、綱吉は白石の向こうを見つめた。が、風の一筋も渡らない。よく晴れた朝空の下に本丸の甍《いらか》が見えて、ようやく立ち上がった。

戻ります る。本日も、恙無く務めまする。

再び拝礼してから身を返し、門外に出た。

二

紅葉山から戻って沐浴《もくよく》して衣冠束帯《いかんそくたい》を身につけ、中奥の御座之間に坐した。

まもなく五ツ半刻には勅使一行が登城するはずであるので、巳《み》の刻《こく》には側衆を伴って表向の白書院に出座せねばならない。

将軍が主に応接に用いるのが、表向の白書院と黒書院だ。この二つの場は本丸の西側、中庭を挟んで設けられており、玄関に近い方の白書院をより公の行事に用いるのがしきたりだ。黒書院はすべての間を合わせても二百畳に満たぬが、白書院は上段之間、下段之間、連歌之間《れんがのま》や帝鑑之間《ていかんのま》を擁し、縁類も含めれば三百畳近くある。静謐《せいひつ》を保ちながら、これから行なうべき仕儀を再度、胸の裡で確かめた。

綱吉が坐すのは白書院の最上座である上段之間で、目見得《めみえ》する諸大名、役人の席は上段之間よりも必ず床の低い場であり、しかも殿中席は徳川家との縁の親疎や石高《こくだか》、位階によって細かく定めてある。

この殿中席こそ幕府が諸大名を統制するのに最も重要な仕分であり、今、将軍の信を得ているのは誰であるのか、一同が集まれば一目で知れる。つまり、諸大名は常に儀礼の場を通じて己の家格を思い知ることになるのだ。敷居の内か外か、外であってもいかほどの格の間か。

たとえ畳半畳分でも上座に進みたいと願えば、将軍の考えを知り、咀嚼《そしやく》し、礼を尽くして実践しなければならない。それが自身の、そして家の栄達につながる。ゆえに諸大名はこぞって綱吉の書画を所望するようになり、母、桂昌院を通じて依頼してくる者もいる。

綱吉は政務の合間を縫い、「思誠」の二大字などを書いて下賜している。「思誠」は孟子の言葉で、「誠は天の道であり、誠を思うは人の道である」という意だ。己の名の下には必ず朱の落款《らつかん》を捺《お》す。時が許せば、寿老人《じゆろうじん》や馬の絵を描いて与えることもあった。

馬老、牧野成貞は長い頰を緩め、よく我が事のように得意がっていたものだ。

「拝領物を得た大名、家臣は家の誉として欣喜雀躍《きんきじやくやく》いたしましてな、人を招いて披露の宴を開きまするそうな」

そして綱吉は、内心で苦笑したものだ。

いずれ、海の向こうの王らに書画を請われる日が来るやもしれぬぞ。さすれば馬老の得意絶頂はいかほど極まるだろう。息を詰めて悶絶するやもしれぬ。余はその姿を見て、存分にからかってやろう。一緒に笑《わろ》うてやろう。

だが馬老は悶絶することなく、側用人を辞した。六年前の冬である。家臣は一生奉公であるので自ら職を辞することはできないのだが、長年の腰痛と痔疾《じしつ》をこらえきれなくなったと隠居を願い出てきた。

「長年の奉公、大儀であった」

慰留したい気持ちを抑え、かつては守役であった忠臣を見送った。

仁政が諸国にあまねく行き渡り、民の間にも慈雨のごとく浸透するのにさほど時はかからぬ、そんな目算もあったゆえに隠居の許しを与えたのだった。

すると、またもあの忌まわしい呼称が甦って、胸の中に黒く暗く垂れ込める。

綱吉は思わず目を閉じ、袴の上に置いた拳を握り直した。

無知蒙昧なる民の申すことぞ。赦さねばならぬ。慈愛の心を目減りさせてはならぬ。息を吐き、吸い、また丹田《たんでん》からすべての悪気を吐き出してしまう。

目を見開いた。

綱吉は諸大名を「地頭《じとう》」と呼び、徳川家の家臣同様に扱う強い姿勢を変えていない。ありていに言えば大名らの自尊の念を巧妙に操り、時には取り潰しという強権を揮うことで綱吉は将軍の権威を高め、諸侯を従えるのに成功していた。その力を禁裏も充分、承知していることが、勅使らの振舞いからも知れる。

この道で良い。何も迷うことはない。

胸中を再び鎮め、思念を勅答之儀に戻した。

綱吉が上段之間に着座すると、勅使、院使は同じ場に上がって対顔する。これはいかなる大名にも許していない作法で、それも勅使らが公家衆の中でも関白に次ぐ重職、武家伝奏であるからだ。この職は禁裏と幕府の間の意思疎通を図るために禁裏に置かれた役で、多くは堂上《とうしよう》公家の大納言の中から学識、経験に富む者が選任される。

今年の勅使は柳原資廉《やなぎはらすけかど》で、帝に近侍して宮中諸務を統《す》べている柱石《ちゆうせき》だ。

綱吉は柳原を同じ場に招いて、こう勅答する。

「禁裏より年頭の御祝儀くだされて、忝《かたじけな》い。宜しゅう」

帝に「宜しゅう」と礼の言葉を託す。将軍、そして帝も、公に発する言葉は至って短い。

その代わり下向をねぎらって、勅使と院使にそれぞれ銀二百枚、絹百疋を下賜する。

信子も下賜品を用意しているので、大奥から表向へと運ぶ使者は吉良の命で専任の者が就いている。

すべてのやりとりを終えると勅使らが帰洛の意を言上するのでそれに許しを与え、綱吉は退出する。それで三日間の儀礼は仕舞いだ。

すべては滞りなく進んでいる。幕府と禁裏の縁はなお、深まるだろう。

迎えに訪れたらしき足音がして綱吉は顎を引き、背筋を立てた。

襖が動き、やはり柳沢保明、そして松平輝貞《てるさだ》が現れた。両人とも小姓から老中格の側用人に引き立てた、いわば側近中の側近だ。

保明は四十四歳、輝貞は三十七歳で、綱吉は輝貞が正室を迎えるにあたってはいったん保明の養女としてから嫁がせた。つまり保明は輝貞の岳父《がくふ》となり、自ずと側近同士の紐帯《ちゆうたい》も強まったはずだ。

側用人は幕府の政務ではなく、あくまでも綱吉の手足となって動き、中奥を束ね、大奥との連携を図るのが務めだ。老中格とはいえ、老中の職務そのものとはまったく異なっている。が、綱吉の意を汲む者として保明は諸方から重んじられ、諸大名も保明との交誼を願って家老を遣わすほどであるらしい。

だが保明の振舞いに驕り高ぶりは見えず、今も至って慎み深く、実直である。

保明と輝貞は面を伏せながら足早に進んできて、正坐した。顔を上げた輝貞は血の気を失っており、保明も心なしか頬を強張らせている。珍しいことだ。

「いかがした」

問いに答えたのは保明だ。

「表向で、不埒なる儀が出来《しゆつたい》いたしました由」

束の間、己が眉根をきつく寄せたのがわかった。

「申せ」

「勅使馳走役の浅野内匠頭《あさのたくみのかみ》が、吉良上野介《きらこうずけのすけ》殿に刃傷に及びましてござります」

耳を疑った。

「いつだ」

今度は輝貞が答えた。

「大目付と目付から先ほど上申を受けまして、若年寄とも談合の上、すぐさまお報せに参った次第にござりまする」

「かほどに重要な儀礼の直前に。浅野は乱心してか」

「吟味は、これからにござります」

「吉良は絶命したのか」

「いえ。傷は浅いとのこと。今、医者を呼ばせておりまする」

「血はいかほどだ」

穢れをまず案じた。

綱吉は死の穢れを避けるために服忌令《ぶつきりよう》を定めると共に、「浄め」の定めをも設けていた。禁裏における触穢《しよくえ》規定を基にし、将軍家にかかわる社参、仏参の際、家の内で穢れが生じた者は供奉ができないとの規定だ。

天下の政を行なう城内は穢れを避け、常に清くあらねばならない。さにあらずんば、天の加護を受けられぬ。

「血は三滴以上で穢れぞ。沐浴し直さねばならぬ」

そう吐いてから、二人を睨めつけた。

「いや、その前に勅使だ。触穢とならぬか、伺いを立てさせよ」

「ただいま問い合わせておりまする」

明日、もしくは二日後に日延べせねばならぬだろうか。場を浄めるのに何を命ずれば良いかと考えを巡らせ、はっと目を上げた。

「刃傷はいずこで起きた」

保明が一拍置いてから、「畏れながら」と答えた。

「松之大廊下にござりまする」

その刹那《せつな》、怒りが噴き上げた。

大広間と白書院をつなぐ大廊下は中庭に面して鉤形《かぎがた》に巡っており、その反対側の襖には浜辺の松原と千鳥が群れ飛ぶさまが瀟洒《しようしや》に描かれている。これから出座するはずであった上段之間とはごく間近であり、そもそも大廊下は大名の殿席《でんせき》としては格別の場だ。御三家を始めとする、将軍家ゆかりの家が坐す礼席である。

「田舎の地頭が、ようも」

口から迸《ほとばし》ったのは嫌悪だった。膝上に置いていた木笏《もくしやく》を摑み、畳の上に叩きつけていた。

まもなく届いた柳原資廉の返答は、綱吉の考えに任せるとのことだった。

「穢れまでには及ばぬことゆえ、勅答を仰せ出《いだ》されても障りにはなりませぬが、御機嫌次第に」

つまり吉良が死んでおらず、「死穢《しえ》」にはならぬとの解釈だ。

いかなる策を取ればこの恥を大きくせずに済むかと、綱吉は秤にかけた。

勅使の帰洛の日取りは差し迫っている。しかも公家衆は日によって忌むべき方角があるので、幕府の都合で日延べをすれば道中の段取りが大いに狂うだろう。此度の不祥事が方々に波紋を広げ、天下に知れ渡る。

綱吉は即決した。白書院から黒書院へと場を変更させ、儀式を予定通り執り行なったのである。

そして昼八ツ過ぎに幕閣を招集し、詮議を始めた。

今の老中は阿部豊後守正武《あべぶんごのかみまさたけ》に土屋相模守政直《つちやさがみのかみまさなお》、小笠原佐渡守長重《おがさわらさどのかみながしげ》、秋元但馬守喬知《あきもとたじまのかみたかとも》、稲葉丹後守正往《たんごのかみまさゆき》である。

阿部からまず報告されたのは、留守居番である梶川与惣兵衛頼照《かじかわよそべえよりてる》の証言だった。梶川は信子から両使に銀品を下賜する、その使者を務めていた旗本だ。

「梶川殿が申しまするには、吉良殿の臣下から段取りが早まったと告げられ、その詳細を聞きたいと吉良殿をお探し申したそうにござります。大広間の背後の松之廊下から右に折れました折、突き当たりの白書院の辺りに高家の姿が大勢見え申したとのこと。それで茶坊主の一人に吉良殿を呼ばせたところ、吉良殿は別の用件で老中に呼び出されており、不在との返答にござりました」

梶川はそのまま待った。ちょうど手前の襖際に院使馳走役の伊達左京亮、そして勅使馳走役である浅野の姿を認めたので浅野を茶坊主に呼ばせ、立ち話をしたようだ。

「浅野は儀礼の準備で疲れてか、多少、顔色が悪う見え申したが異様な素振りは露ほどもなく、梶川殿が、諸事、宜しゅうお頼み申しますと挨拶致せば、浅野も心得ておりますると尋常に答え、元の場に引き返したとのことにござりまする」

その後、吉良が白書院の前に戻ってきたのが見えたので再び茶坊主に呼ばせ、大廊下の中ほどで双方が歩み寄る格好になった。

「勅使様の御着到の刻限が早うなられましたのかと梶川殿が問うたその時、吉良殿の背後で罵声が聞こえたとの由」

梶川は「先だっての遺恨、憶えてか」と聞いたようだが、その声の主がよもや浅野だとは思いも寄らぬことだったようだ。吉良も何事かと振り向いて、その際に眉間に一太刀、そして逃げる際に背中にもう一太刀、浴びせられた。

周囲は騒然となり、浅野を羽交い絞めにする者、倒れた吉良を助ける者とに分かれ、ともかく双方を引き分けた。吉良は高家の数人に抱えられて桜之間に逃げ込んだが、傷は浅かったものの流血がひどく、しかも老齢であるのでまもなく気を失したという。

次に土屋が促して、目付の二人が辞儀をした。浅野と吉良への尋問はすでに済ませていた。

まず一人目、浅野に会った目付が口を開いた。

「場所柄も弁えず刃傷に及んだ理由を糺しましたが、浅野はそれについては口を噤み、何の申し開きも致しませなんだ。ただ、御上に対して微塵も恨みをお抱き申すはずもなく、一己《いっこ》の宿意をもって前後を忘却し、吉良を討ち果たさんと念願致した次第にて、この期に及んでいかなる仕置も受け奉るが、吉良を討ち損じたことのみが無念にござると申しましてございまする」

そこで言葉を切り、目付は伏し目になってからまた続けた。

「ただ、その声が異様に甲高く、しかも幾度も同じことを繰り返す始末にござりまして、相当な昂奮の度と察しましてござりまする」

目付は浅野を叱咤《しった》し、鎮めねばならなかった。一方、吉良が尋問を受けた際は既に気を取り戻しており、「恨みを買う覚えは一片たりともござらぬ」と冷静に答えたという。

詮議の主題は、此度の沙汰に「喧嘩両成敗」を用いるかどうかへと移った。理由の如何《いかん》を問わず、刃傷が起きた場合、双方を罰するのが武家の法度だ。

小笠原が他の老中に向かい、「さりながら」と口を開いた。

「酒の上での喧嘩であれば両成敗が自明であるが、此度は浅野の一方的な所業ぞ。しかも吉良殿は一切、手向こうておられぬ」

そして嘆息を吐く。

「浅野も何たる不調法。武士たる者、脇差を抜いて討ち損じるとは」

すると阿部が「真に」と同調した。

「稲葉殿が御大老をお討ち申した際、即死ではなかったものの、稲葉殿はその意を遂げられたゆえ両成敗の裁きが下せた。しかし、此度は討ち果たせておらぬ」

綱吉の腹心、そして盟友でもあった堀田正俊が殿中で稲葉に刺殺されて、十七年になる。

堀田が突如、この世から消えて余がいかほど絶望したか、この者らは知らぬ。

馬老、保明がいかほど忠を尽くしたとて、堀田の代わりにはならぬのだ。それほど堀田の政の手腕は図抜けていた。進むべき政道の先を照らし、共に歩き、時には杖《つえ》ともなった。

綱吉は座を見回した。若年寄、目付らも浅野の不調法を論《あげつら》っているが、その理非を揉む気にもならない。老中に並んで末座に坐る保明の姿さえ、いつになく霞んで見えた。

細く長い息を吐く。

堀田が生きていれば、かように忌まわしき事は起きなかった。そうだ。これではあの頃と、何も変わっておらぬではないか。

余はこの十七年、いったい何をしてきたのだろう。

半身が揺れそうになるのを堪え、天井を睨み上げた。

「公方様」

様子を案じてか、保明の声が微かに聞こえる。

堀田が生きていてくれれば、犬公方などと蔑まれることもなかったはずだ。断じて。

眼差しを戻し、一座を見回した。

「仕置を決す」

一同が一斉に居ずまいを正した。

「浅野内匠頭は本日、切腹」

切腹は身柄の預け先の田村家、その庭先で行なうこととした。すなわち、大名としての名誉を伴わぬ切腹である。

異議を申し立てる者は一人もいない。当然だ。浅野は常よりことさら清浄であるべき殿中で、しかも清浄たるべき日を血で穢した。吉良に何ほどの恨みを抱いてかは知らぬが、その理由が裁きを左右するものではない。

吉良に武士の面目をいかほど潰されたとしても、だ。

ならば幕府の面目をいかに考える。禁裏に対して幕府が、そして将軍がいかほど面目を失うことか、浅野は束の間でもそれを想起せなんだというのか。

「吉良は、構い無しとする。場所柄を弁えて刃向かわなんだは神妙の至り、養生せいと伝えよ」

両成敗の裁きなど下せば、何の罪咎もなく斬りつけられる者はどうなる。

もう誰にも堀田の二の舞を演じさせまい。

易々と、命のやり取りはさせぬ。

「ははッ」

皆、平伏した。

綱吉は立ち上がり、休息之間へと向かった。小姓ら近侍の者が供として背後をついてくる。

廊下から右に折れるべきであったが、気を変えて逆へと爪先を向けた。庭に面した広縁に出る。右手、西へと顔を向けた。西空が夕陽で染まりつつある。春雲が流れ、どこからともなく桜の花弁が吹き込んできた。

浅野の領地である赤穂五万石は、「改易《かいえき》」と決めた。

三

翌元禄十五年、十二月も半ばになった。

朝、いつものごとく大奥に渡り、御小座敷で信子と共に過ごす。着座してもほんの束の間で中奥に戻らねばならぬ日も多いが、今日は半刻ほどはいられそうだと告げた。

その途端、信子の面差しがふわりと明るくなった。綱吉も気がなごんで、とりとめのない話を交わす。

「桂昌院さんのお加減は、いかがにあらしゃいますか」

信子は桂昌院に対して、敬語を使うようになった。

今年の三月、桂昌院は禁裏より従一位の位と、藤原光子《ふじわらのみつこ》という名を賜ったのだ。従一位はおなごとしては初めての高位であり、むろん信子の位階をも超えた。以降、桂昌院は信子の上座に坐すこととなり、信子も「さん」という最敬称を用いる。

綱吉の治政にあって幕府と禁裏とのかかわりは極めて良好であり、綱吉への信頼が厚いことも信子は承知している。学問はもとより古来の敷島の道に造詣を深め、京の風儀を武家に取り入れてきたのだ。物心両面において禁裏を支え、母への昇叙《しょうじょ》はその一種の礼、褒賞でもあるのだろう。

そして、おそらく禁裏は筋目を仕立て変えたのだと、綱吉は推する。

桂昌院の出自が芳《かんば》しからぬことは、禁裏にとっても不都合なことなのだ。庶流から期せずして将軍になった綱吉と親しく交わる以上、その出自に差す翳りは取り除いておかねばならぬと考えても、何ら不思議ではない。

なぜなら綱吉も同じ考えで、保明を引き立て続けているからだ。保明の邸を訪れた際、保明と嫡男安貞《やすさだ》に、綱吉は己の諱《いみな》の一字「吉」と松平の姓を下賜した。昨冬のことだ。以来、柳沢保明は松平美濃守吉保《みののかみよしやす》となり、今年に入っても加増させたので、今では十一万二千三十石の大名となっている。初めは二百石に満たぬ家であった。

家格に見合わぬ出世との非難が出るのも構わず、綱吉は断行した。

上様は人の好悪がお激しい。気に入った側近を格別になさり過ぎる。

そんな言葉も耳に入ってきたが、つまらぬ妬心を意に介する立場ではない。

しかも吉保は生来、聡明でありながら常に沈思黙考して喜怒を表に出さず、陰で徳を積む。

綱吉はこれまで由緒ある大名家を何家も取り潰してきたが、それは優れた者が多く野《や》に下ることでもあった。吉保はその牢人らが仕官を願って屋敷を訪ねてくれば直に面談し、文武に優れた者は進んで召し抱えているようだ。

何度も吉保の屋敷を訪ね、その際に伴った信子や伝が吉保の妻女から耳にし、それが自ずと綱吉にも伝わるのである。吉保が徳川家の家臣として武芸を重んじ、ことに乗馬が達者で、月に何度も馬場に出ていることも聞き及んでいた。

冬は馬に綿入れの蒲団を着せて、それは大切にするそうにございますよ。

吉保は生類への憐れみを生来、持ち合わせている。そう思うと、たまらなく親身に思った。

諸大名の本音は未だ「成り上がりの側用人、美濃守」に過ぎない。確かに堀田のような手腕を持ち合わせていない。それが物足りない時もあった。しかしこれほど誠のある家臣が他にいるだろうかと、今は思う。吉保は強引に事を進めず、近頃ではこんな諫言もしてのける。

「畏れながら、諸大名、諸家人はすべて権現様の御時より代々、譲り受けて来られた者にござりますれば、あながちに扇子鼻紙のごとく軽々しゅう思《おぼ》したもうべきにあらずと、かように存じ奉りまする」

綱吉が諸侯や臣下に賞罰厳明をもって臨む態度を、吉保が日頃から案じているのは察している。が、真っ向からそれを窘められれば気に障る日もある。しかし扇子や鼻紙を持ち出したので、機嫌を損ねる機を逸した。ここが吉保の巧いところであるのだ。

「さほどに軽う扱《あつこ》うておるか」

至って穏やかに返したものだ。その気配を読み取ってから、吉保は本論を繰り出す。

「彼らが法に違《たが》うことがあれば、何ほどのこともその罪を糺されるは必定、それがしが申し上げるべきことではありませぬ。さりながら、その法も少しの思いやり、情け深さをもって行なわせたまえば、皆、心からその法を重んじ、御上の御恩をかしこみ奉ると存じまする」

吉保は民の衆のみならず、武士らにも慈愛の心を用いるようにと勧めたのである。

綱吉が目指す世のありようを吉保は充分弁えているし、まずは武家に峻厳に臨んできたからこそ今の幕府の安定、統制があることも承知しているはずだ。それでも、あまりに「厳しい将軍」としての世評が立っては、側近として歯痒い思いも差すのだろう。自身の睨みのきかなさ、落ち度と捉えている節もあった。

だが吉保は徐々にではあるが、諸大名との交誼も広げつつあった。

昨年、殿中での刃傷沙汰が起きて以降、高松藩主松平讃岐守頼常《よりつね》から度々、詳細な報告を受けていたのもその一つだ。吉保はそれを逐一、知らせはしなかったが、事が出来した際の備えはしていたという。

松平頼常の家は綱吉の父、家光公の治政時に先代が高松に移封《いほう》、その際、将軍家の一門大名として西国や中国の目付役の役割を担っている家でもあった。頼常自身は養子で、実父は水戸藩の光圀公である。

高松藩は浅野家の領地であった赤穂まで船で十六里ほどの距離で、家中の様子を隠密裏に探っていたようだ。

赤穂藩の城明け渡しは昨年、四月十九日に執り行なうことが決定していた。城下は静謐を守っており、頼常は「道理のない御仕置ではなかったゆえ、家中が異議に及び申す筈もなく。変事は起きぬと思われる」と静観して文を寄越してきたようだ。

その報告を受けた時、綱吉は赤穂のことなどもはや脳裏になかった。

「それが尋常ぞ」

一言で切って捨てたものだ。

浅野内匠頭は当然、家が取り潰されることを予期していたはずなのだ。殿中で刃傷に及べば浅野家は改易、家中を路頭に迷わせると承知の上で、脇差の鯉口《こいぐち》を切った。

何と愚かな主君であることよと、憤激が甦る。

いや、かくも浅慮なる主君を放置した家臣も同様に愚かと言わねばならぬ。主君として不適と見做した場合、それを諫め、それでも行状が改まらぬ折には隠居を迫る家老も他藩にはいるのだ。それこそが綱吉の求める「忠」であった。

だが幕府老中らと赤穂の周辺諸藩は変事を予測し、徐々に警戒の度を強めた。備前《びぜん》岡山藩池田家は赤穂に隠密を出して家中の様子を探り、明石藩松平家は参勤交代の江戸への出立を予定していたが、赤穂の様子次第として変更したほどである。

城の明け渡しが迫った十八日、周辺はなお緊迫した。岡山に姫路、徳島、丸亀、松山の諸藩は領境のみならず、海上にも兵を配備した。

明け渡しの翌日、頼常から吉保の許に文が届いた。

城の受け取りは滞りなく行なわれたこと、旧臣らが何か願い出るのではないかとの憶測が流れていたため小豆島の吉田浦《よしだうら》という沖合にまで家来を遣わしてあったが、別段、何も起きなかったことが知らされた。

すべては杞憂《きゆう》に終わった。

「御上」

信子に呼ばれて、綱吉は「ん」と顔を上げた。

「お心持ちがお悪いのではあらしゃいませぬか。薬湯を煎じさせましょうか」

心配げに小首を傾げ、綱吉の顔を窺ってくる。

「いや、大事ない。何の話をしておったかの」

「桂昌院さんのご様子についてでござりますが、いえ、ご放念くださりませ。今日、三之丸をお訪ねしようと思うて、見舞いの品を用意しておりますゆえ」

信子の広やかな声に、「さようか」と頷く。

「京より青物《あおもの》を取り寄せたのです。甘酒と干し柿も」

「雑作《ぞうさ》をかけた」

そうねぎらって、綱吉は女中が淹《い》れ替えた茶で咽喉を湿した。

桂昌院は従一位の官位をさほど喜ぶ素振りも見せず、しかも膳を終えたばかりであるのに「まだか」と催促すること、しばしばなのだ。側女中らの困惑はしばらく伏せられていたが、時を見つけては機嫌を伺いに出向いているので綱吉も気がついた。夏頃のことだ。

以前に変わらず闊達な物言いをしているかと思えば、時折、物憂げに溜息を吐いたりする。

「毎日、つまりませんなあ」

すぐに本丸に戻らねばならぬのを堪え、「一差し、舞《も》うて進ぜましょうか」と慰めてみたりする。だが桂昌院はにべもない。

「結構どす。舞をただ拝見しておったかて、面白うも可笑しゅうもおへん。ああ、京は一杯、愉しいことがあったのに」

しきりと京を恋しがる。帰りたいのだろうかと思ったが、それだけはかなえてやることができない。桂昌院が上洛するとなれば、一大名が動くよりも大事になる。

「蕪《かぶら》の糠漬《ぬかづけ》が食べたい。雪みたいに真っ白な、綺麗な蕪や」

真夏に蕪を所望したりするのである。三之丸の膳部では方々に手を尽くし、桂昌院の求めに応えねばならない。それを信子は知って、見舞いの品を用意したのだろう。

次之間で人影が動いて、右衛門佐が現れた。

「御上、御側用人より報せが参りましてござりまする」

「申せ」

「中奥へのお戻りを願《ねご》うておられまする」

綱吉は信子と顔を見合わせたが、すぐに腰を上げた。

中庭に向けて障子を透かした廊下に差しかかった時、冬空が見えた。雪になりそうな色をしていた。

御鈴廊下を抜けると、中奥の入り口で吉保が待っていた。

「御座之間に、御老中らが参集しておられます」

只事ではないようだと察したが、そのまま黙って進んだ。

着座すると皆、一斉に平伏し、綱吉は「面を上げい」と許しを与えた。

前に膝を進めたのは、老中の稲葉だ。

「今朝、吉良家の義周《よしちか》殿より遣いが参りまして、赤穂の牢人どもに討ち入られた旨、届け出がござりました」

「討ち入りじゃと」

この泰平の世に、似つかわしからざる言葉を耳に放り込まれた。両の肩がふいに上がり、拳に力が入る。

稲葉は神妙な面持ちをさらに引き締めた。

「隠居、上野介殿、討ち取られましてござりまする」

吉良上野介義央は昨年、殿中で刃傷を受けたことにより退隠していた。これに伴って嫡男の義周が家を相続し、高家に列している。義周はまだ十七歳ほどのはずだ。

「義周は」

「刀を手にして応戦致したようにござりますが面と背を斬られ、倒れ伏したそうにござります。が、牢人らは止《とど》めを刺すことなくそのまま捨て置きましたそうで、命に別状はなしとの由」

「となれば、上野介の首は獲《と》られたのだな」

暗澹となったのを悟られぬように、稲葉を見返した。稲葉が首肯した。

「赤穂の旧臣どもは、神妙にしておったのではなかったのか」

声が低くなる。

「いや、まずは詳細を聞かせい」

するると、同じく老中の土屋が答える。

「今、調べを進めておりまするが、昨日、十二月十四日の深夜、浅野内匠頭長矩の元家臣、牢人者大石内蔵助良雄《おおいしくらのすけよしお》を始め朋輩四十六人が吉良邸に忍び込み、主君の仇《あだ》として吉良殿を討ち取ったとのことにござりまする」

「主君の仇だと」

肚の中が爆《は》ぜた。

「仇討は、子が親のために行なうものぞ。主君の仇を家臣が討つとは前代未聞、何たる心得違い」

己の形相が険しくなっているのがわかったが、もはや抑えようもない。

すると土屋は平伏して、「申し訳ございませぬ」と詫びた。

「畏れながら、当人どもの申し開きをそのままお伝え申しましてござりまする」

土屋を睨みながら、「続けよ」と顎で命じた。

「牢人どもは討ち入り後、旧主君の菩提所である泉岳寺《せんがくじ》に吉良殿の首を奉《しる》じて供養致し、かつ、公儀に成敗を伺《うかご》うて参りました。そこで、ひとまず細川越中守綱利《ほそかわえっちゅうのかみつなとし》殿に十七人、毛利甲斐守綱元《もうりかいのかみつなもと》殿に十人、松平隠岐守定直《おきのかみさだなお》殿に十人、水野和泉守忠之《みずのいずみのかみただゆき》殿に九人、御預《おあずけ》との処遇を指図致しました次第」

身柄はまず確保してあるということだ。

「これより、公方様の御前にて、裁きを行なわせていただきまする」

老中の一人が詮議の開始を告げ、皆が再び平伏した。それが尋常なる仕儀だ。この者らに任せねばならぬと思いつつ、問いを発していた。

「先ほど、牢人どもは吉良邸に忍び込んだと申したか」

「さようにござりまする。詳細は、これからの尋問にて明らかに致しまする」

「深夜に忍び込むとは、夜盗《やとう》と同様ではないか。武士にあるまじき仕方ぞ」

顎がわななく。

殿中で刃傷沙汰を起こした末に家臣が討ち入りとは、何たる士道。

いや、彼奴《きゃつ》らは武士とも言えぬ。余は断じて許さぬ。

打首《うちくび》だ。

綱吉が激昂したその時、「宜しゅうござりまするか」と端から声を上げる者がいた。吉保だ。老中らが一斉に下座を見た。かような場で吉保が意見を述べる許しを願い出るのは、極めて珍しいことだ。

「申せ」

すると吉保は綱吉に一礼してから、背を立てた。

「事は市中で起きましてござりまする。牢人らが吉良殿の首を掲げて泉岳寺に入り申したのを、数多の民がその目で見ております。いえ、討ち入りの最中、深夜にもかかわらず町人らは騒ぎに気づき、塀に梯子を掛けて見物する者までおったとの報告が手前に入ってきておりまする」

「深夜に、何ゆえ見物できる」

「昨夜は十四日にて、ほぼ満月にござりました」

その月光の下で夜盗のごとく奇襲を掛け、吉良の首を討ち取ったというのか。

吉保は冷静な声で、先を続けた。

「ご承知の通り、吉良家の義周殿は、米沢藩上杉弾正《だんじょう》大弼《だいひつ》綱憲《つなのり》殿の御実子にござりまする」

吉保が言うた通り義周は吉良義央の養子で、上杉家とは親族だ。

「討ち入りを知った上杉家は即刻、泉岳寺に兵を差し向けようとされましたが、それを事前に察せられた御老中らが高家の畠山家を通じて阻止なされました。……さようなことを致さば、江戸市中が戦になり申す。事の処理は公儀に任せ、兵などゆめゆめ出されぬように、と」

綱吉は吉保に目を合わせた。

老中らに花を持たせておるが、そなたが意見して老中らを動かしたのであろう。

怜悧な面差しを見つめるうち、ようやく気が鎮まってきた。

そうか、おそらく鶴のことを配慮したのだと、綱吉は坐り直す。

綱吉の一人娘、鶴は、紀伊家の徳川綱教《つなのり》に嫁いでいる。その綱教の姉が、上杉綱憲の正室だ。

上杉家が兵を出せば、姻戚関係にある紀伊家も事にかかわらざるを得なくなる。万一、出兵の制止に不首尾を生じれば、幕府としてはその責めを問わねばならぬのだ。一方、静観すれば、姻戚としての役割を果たしておらぬことになる。幕府はこれも譴責《けんせき》の対象とせねばならない。いずれにしても、紀伊の家名は堕ちる。

その波紋の大きさを考えれば、やはり牢人どもを打首に処するが最善だ。さすれば、上杉も戦のしようがなかろう。

考えを巡らせるうち、直に裁きを下すべき案件ではないことに思いが至った。

牢人の処遇など、将軍がかかわるべき重大事ではない。老中らに詮議を尽くさせ、それに「諾」を与えるだけで良いのだ。考えと違う場合は差し戻すのみ。

綱吉は吉保から目を離し、老中らを見回した。

「皆の者、先例を重んじ、首尾良う詮議致せ」

元禄十六年、二月も四日となった。

綱吉は大名に与える文字を書こうと、中奥の用之間で墨を磨《す》っていた。

中庭からは梅樹の香りが漂ってくるが、小姓に命じて火鉢の炭をさらに足させた。このところ、余寒がこたえるのだ。もはや五十八歳になる。男児に未だ恵まれない身としては毎夜でも大奥に入って側室の誰かを召すべきであるのだが、近頃は思うように果たせぬことが多くなっていた。

後継を早う定めねばならぬ。それこそが将軍の重大なる務めだとも、承知している。

余は中継ぎであるのだ。甲府宰相、綱豊を養子に迎えれば、天下はなお泰平となる。綱豊は綱吉の三兄、綱重の息だ。四十二歳になっている。この甥を六代将軍の座に就かせ、自身は大御所として背後から治政を見てやれば良い。

その思案を何度も重ねながら、そのつど、綱豊ではまだ心許ないと躊躇する。あとしばらく、目指す仁政を確たるものにしおおせてからでなければ、他者の手に委ねた途端、何もかもが空虚になるような気がしてならない。

ふと、墨を持つ手が止まる。

余は手放しとうないのだろうか。将軍の座を。

馬鹿なと、己を笑った。

自ら望んで手に入れた座でもあるまいに。執心など、一時たりとも持ち合わせなんだ。いつでも、隠居の身になる。

真か。犬公方と蔑まれてまでも貫いてきた道ぞ。しかも道はまだ半ばだ。

他者に譲り渡して、悔いはないのか。

墨を置き、筆を執った。

背後で声がした。吉保のようだ。振り向くと襖が少し引かれており、やはり当人が坐していた。

「入れ。そこでは寒かろう」

用之間は城内で唯一つ、綱吉が一人で過ごす場である。四畳半ほどであるので茶室のごとき狭さであるが、吉保を招じ入れた。誰かと対座するだけで、少し温もるような気がした。

「御用之間でお報せ申す事ではありませぬが」と、断りを入れてくる。

「構わぬ」

すると吉保は一礼して、膝上に拳を置き直した。綱吉は黒漆の丸火鉢に手をかざし、ゆるりと耳を傾ける。

「評定通り、本日、赤穂の旧臣らが切腹致しました」

そうか、今日であったのかと、綱吉は頭の中で日を繰った。

老中らに任せた評定は初め、「打首」との見解が多勢を占めた。

「調べによれば、者どもは仇討の宿意を抱きて町人や日傭取《ひようとり》に身を窶《やつ》し、ことさら深く人家に忍び込んでおったようだ。これはまったく武士にあるまじき仕方にて、先例に倣い、四十六人を打首とするが順当であろう」

黙って耳を傾けていた綱吉も、他の仕置など考えもしなかった。ところが、何人かの老中が「さりながら」と異見を唱えたのだ。

「切腹を申しつけてはやれぬものか。打首は罪人だが、切腹はその汚名を被《こうむ》らぬ。あくまでも武士として死ねよう」

「馬鹿な。者どもの仕業は夜盗同然にござるぞ。武士として死ぬることなど、当人らも端から望んではおるまい」

「いや。寺社奉行と大目付、町奉行、勘定奉行まで招集し、諮問《しもん》致したのだ。さすれば、主君の遺恨を晴らしたる旧臣らは、真の忠ではないかとの考えが出て参り申した。中には、これぞ武家諸法度に定められたる、文武忠孝に励むべしに相当する義挙ではないかと擁護する者もござっての」

またも心得違いをと綱吉は眉を顰めたが、口は挟まなかった。皆に存分に評定させねば、任せた甲斐《かい》がない。

「しかし、徒党を組んで他家を襲う所業は重罪ではござらぬか。公儀がこれを許しては、世の秩序が保てぬ」

「止《や》むを得ず共謀したのであるから、徒党には当たらぬとも言える」

「その解釈のしようも難儀だが、考慮すべきは江戸市中の民の面前で起きた事件であるということにござる。今や、大変に評判となっておるらしゅうて、討ち入りを目の当たりに致してふだんはようわからぬ忠の実体だと解した者も多いと聞き申した」

「従来の武家の気質としては、あながち的外れでもないのではござらぬか。今でも、何とか機会を捉えて武士らしい死を遂げたいと思う者が少のうないからの。討ち入りに溜飲《りゅういん》を下げ、喝采を送る者もおろうて」

そこまで述べた老中ははっとして上座を窺い、恐懼の体を示した。気がつけば綱吉は舌打ちをしていて、それが聞こえたようだった。

「構わぬ。続けよ」

「それがしが申し上げたかったのは、打首に処すれば、その者らに無用の反発を植えつけはせぬかと、かように案じおる次第にござりまする」

黙って、鷹揚に頷いてやった。すると老中は何度も唾を呑み下してから、「のう、美濃守」と呼んだ。小心にも、吉保に最も言いにくいことを言わせようとの魂胆だ。だが吉保は寸分も動揺を見せず、話を引き取った。

「公方様。武家のみならず世人の心情を鑑《かんが》みましても、此度の一件は格別の温情を見せられてはいかがかと、存じ奉りまする」

「世人の、心情とな」

「切腹の沙汰を下されるが、最良と存じまする」

吉保は一思いに具申した。

綱吉は黙して、吟味する。

さすれば、主君の仇討などという乱気の波紋を広げずに済むか。公儀の威儀を保ち、諸侯が納得し、武士の矜持《きょうじ》を損ねずに済むか。

「切腹を命じてやれば旧臣らの宿意も立ち、それで世間の昂奮も治まりましょう」

綱吉は、首肯した。

「相わかった」

吉保は辞儀で返し、再び口を開く。

「では、吉良家の処分詮議に移らせていただきまする」

そこで膝を動かし、老中らを見回した。

「易々と討ち入られたる吉良家の不届《ふとどき》は看過できぬと、それがしは考えまする。各々がたは、いかに」

老中の一人が重々しく頷いて、後を引き取った。

「やはり改易に処するしか、ござるまいな。上杉家のためにも」

「何ゆえ、それが上杉家のためになり申す」と、誰かが訊ねる。

「上杉家が赤穂の旧臣らに報復に出るのを、期待して待っておる者もおるからだ。周囲からそれが武士ぞと煽《あお》られれば、家中らも引くに引けなくなろう。牢人どもの預け先を狙《ねろ》うて襲うやもしれぬし、まして赤穂の旧臣はまだ他にもおるのだぞ。ここで吉良家を改易して上杉家と親族の縁を切らせておかねば、報復が延々と続きかねぬ」

そう述べたのは、老中の小笠原だった。そこで考えが一つにまとまり、阿部が改めて上申した。

「公方様、牢人らに切腹を賜り、吉良家は改易、義周殿は大名家に御預との裁断で、いかがにございましょう」

綱吉は迷わず、命じた。

「さようにいたせい」

火鉢の炭がかさりと音を立てて崩れた。

「義周はいずこに預けた」

「信濃諏訪《すわ》藩にござります る」

また名家を、しかも高家肝煎であった家を潰してしもうたと、火箸で炭を立て直す。

「諏訪は寒かろうの」

誰にともなく呟いた。

八　我に邪《よこしま》無し

一

鋏《はさみ》の音が響いて、梅擬《うめもどき》の小さき赤き実が揺れた。

綱吉は大奥御座之間《ござのま》の上段之間で脇息《きようそく》に凭《もた》れ、信子が花を活けるのを眺めている。所作は悠揚としながら芯の通った静けさがあり、綱吉はいつもシテ舞を観ているかのような心地に誘われる。今朝の上掛も白地に大きな菱形文様を施した図柄で、猿楽舞の装束にも通ずる艶《あで》やかさだ。

ほどなく、一抱えほどもある梅擬の枝が広口の花瓶に立てられた。花瓶は口の幅が一尺半ほどの古銅で、ゆったりと膨らんだ胴部には鷹司家の牡丹紋《ぼたんもん》が刻まれており、左右には優美な月形の耳環が付いている。毛氈《もうせん》の上には黒漆の広蓋《ひろぶた》が置いてあり、とりどりの花材が揃えられているようだ。霜月も末のことで、葉蘭《はらん》や寒椿、桜紅葉や錦木《にしきぎ》が見える。

信子は広蓋の中に目を落とし、鄙《ひな》びた風情の隈笹《くまざさ》を選び取った。鋏で茎の先を落としてから少し腰を浮かし、右肘を張るようにして梅擬に添えている。

何度も目にしてきた立花《たてばな》であるが、やはり瞠目《どうもく》させられる。

信子は花瓶の正面ではなく背後に身を置いており、つまり逆の側から活けているのだ。

綱吉はそれを正面から眺めている。今度は寒椿を手にし、長さを整えてから最も正面側に挿し入れた。背後からであるにもかかわらず正面の景が見えているらしく、水際も清《せい》冽《れつ》だ。

この不思議な活け方を初めて目にしたのは、信子が輿入れしてきてまだ間もない頃であった。

「京にはかような流儀があるのか」

綱吉が訊ねると、信子は物怖じもせずに「いいえ」と答えたものだ。

「ついぞ目にしたことも、耳にしたこともございませぬ」

「では、そなたが考えついたのか」

「考えたのではありませぬ。やってみたら、できたのでございます。ほんの転合《てんご》にございります」

綱吉はただ驚いて、信子の顔を黙って見返した。児戯《じぎ》のごとき仕業なのだと言ってのけた妻の双眸《そうぼう》には、明朗な光が満ちていた。綱吉は十九、信子は十四歳の若き夫婦であった。

あれからもう四十年ほどを経たのかと、綱吉は脇息に肘を置き直す。今朝の憤りはもはや薄らいでいた。小姓が犯した些末な不調法に何ゆえああも立腹したのか、己でも解《げ》せぬほどだ。

ただ、無闇に怒りを噴き出させた後は決まって人恋しくなる。本来であればとうに中奥の用之間に戻り、政務に携わっている刻限なのだ。判物《はんもつ》に花押《かおう》を書いて朱印を捺し、あるいは書き物をする。その後は吉保ら側用人が文書を読み上げるのに耳を傾け、一件ごとに裁断を下す。執務は日暮れまで続き、時には夕餉《ゆうげ》の膳も取らずに深夜にまで及ぶ。将軍職に就いたばかりの頃を超える激務だ。

この一年というもの、立て続けに災禍《さいか》に見舞われているのである。

始まりは昨年、元禄十六年の十一月だった。十八日、四谷伊賀町《いがちょう》から出火し、強風に煽られた焔《ほのお》は芝の海手まで焼き尽くした。そして二十三日、大きな地揺れに襲われた。その時、綱吉は中奥で寝《やす》んでいたのだが、裸足のまま庭に下りた。庭には特別に普請させた地震之間があり、地の下で難を逃れられるようにしてある。だが避難するなど考えつきもせず、立ち尽くした。瓦や土くれが霰《あられ》のごとく降り注ぎ、肩先を掠《かす》めては落ちる。側衆らが凄まじい形相で駆け集まって叫んでいたが、綱吉は揺れる空を仰ぎ見ていた。

江戸はそもそも地揺れが多い。この揺れはいかほどの大きさで、まず何をなすべきかの一念のみが頭の中を占めていた。城下に目を移せば、城を巡る濠の水が溢れ、大波となって橋を上回るのが見えた。

その日のうちに幕閣を招集し、御救小屋《おすくいごや》を建てて民の救済に努めるよう指図した。地揺れは伊豆までの各地に津波をもたらしたという。小田原《おだわら》城が倒壊し、紀伊、土佐においても大きな揺れがあったとの報せが届いた。

そして地揺れからわずか七日後の夕暮れに、またも大火が起きた。小石川《こいしかわ》の水戸藩邸から出た火は本郷、下谷《したや》、浅草を焼いても収まらず、両国橋で千七百余人の死者を出し、翌日は本所《ほんじょ》、深川までを焼いた。

綱吉はしばらく専任者のいなかった火付改役《ひつけあらためやく》を再置させ、火への備えを徹底させた。余震は十二月まで続いたので、諸大名には「公儀よりの貸付金返済を免除するゆえ、復興に専念せよ」と命じた。さらに倹約令を発布し、江戸市中の大八車、駕籠への課税を免除した。

年が明けて、今度は浅間《あさま》山が噴火した。そして四月には出羽《でわ》、陸奥《むつ》で大きな地揺れが起き、膝でわかる程度の地揺れは江戸でもいまだに続いている。

やがて市中では、流言飛語が飛び交うようになった。綱吉が地揺れによって死んだ、あるいは一昨年、従一位という破格の高位を得た桂昌院の周囲でとりわけ多くの死者が出たとの流言もある。町奉行所は風説を流す者を厳しく取り締まっているが、綱吉が世人の言に思い煩《わずら》う暇はなかった。夏に入ってから長雨が続き、方々で洪水が発生したのだ。七月には利根川《とねがわ》が氾濫《はんらん》し、周辺はまた甚大な害を被った。

大火に地揺れ、また大火、洪水と、天は次々と新たな手札を切って綱吉を苛《さいな》んだ。膝元の江戸を建て直したと思うも束の間、今度は西で、次は北で安寧が突き崩される。

綱吉は肚の底に力を籠め、指示を続けた。

「いかなる窮地にあっても民を守り、養わねばならぬ」

我が政の真価が、今こそ試されているのだと思った。

「いかほど多くの命を守るかが、武家の本分ぞ。命懸けで、あらん限りの知恵をもって天下に尽くせい」

綱吉の意を受け、幕閣から諸役人に至るまで不眠不休の働きを続けた。毎日、膝前に文書が堆《うずたか》く積まれ、救済策と復興の進捗、諸国の現状を逐一、吟味した。

やがて家屋敷の普請のために人手が不足し、手間賃が高騰した。すると諸式も上がる。抑制策を打ち出させた。勘定方《かんじょうかた》は費用を捻出するを目的に、幾度目かの貨幣改鋳《かいちゅう》を申し出てきた。小判の品位を落とすのは本意ではなかったが公儀の金蔵はもはや払底《ふってい》しており、認可して着手させた。今は犬猫、牛馬の保護にまで手が回らぬとの上申は、即刻、却下した。

「非常の事態にあってこそ、弱き者を庇護せねばならぬのだ。病人、貧民、身寄りのない者を見捨てぬ心は、生きものにも等しく発揮されねばならぬ。それが秩序ぞ」

紅葉山の木々が色づくようになって、吟味すべき事柄がようやく半分ほどになった。毎夜、遅くまで城に詰めていた幕閣らも、このひと月ほどは定刻に下城している。

ところが綱吉の心は鬱々《うつうつ》として、安らぐことがない。理由は己でもよくわからぬ。天下の屋台骨を何とか支えおおせたのだ。にもかかわらず、朝、目覚めた折から胸の裡が重く塞ぎ、どうしようもなく苛立つ。

ことに身近な近習の失態が見逃せなくなっており、今朝も御髪番の小姓を叱咤《しった》したのだった。手を滑らせて櫛《くし》を取り落としただけの不調法であったが、日頃から上目遣いで綱吉の顔色を窺い、場を取り繕うのに唯々諾々と勤めているのが気に障っていた。それでも二度は見逃してやったのだ。三度目が今朝だった。

「毎日、何をせねばならぬか、すべて決まっておろう。何ゆえ鍛錬を心掛けぬ。怠慢極まりなき仕儀」

小姓は度を失ってか、肩を震わせながら平伏していた。そのさまを目にするや、また火玉のごとく怒りが膨れ上がった。近頃、綱吉の身近に仕えると決まった者の家は出世を喜ばず、ただ勘気《かんき》を被らぬよう、無事に奉公しおおせるように神仏に祈るのだという噂が頭を過った。

「もはや出仕に及ばず」

己の目の端が吊り上がっているのがわかったが、抑えようがなかった。他の者らも怯《ひる》んで平伏するのを目にしてなお疎ましく、嫌悪の念が募った。

信子は袱紗《ふくさ》を手にして手桶を持ち上げ、花瓶に水を注ぎ足した。やがて次之間に控えていた女中らが膝行してきて、広蓋と毛氈を片づける。信子は綱吉に一礼をしてから腰を上げ、静かに回り込んで綱吉の隣りに坐した。

二人で並び、改めて花を観る。

梅擬の実は極限まで数を間引いてあり、大きな空《くう》を抱いているかのようだ。隈笹の葉の奥で、寒椿の蕾が純白を覗かせている。小首を傾げ、にこと笑みかけてくる。

その向こう、床の間の壁には軸がかかっている。その墨画は中央に阿弥陀《あみだ》仏、脇侍《きょうじ》として左に観世音《かんぜおん》菩薩、右に勢至《せいし》菩薩が描かれたものだ。軸の前には香炉、そして銀で拵《こしら》えた燭台が並び、今、活けた花と合わせて三具足《みつぐそく》となる。

「佳き供花《きょうか》となった」

綱吉がねぎらうと、信子は「畏れ入りまする」と答える。

「三尊《さんぞん》図も華やぐ」

信子はそれには黙したまま、床の間に眼差しを向けている。ややあって、ぽつりと呟いた。

「絵を能《よ》くなさるところは、御上に似ておいでにございました」

「さようであったか」

「はい」

「確かに。巧《うも》うはないが、仏心は籠っておるの」

戯言めかすと、信子はなお俯いた。妻の目許が潤んでいるのに気づいて、綱吉は目を逸らす。

信子が供花した釈迦三尊図は、亡き鶴が自筆の形見である。

鶴は今年の一月に疱瘡《ほうそう》を患い、四月十二日、二十八歳で没した。疱瘡は毎年のように蔓延する流行り病で、高熱が三日ほど続いた後、水疱《すいほう》が顔から始まって総身に広がる。地揺れの災禍を機に改元を禁裏に諮り、三月に「宝永《ほうえい》」としたその改元祝の最中の死であった。

綱吉は鶴が九歳の時、紀伊和歌山藩の徳川綱教《つなのり》に輿入れさせた。ただ、六年前からはこの江戸城西之丸で暮らしていた。四谷北伊賀町から出た火によって屋敷が焼失したためで、綱教との夫婦仲は至って睦まじかった。大名家以上の武家において実家との紐《ちゆう》帯《たい》は生涯続くのが尋常であるとはいえ、やはり鶴が間近で暮らしていることは何よりの心慰めになっていた。徳松を喪って以来、我が血を引くただひとりの娘である。

しかも鶴は生来、快活で、機智に富んでいた。生母は側室の伝であるが、嫡母として信子は幼時より撫育したので、信子に似ているとも感ずることもしばしばであったほどだ。

「父様《ととさま》、舞《も》うてくださりませ」

度々、猿楽舞を所望してきて、その気儘《きまま》さえ綱吉の心を安らげた。吉保の邸にも共に出掛け、六義園《りくぎえん》の春を楽しんだこともある。

花鳥を愛で、歌を詠み、絵を描く。娘のすべてが父には好もしかったのだ。

鶴が臥して後、綱吉は西之丸をあまり見舞わなかった。復興に心血を注いでいる最中であった。病状は毎日、報せさせたものの、心のどこかで覚悟を決めていた。死去したと聞かされた時、「ん」の一言だけが掠れて零れた。市中での普請は三日、鳴物は七日禁じさせ、十五日に出棺して芝増上寺山内《さんない》の別当寺に葬った。

信子の落胆はもとより、深いものだった。伝のように嘆き悲しむわけではないのだが、今日のようにふとした拍子に涙ぐむ。床の間の三尊図は鶴が生前、手ずから描いて進呈したもののようで、信子は表装して軸に仕立てさせ、こうして日がな花を活けて菩提を弔っている。

「徳松も鶴も、逝ってしもうたの」

綱吉は一人ごちた。

「儚《はかの》うござります」

「孫の一人も得ぬまま、老いた夫婦だけが残った」

綱吉は供花を見つめながら、「御台所」と呼んだ。

「世嗣《よつぎ》についてであるがな」

かたわらの信子はゆっくりと顔を動かし、目を合わせてきた。世子が綱吉の長年の懸念であることを、信子はむろん承知している。

「そなたは、真に甲府宰相で良いと思うか。今さら問うのも奇妙ではあるが、後継については他事にあらず。慎重をいかに期しても、過ぎることではなかろうと思うての」

歯切れの悪い言いようになった。と、信子は床の間に顔を戻した。

「五之丸はもう、あきらめましたのか」

「知っておったのか」

「私は御台所にござりますれば、我が家の相続にかかわる重大事には耳を澄ませ、目も凝らしまする」

「世迷言《よまいごと》ぞ。採り上げるには及ばぬ」

伝は鶴の生前、鶴の夫である綱教を後継に指名してはどうかと、綱吉に訴えていた。むろん相手になどしなかった。しかし伝は思いがけぬことを言い添えたのだ。

「甲府殿の生母は、卑賤の出にござりますれば」

綱吉の三兄、綱重は、酒席に侍っていた女中に情《なさけ》をかけたのだ。女は寛文二年の四月、谷中《やなか》の屋敷で子を産んだ。虎松と名づけられたその男児が、甲府宰相、松平綱豊である。

「かような血筋の御方を後継にお据えになられては御家の御為になり申さぬのではないかと、桂昌院さんも案じておいでにあらしゃいまする。その点、紀伊様は御上の娘婿にあらしゃるうえ、御上もご承知の通り、真に優れた御人柄にござりましょう」

早口に訴える当人、伝も武家とは言えぬ黒鍬者《くろくわもの》の娘であり、桂昌院の出自の卑しきことも天下に知らぬ者はいない。が、伝は桂昌院の側女中の出であるので、得体の知れぬ端女《はしため》とは全く別筋との理屈を持っているようだった。

しかも近頃の桂昌院は、往時の明晰さを欠くことしばしばだ。かつては桂昌院の言いなりであった伝は五之丸としての立場を強くするうち、姑を焚《た》きつけるような真似をしてのける女になっていた。その後、度々、桂昌院からも「紀伊殿を」との口添えがあったが、綱吉はそれも言下に退け続けた。

綱吉はそれを信子には話さなかったが、本丸大奥ではとうに知れていたことのようだ。

「まして鶴は身罷《みまか》ったのだ。今さら、紀伊でもあるまい」

信子は「仰せの通りにござります」と、身じろぎもしない。

ただ、伝が投げ込んだ種火は綱吉の胸中で燻り続けてきたのである。娘婿である綱教と談笑していれば気脈が十分に通じ、綱吉の考えを正しく理解していることが知れる。鶴と並んでいる姿を目にするにつけ、この二人が次代の将軍夫妻となれば世もいかほど安泰であろうかとも思った。

一方、綱豊との縁はいっこう深まらない。血の繋がった叔父と甥でありながら、御三家よりも遠い間柄に思える。他の者らのように書画を所望したり儒学の講義を請うてくればいつでも応えてやるのに、まるで外様《とざま》のように隔てを置いて懐いてこないのだ。ゆえにこちらも、つい冷淡になる。

鶴が没して、綱吉はもう迷わずに済むと安堵した。にもかかわらず、まだ綱豊に決めかねている。鶴を喪った痛みは日を追うごとに深まって、綱豊の息災を知るだけでいたたまれぬ思いさえ募るのだ。

綱吉は苛立ち続けていた。近習の些細な不手際を見逃せず、常に機嫌を損じている。そんな己に倦《う》んでいた。

「甲府は余の政を正しく引き継げるであろうか」

すると信子は顎を引き、背筋を立ててから綱吉を見た。

「御上らしゅうもないことを言わしゃいます」

「余らしゅうない、か」

信子は神妙に頭を下げ、再び口を開く。

「確かに、甲府殿はすでに御年四十三でありますれば、ご自身のお考えも家臣も若人《わこうど》のようには参りませぬでしょう。紀伊殿のように御上と親しゅう交わっても来られませなんだうえ、あちらの奥との交誼も形ばかりにござりますれば、五之丸が不安に思うも致し方のなきことと存じまする。人の心は真に簡単なものにて、慕《しと》うて懐いてくれれば可愛くもあり気心も知れようものを、甲府殿の奥は少し遠慮を立て過ぎておいでとお見受け致しまする」

綱豊本人の心懸けを云々するのは憚られるのか、信子はその妻女との縁の薄さを引き合いに出した。

綱豊の正室、熙子《ひろこ》は、京の摂家の頂に立つ近衛《このえ》家から入輿してきている。信子の生家、鷹司家も五摂家の一つであるが、鷹司家も元を辿れば近衛家の分枝にあたる。

当主の近衛基熙《もとひろ》は初め、「武家との縁組は当家の禁忌に背く」と先祖の遺戒を持ち出してまで入輿に難色を示した。が、幕府の強い意向に逆らい切れず、「無念」としながら承服した。およそ三十年前、綱吉が将軍の座に就く前のことで、当時の幕閣、ことに酒井大老の手腕に負うところが大きかったのだろう。

綱吉は公私に亘って禁裏を重んじ、諸大名に対するような強権を公家には揮ってこなかった。武家には武家の、公家に対してはまたそれに見合う統治の法がある。

「向後は私からも文をやることにいたしましょう。奥は奥同士、互いに京の生まれでもありますれば」

信子はまず妻女の熙子を引き立てることで、綱豊との交誼を深めていこうとの心積りを口にした。

「手数のかかることよ」

嘆息すると、信子は青眉を持ち上げるようにした。

「やはり御上に似ておいでなのでしょう」

「誰がじゃ」

「甲府殿にございます」

「それは思いも寄らぬ」

ずっと、他人よりも遠い甥だった。

「いいえ。御上もお若き頃、旧き重臣らの歓心を買うことなど、露ほどもお考えにならしゃいませんでした。甲府殿はやはり御上の甥御にございます」

信子は「そして」と、声を張った。

「紛れもなく、清揚院《せいよういん》様の直系におわしまする」

綱豊の父、綱重の名を出されて、正面に目を戻した。

三尊図に供えられた梅擬は枝をおおらかに伸ばしながら、水際では清らかに屹立《きつりつ》している。

「要らぬ枝を落とし、あるべき姿で活けよと申すか」

綱吉は呟いた。そうだ。今から案じてもどうにもならぬ。その座に就かせてみなければ、綱豊に何ができ、何ができぬかはわからぬのだ。

今、最も重んじるべきは余の心、初めの志だ。

「初志以外は皆、要らぬ枝葉であるか」

信子はゆっくりと首肯した。生まれながらの武家の女であるかのような顔つきだ。静かな、けれど揺るぎない微笑を得て、綱吉は痞《つか》えが下りたような気がした。

「兄上の血筋に、天下をお返し申そう」

十二月五日、綱吉は甥の甲府宰相、綱豊を養嗣子とする旨を家門、譜代の大名に告げ、将軍世子として西之丸に入らせた。

九日、綱豊は家宣《いえのぶ》と改名した。

二

まだ明けやらぬうちに信子は目を覚ました。

もともと朝の早い性質《たち》であるが、もう五十五なのだ。少し眠ったかと思えば目が覚め、夢を見る。しかも今朝はひどく汗をかき、首筋に手をやれば肌も髪も濡れている。

信子は夢の中で哭《な》いていた。目の前で、鶴が火に包まれている夢だった。そこには綱吉の姉、千代姫もいて、鶴はまだ五歳頃の姿をしていた。薫と名づけて可愛がっていた犬を抱きながら、信子に助けを求めていた。

熱うございまする。焼けてしまいまする。

懸命に手を伸ばしたが、焔に阻まれてどうしても近づけない。背後にいつのまにか綱吉が立っていて、「もはや手遅れぞ」と肩を摑まれた。

御台所、あきらめよ。諦念いたせ。

胸の裡が引き絞られるような思いでありながら、信子は一歩も動けなかった。ただ、ぶざまに泣き叫んでいた。

暗い格天井を眺めながら耳を澄ませば、雀の声が聞こえる。

増上寺の難が見せた夢であるのだろうと、身を横たえたまま考えた。

今年、宝永二年の閏四月一日、徳川家の菩提寺である増上寺が火に包まれた。行殿《あんでん》が焼け、尾張光友公の室であった千代姫と、紀伊綱教の室であった鶴の霊牌が焼失した。綱吉の姉と娘の位牌が焼けたのだ。

綱吉はその凶事について一言も触れないが、信子は自身が傷ついているのがわかった。災厄を被り続ける恐ろしさと、己の無力に打ちひしがれていた。夢の中で泣いた痛みが、まだ総身に残っている。

信子はゆるりと半身を起こした。本来は、中臈らから声がかかるまでは横になっていなければならない。それが大奥のしきたりである。

だが近頃はしばしばその慣いを破り、早々に起きて三之丸に向かう。

梅雨が明ける前頃からだったろうか、来年には八十になる桂昌院が胸の痞えの症を訴えて臥せっているのである。口数が減り、日がな、医者と僧侶に取り囲まれている。それで信子は毎日、三之丸を見舞う。介抱をするわけではない。薬湯を呑ませるのにもそれを役割とする女中がおり、御台所が手出しをするべきではなかった。

まして、大奥には毎月、決まった行事がある。昨日、六月の十六日も例年通り、嘉《か》祥《じょう》と呼ぶ厄払いを執り行ない、目見得以上の女中に捻《ひね》り餅を下賜した。下旬の土用には御座之間で諸侯から暑中見舞いを受けねばならない。その事どもはすべて右衛門佐《えもんのすけ》らが仕切るのだが、信子が上の空でいて良いわけはなかった。

配下の者は必ず上の者の気を映す。ことに誰かが病に臥せっている折こそ平時を保つのが、御台所の務めだ。

ただ、病床にある者にとって一日はひどく長い。

桂昌院さんは、私をお待ちにならしゃっている。

その一念だけで、信子は三之丸に通い続けている。わずかな供だけをつれて、ひっそりと。

三之丸の寝所に入ると、厚敷物の上に白絹の蒲団を五枚重ねた褥《しとね》が見えた。中臈に命じて、襖と障子を開け放たせる。仏心に篤い桂昌院だけあって、数多の高僧が祈禱に訪れるのだ。おそらく昨夜も読経があったのだろう、香と薬湯の匂いが寝所に入り混じって息苦しいほどだ。

風と光を招じ入れると、朝蟬の鳴き声も座敷に響く。

信子は傍に坐し、横たわる桂昌院を見つめた。

口を開いたまま寝息を立てている。

桂昌院の躰は水気が抜けたかのように萎《しぼ》み、顔や手は骨の形が露わだ。目許もすっかり小さくなり、けれど手首には五色の宝玉からなる念珠を巻き、寝衣の内には紅い襟を覗かせている。

その美しさの残滓《ざんし》に、信子はいつも切なくなる。

やがて桂昌院が皺深い瞼を持ち上げた。

「御台所さん、来てくれたんどすか」

「お加減はいかがにあらしゃいますか」

「ふん」

桂昌院は白濁した瞳を緩慢に揺らしながら、咽喉の奥を鳴らした。

「今日こそ、お良し良しどす」

毎日、もう病は平癒したのだと口にする。

「お暑うございませぬか」

「ふん。そうやな」

中臈らが五人並び、扇でゆるりと扇ぎ始めた。桂昌院は満足げに目を閉じてまた寝入ったが、しばらくしてくっきりと目を見開いた。天井を見つめながら何かを呟いている。聴き取れずに耳を近づけると、やけに大きな声で言った。

「御上や」

途端に顔つきが生き生きと明るんでくる。すると背後で気配が動き、桂昌院の言った通り綱吉が座敷に入ってきた。信子は身を退らせ、平伏する。

「苦しゅうない」

顔を上げると、綱吉は褥に寄り添うようにして声をかけている。

「母上、参りましたぞ」

桂昌院は幾度か目瞬きをして、口を尖らせた。

「待ちくたびれました」

綱吉は苦笑しながら、母に詫びる。

「お加減はいかがか」

「咽喉が渇きました」

信子はすぐに中臈に命じ、水を運ばせた。何人かで桂昌院の背中を支えつつ半身を起こし、匙《さじ》で水を運ぶ。震える唇から雫《しずく》が落ち、赤い襟が濡れて色を変える。

「もう、よろし」

桂昌院は顔をそむけ、また身を横たえる。少し起きるだけでも疲れるのだろう、溜息を吐いてから綱吉に目を戻す。

「御上、もうお帰りくださっておよろしゅうござります。諸事繁忙であらしゃいましょう」

桂昌院は一日、我が子の顔を見れば安堵するのか、すぐに「帰れ」と言うのだ。何年か前から時折、老碌《ろうろく》を疑わせる症を見せ、自儘な言動も増えていた。しかし不思議なことにこのところは至って頭がはっきりとして、綱吉の政務を思いやりさえする。

「お見舞い、有難う」

「では、また明日」

綱吉は母の礼に小さく頷き返し、本丸へと引き返していく。

ほんの四半刻《しはんとき》も留まってはいられないのだ。けれど母子は毎日、こんな短いやり取りを交わしていた。

そして信子はただ、姑の寝顔を見つめ続ける。

生きとし生けるものには皆、等しく訪れる老いであり、綱吉も桂昌院本人でさえもそれに抗わず、粛と受け止めているような気がする。

淋《さび》しいのは私かもしれぬと、信子は思う。

京の町に生まれ、美貌で知られた桂昌院が位階を極めるのを、どこか胸のすくような思いで眺めてきた。手前勝手な理屈に翻弄されたことも一度や二度ではなかったが、かくも華やかに生き通したのだ。「玉の輿」と呼ばれた空恐ろしいほどの強運から、振り落とされなかった。

やはり稀代《きたい》の人であった。

その人を早晩、見送らねばならぬと覚悟することは、淋しかった。

信子は寝息を立て始めた姑の髪に手を伸ばし、ほつれ毛を整えた。

五日後の六月二十二日、桂昌院は息を引き取った。

綱吉は臨終の場には立ち会わなかった。為政者にとって死は避けるべき「穢れ」である。その考えを頑《かたく》なに守り、葬儀の取り仕切りも吉保にまかせた。

信子から見れば最後の最後まで孝養を尽くした綱吉だったが、逝去後も至って落ち着いた面持ちで、端然としていた。

宝永四年も十一月となり、信子はまた払暁に目を覚ました。

蒲団の下が揺れているような気がして、息を詰める。もう躰が揺れを憶えてしまったかのようだ。ほんの少しの異変でも、躰が先に強張る。

先月、また大きな地揺れがあったのだ。江戸は軽微であったものの、伊豆から四国南岸に至るまで害を受け、大坂は津波に襲われて多くの船が流された。

やがて何も揺れていないと察して、息を吐いた。

天井に漂う闇を見つめて、じっと時を過ごす。冬とはいえ、明けるのが遅いような気がする。今日は雨だろうかと思うと、何となく気が塞いだ。

二年半前に桂昌院を見送ってからというもの、度々、こんな気鬱に陥っている。

この七月には、将軍世子である家宣に男児、家千代《いえちよ》が生まれた。久方ぶりに訪れた慶事に綱吉は喜色を溢れさせ、大奥の女中らまで中奥に招いて『難波《なにわ》』や『橋弁慶《はしべんけい》』などの猿楽舞を振舞った。

綱吉は六十二歳である。二年前に右大臣に任ぜられ、家宣も権大納言の位を賜った。

だが綱吉は毎年少しずつ痩せ、頬骨や顎の線が鋭くなっている。地揺れや大火の後始末に追われながら、勘定方の施策がうまく運んでいないことが苦悩の種のようだ。

吉保から聞くところによれば、公儀は元禄八年頃から金銀貨の改鋳に着手し、しかし新しい金銀は従来に比して著しく質の劣る悪貨として、なかなか世間に受け入れられないらしかった。しかもこの数年来、諸国の復興に莫大な掛かりを注ぎ込んでおり、信子も大奥にしばしば倹約を命じていた。

そんな折に、家宣は嫡男を得たのである。市中はおろか城内の隅々にも淀んでいた不吉な空気が晴れ、信子は伝とも何年ぶりかで共に綱吉の舞を見、穏やかな時を過ごした。

だが赤子は九月に死んだ。

と、信子はまた揺れを感じて掻巻の端を摑んだ。

間違いない、やはり揺れている。

中臈の声が聞こえ、襖を引いて何人かが転ぶように入ってきた。

「地揺れにござりまする」

「私に構わずとも良い。そこを動くな」

信子は皆を鎮め、半身を起こした。

天井を仰ぐと、欄間や柱が不穏な音を立てている。屏風、そして行灯《あんどん》が倒れた。早朝のこととて灯はともっていないが、膳所ではすでに竈《かまど》に火が入っている時分だ。息を呑み下し、褥から立ち上がった。が、突き上げるような揺れが来て、三枚重ねの蒲団が掻巻ごと動く。畳の上に突っ伏すと、中臈らが悲鳴を上げた。

「落ち着きなされ」

叫んだが、揺れはますます激しくなる。やがて上臈御年寄である明石《あかし》が馳せ参じた。

長年、仕えてきた右衛門佐は昨年、病を得て没した。

「ご無事でござりましょうや」

「無事ぞ。火は」

「始末させましてござります」

良かった、間に合ったと胸を撫で下ろしたが、今度は頭上で雷鳴が響いた。

「雷」

誰かが訝《いぶか》しげに声を上げた。今度は地の底が潰れたような音が轟いた。気がつけば中藹らが信子にひしとしがみついていた。その肩という肩を抱き寄せ、信子は明石と顔を見合わせた。明石も目を見開き、黒目を宙に据えている。

「これは、ただの地揺れとは思えませぬ」

「御上は。御上は無事であらしゃるのか」

「しばしお待ちを。まもなく中奥より御使者が参りましょう」

「良い。私が参る」

「お待ちくださりませ。まだ揺れておりますものを。なりませぬ」

押し留められても、己を抑えられなくなっていた。夫の無事をこの目で確かめずにはいられない。

かような所で蹲《うずくま》って圧《お》し潰されるくらいなら、少しでも中奥に近づいて死ぬ。

中藹らを振り切って立ち上がると、背後から明石の鳴るような声が飛んできた。

「ここをお離れになってはなりませぬ。あなたさんは、大奥の主《あるじ》にあらしゃいますぞ」

信子はまじまじと、明石を見つめた。

まるで右衛門佐、その人に諌められたような気がした。

右衛門佐が身罷ってしばらくは逝去を惜しむ余り、大奥のどこに坐しても薄暗く感じたほどだ。だが目の前の明石は、大奥の総取締りであった右衛門佐の心ばえと手腕を確かに受け継いでいる。事の本質を正しく摑み、動き、かくも頼もしい。

信子はようやく、平静を取り戻した。

揺れが小さくなった隙に手早く着替えを済ませ、御座之間の上段之間に出て遣いを待った。明石も傍に控えながら、次々と女中らに指図をしている。やっと遣いの女中が参上した。

「御上はご無事であらしゃいまする」

「ご苦労でありました。市中はいかがじゃ。諸国は」

被害の程を訊ねたが女中は「まだ何もわかりませぬ」と答えてから、異なことを口にした。

「灰が降っておりまする」

何を言っているのか、不得要領《ふとくようりょう》な言だ。

「灰とな。雷鳴は耳にいたしたが、雨ではないのか」

「灰にござりまする」

明石が命じて、襖を引かせた。その先の襖、さらに廊下に面して閉て切っていた襖も引き、中庭に面した障子戸も引かれた。

信子は思わず呻いた。

おびただしい白灰が雪のごとく降り注ぎ、庭木の緑を塗り込めていた。

三日の後、綱吉の命によって信子は中奥に向かった。

やっと会えた夫は憔悴の色が濃く、頬もなお削《そ》がれている。信子は何も口にできず、目礼をした。

「紅葉山に参る。供を致せ」

綱吉は短く告げると、すぐに腰を上げた。黙して後に続いた。

ごくわずかの近習を伴い、本丸を出る。綱吉は時折、自ら信子の手を引いた。その指先は凍えたように硬く、冷たい。

そしてどの道をどう歩いているのか判然とせぬほど、土の上は灰にまみれていた。場によっては、草履ごと踝《くるぶし》まで埋もれそうになる。空は雲におおわれ、手燭《てしょく》が入用なほどの暗さだ。

三日前のあの地揺れと轟音《ごうおん》は、富士山が噴火したことによるものだった。古き文書によれば、かほどの大噴火は貞観《じょうがん》六年以来、八百四十有余年も絶えて無かったことらしい。

白灰は夕方には色を変え、城も町も暗黒色の灰と砂塵で埋まった。害は上総《かずさ》、下総《しもうさ》、安房《あわ》にまで及び、死者はまだわからぬが数万人に上るようだと明石から聞いていた。山麓の相模《さがみ》や駿河ではいくつもの村が焼石と土砂に流され、消え失せたのである。

綱吉は横になる暇も惜しんで対策評定《ひょうじょう》の場に出、護国寺を始めとする寺社に国家安寧の祈禱を命じたようだ。

やがていくつかの階段らしき物を上り、綱吉は人払いを命じた。また手を引かれ、二人だけで歩く。ここを訪れた内意が、信子にはもうわかっていた。紅葉山は城内で最も高地だ。綱吉はその場に立って、富士の山を仰ぐつもりであるのだろう。

が、何も見えはしないのだった。無残な灰色が広がるばかりだ。それでも綱吉は暗さをかき分けるように身を動かし、西へと顔を向けた。

「信子」

「はい」

「不徳の君主を、天はお責めになっているのであろうか」

綱吉は、深々と息を吐く。

「余は、やはり最悪の将軍であるのか」

夫のこんな声を、信子は初めて聞いた。

日ごとに遥拝《ようはい》してきた霊峰が火を噴き、憤怒したのである。数多の災厄をやっと乗り越えた、その果てに。

天命が尽きた。

ひとたびそう思えば力を失うとわかっていながら、絶望は心の底に降り積もっていくのだろう。

信子は己の唇がわななくのにまかせるしかなかった。何の言葉もかけることができない。掌に残っている綱吉の指先の冷たさが、しんと痛い。

すると綱吉は土の上に膝を折った。居ずまいを正して坐している。

「御上」

呼びかけただけで、目の前が潤んだ。

あきらめてなどいないのだ。

この御方はまだ、あきらめていない。

綱吉は見えぬ富士に向かって手を合わせている。信子も同様に坐した。

「天下をお預かり申す徳川右大臣綱吉が願い奉る。すべての災厄は、余の一身にてお受け申し上げる。ゆえにこの国の民に、今一度、生きる場をお与え給え」

信子も気を整え、頭《こうべ》を垂れる。

が、どうしたことだろう。胸の中で迸ったのは、挑みかかるような思いだった。

たとえ民が犬公方と誹ろうと、綱吉はその民を等しく養うが政と信じてきたのだ。この絶望の最中にあっても身命を賭し、人々を守らんと欲している。

合わせていたはずの手を、信子はいつしか握り締めていた。昂然と顔を上げ、暗い空に目を据える。

徳川右大臣綱吉は断じて、最悪の将軍にあらず。

天よ、あなたがそれを知らぬとは言わせぬ。

風が吹き、また灰が舞った。

三

綱吉は大奥に出座して、歳暮之儀を行なった。

宝永五年の、師走二十六日である。

昨日は表向で諸侯を謁見し、歳暮の献上を受けた。儀礼そのものは手短かなもので、相手は一年の礼と共に「来年も宜しゅう願いまする」と述べ、こちらも「宜しゅう」と返すのみだ。

ただ、歳暮之儀の後には側近を招いて一年の労をねぎらうのを、綱吉は毎年の恒例としている。祝宴では、自ら扇を手に舞を披露した。

そして今日は大奥で、諸侯の簾中や側室らの挨拶を受けている。むろん信子と共にである。

儀礼であるので酒肴《しゅこう》や菓子でもてなしはするが、今日は祝宴は催さない。それぞれの殿中も迎春の準備で繁多であるので、皆、早々に引き上げる。

ところが伝だけは延々と長話をして、腰を上げようとしない。

「これはまた結構なお菓子でござりますこと」

松と桃の二色を捩《ね》じった餅菓子を摘まみ上げ、目を細めて茶を啜る。そしてまた喋る。

信子は根気強く耳を傾けてやっている。

伝は二人の子を喪った身であり、桂昌院の逝去後は何かと心細くもあるのだろう。近頃は折に触れて本丸に機嫌伺いに訪れ、信子も快く迎え入れているようだ。桂昌院の生前は常に姑を間に介しての誼《よしみ》であったのだが、神田屋敷の頃から続く長い縁ではある。

しかし伝が口にすることは、他愛のない噂話の類ばかりだ。

つまらぬ。

綱吉は相槌を打つ気にもなれず、信子に応対を任せて脇息に腕をのせた。若い時分は常に背筋を立てて坐していたものであるのに、この頃は我知らず何かに凭れている。

ことに今日は朝から躰がだるく、時折、咳が出る。

隣りの信子が、気懸りな面持ちで問うてきた。

「御上、お風邪をお召しではあらしゃいませぬか」

すると伝は今、気づいたかのように、大仰に眉を上げた。

「ほんに。そういえばお声も湿っておられるような」

信子がこちらに膝を回す。

「お疲れが溜まっているのであらしゃいましょう。少しお休みにならしゃってはいかが」

伝の相手は自身がするゆえ、中奥に引き上げて養生するようにと暗に勧めている。しかし躰を動かすのも大儀だ。

「大事《だいじ》ない。昨日、少々、羽目を外し過ぎたのだ」

綱吉は若い時分に脚気《かっけ》に悩まされたこともあったが、六十三歳となった今までほとんど病を得たことがない。

「俗謡《ぞくよう》も唄《うと》うたゆえ、声が嗄《か》れたのだろう」

笑うと、咽喉の奥で痰《たん》まじりの咳が出る。すると伝が「まあ、何と」と言をかぶせてきた。

「御上が、下々の歌をお唄いにならしゃいましたのか」

民らの古き祝歌や祭歌は猿楽舞とはまた異なって、節回しが軽妙だ。若い頃は俗謡は風雅を欠き、猥雑《わいざつ》であると見下げてきたが、今はその剝き出しの歓びに惹かれてやまない。

この世に生きてあることを謝する、大きな歓びだ。

綱吉がそれを唄えば吉保は鼓を打ち、小姓らが輪になって踊った。

「それはそうと」

伝は上目遣いで綱吉を、そして信子へと目を移す。

「また不埒なる歌が巷《ちまた》で流布しておりますそうな」

「巷で」

信子が気乗りのしない声で訊き返すと、伝は眉を顰める。

「狂歌にござりまする。すなをなる御代のしるしに砂降って、槍のふらぬがまだも仕合《しあわせ》。かような歌、いったい誰が詠みますのやろう。ほんに近頃の民は公儀を恐れ申さず、縁起でもないことばかり申しまする。公方様の灰寄せ金などと、御上の火葬に掛けておりますそうな。何と験《げん》の悪い」

「灰寄せ金」

「御台所さんのお耳に入ってはあらしゃいませぬか。お正月に諸国にお命じになられた、あの御役金のことを民はそう呼んでおるそうにござりまする」

前年、十一月二十三日に起きた富士の噴火は翌月の九日まで続き、その間、幾度も地鳴りと地揺れがあった。昼日中に突如、天が暗くなり、雷鳴のごとき音が轟く。そして夜になってまた黒い灰が降り注ぎ、それを吸い込んで誰もが執拗《しつよう》な咳に悩まされた。

綱吉はすぐさま、十二月五日には現地の調べを指図した。そして今年の閏正月には武蔵と相模、駿河における降灰地の領地替えを通達し、降灰地の救済策として諸国の大名、旗本に石高百石につき二両の役金を納めるよう命じたのである。私領を含めた全国からの徴収は、極めて異例だった。

伝が口に上せたのは、その賦課《ふか》のことだ。綱吉は内心で嘆息した。火葬云々などと不吉な言葉を、本人の前で平然と口にする。母、桂昌院にもこういうところがあった。しかしよもや側室の伝がそれを引き継ぐとはと、また咳が出た。背筋も寒い。

「鶴亀、鶴亀」

伝は口許を懐紙でおおい、縁起を直している。

伝が信子のように何かを分かち合える相手でないことはとうに承知しているが、やはり胸の裡が冷え冷えとする。

災厄は乗り越えてもなお、続いているのだ。三月の八日には京で大火が起きた。油《あぶらの》小路通《こうじどおり》と姉小路通《あねやこうじどおり》の角から出た火は、事もあろうに禁裏と仙洞《せんとう》御所を焼失させた。

そして江戸では、土の上にびっしりと白い毛が生えたのである。降り積もった灰が雨で泥濘《ぬかるみ》と化した後のことで、理由は定かではない。市中も城内も皆、咳に苦しみながら、そのおぞましい景に戦慄《せんりつ》した。

咳の流行がようやく治まった夏、今度は赤痢と麻疹《ましん》の流行が江戸を襲った。

そして市中には将軍の代替わりを、つまり綱吉の死を願うような落書《らくしょ》や狂歌が跡を絶たなくなったのだ。

伝に聞かされずとも綱吉はすでに知っていた。

ゆえに昨日も自ら舞い、唄ったのだ。近習らはこの一年、共に激務を乗り越えてきた。褒美として得物《えもの》や時服《じふく》を与えるのはたやすいが、それよりも綱吉は自身で皆をねぎらいたかった。久方ぶりに皆がくつろいで笑うのを見ながら、自身もなごんだ。

しかし伝はわざわざ綱吉にそれを聞かせ、憤慨して見せねば気が済まぬのだ。信子のように黙って呑み込むことができない。若い頃は従順でおとなしい女であったのに、今や、周囲の気を滅入らせることにかけては人後に落ちぬ。

信子は努めて穏やかな声で諭している。

「大奥がかような世評を云々して何とします」

そして上掛の前を合わせ直し、声を改めた。

「今年は慶事が続いたゆえ、そなたにも何かと雑作をかけましたな。有難う」

信子が話の流れを変えたので、伝はやっと不吉な心持ちを脇に置く気になったようだ。

「ほんに、久方ぶりに華やいで、めでとうございました」

綱吉はこれまで、四人の養女を取った。

その一人が信子の兄、鷹司房輔の子、兼熙《かねひろ》の養女であった八重《やえ》である。水戸徳川家に嫁がせたのはもう十年も前になるだろうか、その八重が今年の二月一日、美代《みよ》を産んだのだ。おなごとはいえ、綱吉と信子にとっては初めての孫だ。信子は小石川の藩邸にまで足を運んで、それを祝った。

二人目の養女である喜知姫は亡くなったが、もう一人、松《まつ》は今年の三月に尾張家から養女としたもので、加賀前田《かがまえだ》家と縁組させ、十一月に入輿させた。さらに七月には京の清閑寺《せいかんじ》家の生まれで綱吉の側室の姪にあたる竹《たけ》を養女とし、会津《あいづ》松平家と縁組させた。

「真に、吉祥にござりました」

伝は偶然に降って湧いたような言いようをしたが、松と竹の縁組については徳川家の先行きに考慮した計らいである。

艱難辛苦《かんなんしんく》の最中であればこそ、慶事を執り行なう。

慶事という目に見える形こそが人心を宥め、不安を払拭《ふっしょく》させるのだ。

世を照らしてやらねばならぬ。

綱吉は吉保にそう命じ、大奥を動かした。縁組、入輿、出産にかかわる事どもにも専任の役人が配されているが、格式に応じた支度や婚家との下打ち合わせは大奥が担うべき仕儀だ。信子と明石は意を尽くして養女らを遇し、嫁がせた。諸侯家との縁を結ぶことは徳川家の礎《いしずえ》をさらに盤石とし、いずれ将軍の座を引き継ぐ家宣の治政を助けるだろう。

ただ、市中で流行した麻疹は城内でも蔓延し、家宣も罹患《りかん》した。大事には至らなかったものの、綱吉は桂昌院の生前から帰依している高僧、隆光《りゅうこう》に祈禱を命じた。まもなく快癒し、今月の二十二日にはその家宣に待ちかねた男児、大五郎が誕生した。

「御台所の申す通りぞ」

綱吉が話を引き取ると、信子は意を汲んでか、頬を柔らかく緩ませた。

「来年は衆生《しゆじよう》もきっと、活気を取り戻すでしょう。佳き年になります」

信子は次之間に控える女中らにも言い聞かせるように、声に力を籠めた。

「御台所さんがそう言わしゃると、ほんにそんな気がしてきます。励まされまする」

伝はやっと同調したが、ふと寒そうに肩をすくめる。

「それにしても、今日は冷えまするな」

女中に命じて庭を見させると、やはりそうだった。何人かが歓声を上げている。

その声の明るさに惹かれて、綱吉は腰を上げた。信子と伝も続き、三人で庭に面した広縁に立った。

「本物は、真に美しゅうございますこと」

伝が息を弾ませた。

一面に純白の雪が降り積み、松や槙、櫟《いちい》が綿帽子をかぶっている。南天の実だけが鮮やかに赤い。

二日後の二十八日、綱吉は定例の朝会への出御を取り止めた。

頭が重く、枕の上で顔を動かすだけで木槌《きづち》を振るわれたかのような痛みが走る。咳も執拗で、医者が煎じた薬湯を呑むのも辛い。

それでも、出座するつもりであったのだ。こんな時期に将軍が不例との噂が立っては、またも人心を乱す。

「これしきのこと、何の障りでもない」

そう告げたが、吉保に懇願された。

「公方様、何卒お休みくだされませ。重大なる懸案が新たに出ましたならば必ずお報せ申しますゆえ、どうか、それがしに免じて今日は御寝所にお留まりくださいますよう、伏して願い上げまする」

そのかたわらで医者らが何人も鳩首《きゅうしゅ》し、吉保に言上している。総身の疲労が著しいとの診立てで、高麗《こうらい》の人参を勧めたようだ。が、受け容れる気にはなれなかった。

「人参を服《の》むと、腹がしぶうなる。余の躰には合わぬ」

綱吉は長年の学問で医書をも繙《ひもと》き、治方《ちほう》を心得ていた。自ら薬を指図した。だが大晦日を迎え、朝餉《あさげ》に粥を少し食したのみで吐き気に襲われた。頭痛と咳もやまぬばかりか、背骨や節々までが痛み始めた。熱が出ていると察した。

大奥への渡りを取り止め、信子には「大事ない」とだけ伝えさせた。

綱吉は寝所に臥せって、白練絹《しろねりぎぬ》の寝衣の袖を捲《まく》った。腕の内側は白いままだ。小姓に鏡を持ってこさせ、半身を起こして己の顔を見た。息を呑んだ。

弱々しい男がそこに映っていた。

頬がげっそりと薄く、肌色は沈んで淀み、目の下がたるんでいる。肩で息をし、口の中の舌が見える。舌苔《ぜったい》におおわれた、白い舌だ。

まるで老犬のようだ。

吐き気を催しながら舌を動かせば、歯茎に赤いものが見えた。目を見開き、再び見た。

もしや、麻疹か。

戦慄した。

一日、二日で治ると思っていた風邪だった。こうも長引くとは思いも寄らず、熱がいっこうに引かない。

綱吉は「ああ」と息を吐いた。もう一度息を吸い、鏡を蒲団の上に置く。小姓に命じた。

「隆光僧正に祈禱を願うよう、吉保に伝えよ」

「畏まりました」

「麻疹にならぬようにとの祈禱じゃ」

まだ口の中に発疹があるだけなのだ。診立て違いかもしれぬ。迷いつつ、祈禱を依頼させた。

そのじつは、口に出したくないのである。ひとたび「麻疹」の二字を出せば、誰もが死を想像する。幼子だけでなく、大人でも罹患すれば命を失う覚悟をせねばならぬ病だ。

いや。家宣は快癒したではないか。その後、子も生した。

しかし将軍と世子とでは、事の及ぼす大きさがまるで違う。公方が麻疹に罹《かか》ったとなれば、またも世の安寧が乱れる。

熱のせいであるのか、さまざまな考えが行き交い、すれ違う。瞼が重く、目を開けていられない。目を閉じたまま、さらに命じた。

「御台所に、いずかたも見舞いには及ばずと伝えよ」

万一、これが麻疹であれば、中奥への見舞いは厳に控えさせねばならなかった。信子にうつれば、他の者にも広げることになる。

しかし祈禱の件はすぐさま城内に、いや、諸侯にも瞬く間に知れ渡るだろう。平静を保つよう吉保に命じねばと思いつつ、背筋に悪寒が走る。

もはや口をきけなかった。

明けて宝永六年の朝、表向で行なわれる正月儀式への出御も綱吉は断念した。家宣が代わって諸侯の拝賀を受けるよう、吉保に命じた。

「念を入れて勤めいと、伝えよ」

息が荒れ、言葉が途切れる。

「はい。必ずや」

吉保はふだんの通り、静かな口調で受け止めた。

「余の病は軽い。安堵致せと、皆々に」

またも吉保は短く答え、すぐさま寝所を辞した。こんなふうに臥せったまま吉保を見送る身になるとはと思い、しかしその手腕を信じている。

吉保は家宣を支え、諸事万端、粗相のなきよう事を運ぶだろう。そしてこれによって綱吉が病床にあることは公になるので、並み居る群臣に向かって老中にこう言わせるはずだ。

公方様におかれては麻疹にお悩みたまえども、ごく御軽病であるゆえ安堵致すように。

そのまま、眠り続けた。

目を覚ますと、吉保と医者が何人も侍している。いつのまにか、夜が明けていた。

「いかがした」

訊ねると、侍医の一人が「畏れながら」と頭を下げた。

「お顔とお耳の後ろに、発疹が見られましてござりまする」

「やはり、さようであったか」

奇妙なほど、何も感じなかった。

咳と吐き気が治まらず、両腋《りょうわき》と腰にも痛みがある。しかし麻疹と決まったからには、これを乗り越えるだけのことだ。

「隆光僧正に、加持祈禱を続けさせよ」

人によっては、発疹が出てから六日もあれば全快する。実際、家宣もそうだった。

「こんなもの、どうと申すこともない病じゃ。賀儀を滞りなく進めよ」

吉保に命じた。新年の儀式は何日も続く。

麻疹ごときで余が死ぬわけがない。必ず治る。

綱吉は心から信じ、横たわった。しかし時折、腕から掌を確かめてぞっとした。醜い赤が無数に散り、先端が水疱を含んでいる。鏡は見なかった。己の顔を見れば、嘔吐しそうだ。

六日になって、侍医が発疹の赤みが引いたと言上した。すぐに鏡を持たせて確かめる。

「や」

思わず声が洩れた。明らかに顔貌が戻っている。総身の痛みはまだ残っているが、綱吉は安堵の息を吐《つ》いた。

今になって、己がいかほど死に抗ったかを思い知った。熱に苦しみながら、今、逝くわけにはいかぬと叫んでいた。

財政を建て直し、文治の政の成果を世の隅々にまで、あまねく行き渡らせねばならぬ。

家宣を次代将軍として育てるのも、まだこれからぞ。

いや、真は信じられぬのだった。

この世を導く己が、天下を預かってきた将軍がかように簡単にこの世から去るなど、信じられない。浄土に渡れば心は平安になろうが、綱吉はそんなものを欲していないのだった。

生きたい。もっと生きて、扶桑の国を見事なまでに磨き上げたい。

「御台所じゃ。御台所に見舞いの許しを伝えよ」

明日と言いかけて、己の手を見た。甲にはまだ発疹が残っている。この赤い点を信子に見せたくはない。

「八日には中奥に参上致して良いと、かように伝えよ」

その日は己の誕生日であることに、後になって気づいた。

綱吉は白練絹の寝衣で、蒲団の上に坐していた。

信子が寝所に入ってくるなり、己が目を細めるのがわかった。

「久方ぶりだの」

こんなにも長い間、妻の顔を見なかったのは、将軍後継が決まって先に江戸城に入って以来のことだ。あれから何年になるのか。

胸の中で歳月を繰れば、今年の五月で早や二十九年になる。

信子は変わらず美しく、象牙色の頬にゆったりとした笑みを広げる。

「お大事なきご様子、祝着至極に存じまする」

信子は明石を伴っていたが、一礼してから蒲団の前にまで一人で進んできた。

「明日、酒湯《ささゆ》を催すぞ」

快復を祝う儀式を行なうのだと宣言してやった。

「ほんにお気色も芳しゅうて、おめでとうござりまする」

綱吉は思いついて、袖を捲った。

「見よ。余の発疹の具合はこうじゃ」

すると信子は眉を下げ、笑い声を立てる。

「御上、まるで幼き御子のごときお振舞いにござりまする」

一昨日、新年の賀儀で高僧らが参集し、見舞いを願い出てきたので拝謁を許した。そこで同じように腕を見せてやり、皆でひとしきり笑ったのだ。あの顚末《てんまつ》は僧侶らの口を通じて、市中に流れるだろう。皆、安堵するに違いない。

そのじつ、顔から首にかけて発疹の痕は色濃く残り、白目にも濁りがある。袖から出ている手首など、以前より二回りも細い。手の甲にはまだ赤い痕が点々と残り、指先には震えがあった。

咳をすると、信子は介添えをして背をさすった。

「横におなりにならしゃっては、いかが」

「いや。別条ない」

綱吉は、信子が安堵するさまをこそ見たいのだ。

案じられるのも、いたわられるのも好まぬ。

信子は綱吉の気質をよく知っているので、無理強いはしない。後ろを振り向き、明石に何かを命じている。すると明石が供の女中に命じ、包みを運ばせてきた。

「御上、お見舞いにござりまする」

手ずから包みを開いている。膝の上に袱紗を広げ、皿を置いて籠の中の物をのせた。

「葡萄か」

「旬はずれにござりまするが、家宣様の奥より献上がござりました。剝いて差し上げましょう」

「ん」

信子は五粒の皮を剝き、皿の上にのせた。黒文字《くろもじ》を添え、膝を前に進めて綱吉の口許へと運んでくる。透き通ったその粒を、口に入れてくれるつもりであるらしい。

「余は、幼子ではないと言うに」

苦笑しつつ口を開いた。咀嚼すれば、甘露のごとき実がつるりと咽喉から胃ノ腑へと落ちて行く。熱を冷まし、邪《じゃ》まで払ってくれるような気がした。

「美味じゃ」

これほど旨いものを、かつて口にしたことがあっただろうか。

「それはようございました」

ふと、遥けき景色が泛かぶ。

「かように甘きものを、丹精いたしたのだな」

いくつもの季節を乗り越えてこの果実を収穫しおおせた、百姓の働きを思った。山裾の葡萄畑に、黄金に稲穂を実らせた田の風景も見える。

牛馬が草を食《は》み、鳥が空で翼を広げる。人々はそれを見上げ、また鍬を手にする。

「さぞ、苦労の多き一年でありましたでしょうに」

信子もそっと頭を下げた。

綱吉はもう一粒を味わい、「かなわぬの」と呟いていた。

「扶桑の民はいかなる災厄に遭《お》うても、必ず立ち上がる」

また咳が出て息が乱れる。信子と小姓らに介添えされて、横になった。

「強き、愛しき民ぞ」

喘《あえ》ぎながら言葉を継ぎ、目を閉じた。

心の底から満ち足りていた。

四

万花に先駆けて、梅の花が綻んだ。

香華の匂いに包まれながら、信子はなぜか鶴のことを思い出した。徳川家の菩提寺であるここ上野東叡山寛永寺に出向く道すがら、乗物駕籠の中でも幾度となくこの匂いに気づいたせいかもしれない。

鶴はことのほか梅香を愛で、花よりも、枝を手折《たお》った折に袖に移る香りこそが味わい深いと歌に詠んだこともある。

読経を終え、貫主《かんじゅ》である公辨《こうべん》法親王と少し話をした後、早々に腰を上げることにした。

「浄光院《じょうこういん》殿、まだ余寒が残ります折柄、御身お大切に」

「有難う」

公辨法親王は後西《ごさい》帝の皇子で、第百九十世天台座主《ざす》でもある。髪を下ろした信子の手には、桂昌院が形見の念珠が掛かっている。色とりどりの宝玉を連ねた物は伝や他の側室に分け、信子はこの翡翠だけを手許に残した。白檀《びゃくだん》の小粒が翡翠の玉と交互に連なっており、房は深い赤紫に染められた絹糸だ。

「御機嫌よう」

数十人の僧侶に見送られて信子は御堂を出て、階《きざはし》を下りてから立ち止まった。振り向いて、小さく会釈をする。

御上、また参りまする。

胸の中でそう告げ、上掛の前を持ち上げながら境内を進む。

二月一日に執り行なわれた綱吉の葬儀には勅使が参列し、霊前で宣命《せんみよう》を読んで正一位《しよういち》太政大臣《だじようだいじん》を追贈した。諡号《しごう》は常憲院《じようけんいん》である。

境内に人影があるのに気がついて、信子は目を凝らした。鬠の白さに見違えてしまいそうになったが、吉保だ。

「境内を少し歩きましょう」

春の陽射しに手をかざして誘うと、吉保は「お加減のほどはよろしゅうございますか」と案じ顔をする。綱吉が薨去して十日の後、信子も発熱し、麻疹の症が出たのだ。しかし発疹はさほどではなく、順調に快復した。

「全快しております」

今朝はまた少し熱を覚えたのだが、それは口に出さなかった。総身の疲れのほどはなかなか癒えないが、齢《よわい》五十九だ。草臥《くたび》れが治まるのに時を要するのも当たり前だ。

「常憲院様も全快じゃと、言わしゃってましたけどなあ」

一月九日、城中は綱吉の快気祝で賑わった。初春の空は晴れ上がり、綱吉は終始、機嫌がよく、盛んに喋って周囲を明るませていた。

信子は胸を撫で下ろしながら、いつか、阿蘭陀の商館員らを謁見した日のことを思い出していた。あの日も馬老《まあろう》をからかい、老いも若きも、男も女も、そして異国の者らも共に笑っていた。

そして十日の朝、中奥から遣いがきた。

綱吉は自らの足で厠《かわや》に立ち、廊下に戻ってきた時には様子が急変していたという。その前夜、吉保と松平輝貞が殿中に泊まり込んでおり、すぐさま侍医を呼ばせて寝所にその身を移した。

信子が参じた際には、もう息を引き取っていた。

「朝餉の粥も召し上がりましたが、突如、痞えの症がお出になったものと推しまする」

医者の言をぼんやりと聞いた。

綱吉は厠の中で吐き、その滓《かす》が咽喉に詰まって昏倒《こんとう》したようだった。あまりにも呆気ない最期が、信子には信じられなかった。顔も手も、まだ生きているままなのだ。唇を開き、こう言うに違いない。

御台所、足腰が今少しようなれば、舞うて進ぜよう。

すると信子はこう所望する。

ええ、萬歳楽を願います。

共に祈りましょう。いつものように。

しかし夫はもう何も発することなく、その手は寸分も動かなかった。

その日は大雨で、大奥へ引き返す前、広縁から猿楽舞の舞台が見えた。何もかもが濡れて煙っていた。

「私はほんまに平癒しておるゆえ、安堵致せ」

そう言うと、吉保は頷いて信子の背に手を添えた。喪中のことで互いに供も少ない身であり、いずれも少し離れて控えている。そのまま二人で境内を歩く。

「近いうちに御暇《おいとま》を頂戴し、隠居することに致しました」

やはりそのことを告げるために待っていたかと、信子は歩みを緩める。

「五十二で隠居とは、早過ぎるのではないか」

「もはや決めましたことにござりまする」

吉保の声は落ち着いている。

「さようか。決めましたか」

どこかで鶯《うぐいす》が囀《さえず》っている。

「お寺で聴く初音《はつね》は、胸によう響くな。何でやろう」

吉保はどうとも答えぬまま、春空を見上げながらまた歩く。

綱吉の死による吉保の凋落ぶりは、すでに大奥でも広く知られるところである。

筆頭老中を始めとする老中ら幕閣は、まず側用人の松平輝貞と松平忠周《ただちか》の屋敷に弔問に訪れた。しかし、吉保の屋敷には出向かなかったと噂されているのだ。薨去の翌日に手の平を返すような真似をするだろうかと疑いつつ、それほど軽輩の出である吉保への妬心が根強かったかとも思った。

しかしこうして歩けば、吉保は何も変わらない。いかほど出世を極めても凋落を噂されても、粛然としている。

そのいずれも、本人が望んで画策したことではないからだ。ゆえに、綱吉はこの家臣を引き立てたのだろうと信子は思いを巡らせる。

本流でない、異端の我が身を重ねて吉保を高位に引き上げたのだと見る向きは、昔からあった。いや、衆道《しゅどう》の間柄ゆえの贔屓だ、いや、己の権力でもって新興大名を創り上げ、旧来の勢力を抑えにかかったのだとの見方もあった。どれが真であるのか、信子にはわからぬままだ。

ただ、綱吉は心地良かったのだろうと思う。若い頃から、ほんに変わらぬ男なのだ。吉保が傍にいると、何とも言えず気持ちが落ち着く。そして吉保は綱吉を喪った今、もう誰にも仕えたくないのだろうと思った。

綱吉の政は、驚くほど早く終焉《しゅうえん》を迎えた。

死後十日も経たぬうちに、生類にかかわる数多の令についての撤回、あるいは停止が通達されたのだ。生類の保護のために江戸の町人に賦課していた入用金は取り止め、生類の件についての訴訟も無用とし、それぞれの場に応じて計らうよう触れが出された。

これらはすべて綱吉の葬儀が行なわれる前、一月のうちに詮議と決定が行なわれた。第六代将軍、家宣の将軍宣下は五月と定められているので、その後に施策を改めれば、前代の政は間違いであったと予が認めることになる。代替わりに際しての混乱をも避けるため、綱吉の生前の意志、温情によって自ら施策を緩和したという形が取られたのだ。

何度も使用を命じながら世に受け入れられなかった宝永大銭《おおぜに》の通用も停止されたので、世の景気は早や上向きつつあると聞いていた。

誰も、綱吉の生前の意志などとは信じていないのだろう。江戸の市中は「ようやく聡明な公方様の代になった」と、沸き返っているという。

「常憲院様の政は、それほど民を苦しめたのやろうか」

我知らず、吉保に問うていた。

「この世の終わりのごとき不安と不満は為政者に向かうものやと、それは私も身に沁《し》みておる。常憲院様もよう承知なさって、何一つ零されることはあらしゃらなんだ。なれど桜が咲けば幔幕《まんまく》を巡らせて唄い、輪になって踊った元禄の世も、常憲院様の治政によるものではなかったか。民はかようなことも忘れるのか」

吉保は足を止め、真正面に向き直った。そして頭を下げる。

「申し訳ござりませぬ。それがしにはわかりませぬ」

「わからぬのか、そなたにも」

「強く導かねば泰平は保てず、なれど人心はしばしばそれについてこられませぬ。さりながら、世人の心におもねれば迎合となり、世は乱れましょう」

吉保は己の右手を差し出して掌を見せ、そして左手も同様にした。

「政の目指すところとその果《か》には、必ず齟齬《そご》が生じまする。善果をもたらした施策は善因と言え、悪果をもたらした施策は悪因と言えましょうが、それを判ずるには時を要します」

「それは、いかほど」

「五年、十年。あるいは、百年かかるやもしれませぬ」

吉保を見返した。

「この世は生きておるからです。日々、刻々と世は移り変わり、あるべき政も変わりまする」

信子は深々と息を吐いた。何とも言えぬ虚しさがこみ上げてくる。

「ただ、常憲院様は最期にこう仰せになりました」

「最期に、何か言い残されたのか」

初めて耳にすることで、我知らず胸に手を当てていた。

「寝所にお運びする直前、御廊下で御身をお支え申しました。その際に呟かれた一言が、末期のお言葉にござりまする。浄光院様にはこれだけはお伝えしておかねばと思い、それで今日、ここに出向いて参りました」

また鶯が鳴く。吉保は噛みしめるように、その言葉を告げた。

「我に、邪《よこしま》無し」

手の中の念珠を握り締めた。

吉保と別れ、信子は乗物に乗った。

思無邪《おもいよこしまなし》――その三字は『論語』の為政篇にあるのだと、綱吉は墨も乾かぬうちに信子に説いたことがある。

「思いに邪心無しという意でござりまするか」

「御台所もそう解するか」と、綱吉は切れ長の目の端を得意げに上げたものだ。

「違いまするか」

「思《し》の字は人の思いを指しておるのではなく、単に調子を整えるための一字だ」

「ですがやはり、我が思いに邪無しという意でござりましょう」

「強《し》いて申すなら、我に邪無しだ」

「同じでござりましょう」

「同じではない。思いだけではないのだ。政には、行ないも含めて邪無きよう臨まねばならぬ」

そこまでの覚悟をもって、綱吉はおよそ二十九年の間、将軍職を務めた。目指した仁政が向後、いかなる評を受けようが、誰にもわからぬことだ。それが善果と出るか、それとも悪果であろうか、せめて私だけでも確かめてみたかったものをと、信子は小窓に指先を掛けた。

いや、吉保の言うように、百年先のことになるのかもしれぬ。

あるいは、もっと。

少し透かせると、町の賑わう音が入ってくる。

物売りの声や店先の呼び声は活気に満ち、梅の枝を担いで走る小僧の姿も見える。野で茶を点《た》てるのだろうか、それとも酒宴を開くのだろうか。

少し咳が出て、額と首に手を当てるとまた熱が出ている。

ふと、私ももう長くないのではないかと思った。京から輿入れして、四十五年の時をこの江戸で過ごした。あの世に行く前にこの江戸の町をしかと見ておこうと思い、何を馬鹿なと己を笑う。一年のうちに夫婦が相次いで逝っては、当代の公方も就任早々、葬儀続きになる。

ひと月でも、ふた月でも余分に生きねば。

私は生き残らねば。

と、町角の路地に子供が屈み込んでいるのが目に入って、信子は乗物を止めさせた。貧しい身形の子供が二人、野良犬らしき仔犬を構っている。

「目立たぬよう、端に寄りゃれ」

乗物を往来の陰に寄せさせ、このまま動かぬよう供の女中に命じた。息を詰め、小窓の引戸をさらに引く。しばらく様子を見て、信子はほっと肩の張りを緩ませた。

犬を苛《いじ》めてはいまいかと気になったのだ。が、二人の子供は戯れているようだった。年嵩《としかさ》の男の子は七歳くらいで、もう一人は五歳ほどだろうか。「兄ちゃん」と呼ぶ声が聞こえたので、兄弟であるようだ。仔犬はひどく痩せており、それでも尾を振って兄弟から離れようとしない。

やがて兄がどこかに消え、弟は無心に仔犬の頭を撫でている。頰が赤く、目の大きな子供だ。兄が戻ってきて、握り締めた拳を開いて犬の口の前に差し出した。干した大根の切れ端のようだ。仔犬は素早くそれをくわえ、尾を立てながら咀嚼している。

兄弟はまたそこに屈み込んで、そのさまをじっと見ている。弟が兄を見上げて何かを言い、しかし兄は子供ながらも眉根を寄せて首を振る。

「駄目だよ。あきらめな」

そんなふうに口が動いた。そう言った本人も名残り惜しいのか、また仔犬に手を触れる。

そこに男が通りかかり、兄弟が立ち上がった。

道具箱を担いだ男はその子らの父親であるらしく、仔犬に気づいてか、子らを叱っている。弟が泣き出す。すると兄が思い切ったように、父親に何かを訴えた。懸命だ。顔を真っ赤にしている。

父親はしばらく仔犬を見下ろしていたが、兄弟の顔を順に見た。

「可愛いだけじゃねえんだぞ。病になっても、死にかけても、ちゃんと面倒みてやれるのか」

風に流されてか、父親の言葉がはっきりと聞こえた。子供らは面持ちを引き締めて何度も頷く。

「必ず、大事にする」

父親は仕方ねえなと呟き、先を行く。兄弟は顔を輝かせて仔犬を抱き上げた。

信子は親子が去った後の路地を、ただ見つめていた。

そよりと、陽溜まりが揺れた。

主要参考文献

『ケンペルと徳川綱吉　ドイツ人医師と将軍との交流』B・M・ボダルト＝ベイリー著　中直一訳
中央公論社
『儒教とは何か』加地伸行著　中央公論新社
『将軍側近　柳沢吉保　いかにして悪名は作られたか』福留真紀著　新潮社
『将軍綱吉と元禄の世――泰平のなかの転換――』財団法人徳川記念財団・東京都江戸東京博物館編
財団法人徳川記念財団
『生類憐みの世界』（同成社江戸時代史叢書23）根崎光男著　同成社
『忠臣蔵――赤穂事件・史実の肉声』野口武彦著　筑摩書房
『図解・江戸城をよむ――大奥・中奥・表向』深井雅海著　原書房
『徳川綱吉』塚本学著　日本歴史学会編　吉川弘文館
『徳川綱吉　犬を愛護した江戸幕府五代将軍』福田千鶴著　山川出版社
『特別展「江戸城」』東京都江戸東京博物館執筆・編集　東京都江戸東京博物館・読売新聞東京本社

解　説

中嶋　隆

本書は「犬公方《いぬくぼう》」として悪名の高い五代将軍徳川綱吉の生涯を描いた力作である。読者は「最悪の将軍」というタイトルに驚くかもしれない。綱吉は、人命より犬を貴んだ将軍として、とにかく評判が悪い。最近の日本史研究では、「文治」の観点から綱吉治世の再評価が行われているようだが、まだ一般には「最悪」のイメージが濃厚である。そのイメージを覆して、人間綱吉の苦衷に迫ったのが本書である。

「生類憐《しょうるいあわれ》みの令」と称される町触れは、綱吉が戌《いぬ》年なので人間より犬を偏愛した悪法と非難されることが多い。本書第五章「生類を憐れむべし」で描かれるように、事実はこの見解とは異なっている。著者は、たびたび出されたこの町触れに「慈愛、慈悲の心」を説く綱吉の祈りのような統治理念を見出している。「文治」の根底にある理念が「生類憐み」だと考えれば、この町触れの評価が逆転する。

本書の終章「我に邪《よこしま》無し」の、綱吉の寿命が尽きる場面を読むと、著者の「最悪の将軍」というタイトルに込めた思い入れが理解できる。富士山大噴火を目のあたりにした晩年の綱吉が、妻信子に「余は、やはり最悪の将軍であるのか」と問う。民の安寧を一心に祈る夫の姿に、信子は「徳川右大臣綱吉は断じて、最悪の将軍にあらず。天よ、あなたがそれを知らぬとは言わせぬ」と断言する。そして、病床に臥《ふ》せる綱吉の言葉。「扶桑の民はいかなる災厄に遭《お》うても、必ず立ち上がる」「強き、愛しき民ぞ」死なんとする綱吉をこれほど美しく描いた小説はなかった。この言葉は、元禄《げんろく》・宝永の天災と現代とを重ねた著者の感慨でもあるのだろう。一方で、いつの世にも絶対的権力者のもたざるをえない悲哀がある。それは、綱吉が館林《たてばやし》藩主だったころから近侍した柳沢吉保《よしやす》が信子に伝えた綱吉の最期の言葉「我に、邪無し」に集約される。思いだけでなく、行いにも「邪」がなかったという綱吉の自負は、「正邪」の相対性を考えれば、絶対的「正」に命をすり減らした綱吉の悲劇ともなる。民から「犬公方」と揶揄《やゆ》される己自身への懊悩《おうのう》。そして越後高田藩のお家騒動、大老堀田正俊《まさとし》刺殺事件、赤穂《あこう》浪士の討入り等々で、綱吉の誠実さが描出されるほどに、前述の悲劇が浮き上ってくるのだ。絶対的権力を志向した綱吉の煩悶《はんもん》が、これほど鮮やかに描かれた小説を、私は知らない。

ところで「昭和元禄」という不可解な言葉がある。『日本国語大辞典』によれば「高度成長政策下の太平ムードを元禄時代になぞらえた、昭和四三年（一九六八）ころの流行語」と説明される。この頃、高校生だった私は、バブル経済期に先立つこの時期の、

「モーレツ」が流行語となった浮かれた雰囲気をよく覚えているが、綱吉の統治した元禄・宝永期は、そんなおめでたい時代ではない。飢饉と二度の大地震、さらに富士山噴火という未曾有の天災が起き、経済もいきづまった苦難の時代だった。我々が「太平」というイメージを元禄時代に抱くのは、綱吉が文治政治を徹底したからだろう。著者は、そのような時代背景を正確に認識しつつ、綱吉の幕政改革とその苦悩を、丁寧に描く。

まず冒頭には、四代将軍家綱の臨終間際の将軍後嗣をめぐる緊迫したやりとりが描かれている。「鎌倉殿の例に、倣《なら》うべし」と宮将軍を主張する大老酒井忠清と、家綱の弟綱吉を立てようとする新参老中堀田正俊との息詰まる攻防の場面にも、「文を以て天下を治め給う御志（堀田正俊の言葉）」「強き将軍に成りて、天下を束ねよ（家綱の遺言）」と、綱吉の生涯を律した「文治」と将軍親政という改革理念が強調される。

酒井忠清と綱吉との対立は、酒井忠清の決裁した越後高田藩のお家騒動の再処断で、酒井派が一掃されて決着した。権力基盤を盤石にした綱吉は、武断政治を断行した父、三代将軍家光の造船した巨大軍船安宅丸《あたけまる》を廃却する。この船は維持費ばかりかかって軍船として役に立たなかったのだが、先例主義の幕閣に背いた綱吉の決断を「武を払《はろ》うて文を用いよ」「武装解除せよ」と表現した著者の筆力は見事である。

貞享元（一六八四）年八月、大老に出世した堀田正俊が若年寄稲葉正休《まさやす》に殿中で刺殺されるという事件が起きた。現在歌舞伎等で人口に膾炙《かいしゃ》しているのは、その十七年後に起きた浅野内匠頭《たくみのかみ》の刃傷《にんじょう》沙汰とその翌年の赤穂浪士の討入りだが、当時は、この一件のほうが、はるかに大事件で、人々を驚愕させた。小説解説とは若干離れるが、この件をめぐる諸説について、私見を交えて概述する。

この事件の噂は、現代の我々が想像するよりかなり速いスピードで巷間《こうかん》に広まっている。たとえば、西鶴《さいかく》や芭蕉《ばしょう》とも親交のあった尾張国鳴海の豪商で俳諧師でもある下里知足《しもさとちそく》の日記、貞享元年九月四日の項には「晴天　去廿八日江戸御殿中にて、喧嘩これ有る由。堀田備中守殿を稲葉石見守殿討つ由。国々へ早駕、馬等多く行」と記録されている。諸大名のみならず、地方の商人にまで殿中の「喧嘩」の噂が伝わり、その情報伝播《でんぱ》に一週間もかかっていないことが分かる。

ところが、世間の耳目を集めたにもかかわらず、姻戚関係にあった二人の「喧嘩」の原因については、研究者にも定説がない。本書では「淀川治水策」をめぐる確執説が採られているが、他に、譜代大名の改易・減封や世襲代官の粛清などの独断的治政で、堀田正俊が歴々の徳川家臣の恨みを買っていたという説や、綱吉の独裁を、より確固たるものにするための陰謀だという極端な説まである。

いずれにしろ、衝動的に吉良《きら》に斬りつけた浅野内匠頭と違って、稲葉正休の場合は用意周到で、しかも同席した老中らに、さほど抵抗することなく斬られているから、明らかに死を覚悟した行為だった。綱吉もかかわった陰謀説を採ると、本書の綱吉像とは違った為政者像が立ちあがってくるのかもしれない。しかしながら、堀田正俊が綱吉の片腕として「天和《てんな》の治」を成し遂げた功績はまぎれもない史実である。本書に活写されているように、堀田正俊への同志的信頼感を、綱吉がもっていたことは確実だと思う。

ちなみに、稲葉正休の父、伊勢守正吉は書院番頭を務めた旗本だったが、駿府《すんぷ》城在番時に、家老安藤甚五左衛門《じんござえもん》と小姓松永喜内両名に、男色三角関係のもつれから殺害されている。この時犯人を裁いたのが、小田原藩主稲葉正則だった。稲葉家の公式記録である日次《ひなみ》記事『永代日記』には、当初は自殺とされたこの事件の真相究明の顚末《てんまつ》が記されている。これを読むと、伊勢守正吉は愛娘が死んだ後、公務が遂行できないほど「気分緩《ゆる》とも御座無き」、つまり一種のノイローゼか鬱状態におちいっていたことが分かる。稲葉正則の娘を娶《めと》り、事実を知る立場にあった堀田正俊が、何かの折にこの一件に触れ、宇治川治水をめぐる確執に加えて、稲葉正休の私怨を増幅したのかもしれないなどと、想像することも可能である。無論、これは根拠のない私の妄想にすぎないが……。閑話休題。

赤穂浪士の討入りには、四十六士の切腹と吉良家改易という処分が下されたことは周知である。本書では、浪士を打首にすべきと考えていた綱吉が、評定で柳沢吉保の意見を入れて翻意する経緯が描かれる。「文治」を徹底するには倫理が必要である。私闘は禁じても、主君のために死ぬことは武士の本分とされる。こういう武士道と綱吉のすめる「文治」との葛藤。本書に描かれた「公儀の威儀を保ち、諸侯が納得し、武士の矜持《きょうじ》を損ねずに済むか」という綱吉の、理想と現実との妥協点を探る苦悩にはリアリティがある。

綱吉の苦衷が見事に描出されていることに加えるに、本書の魅力の一つには、綱吉を取り巻く人々の個性あふれる人間像があげられよう。中でも、秀逸なのは、母桂昌院と妻信子である。出自の異なる二人の個性は対蹠《たいせき》的だが、ともに魅力あふれる女性として活写されている。十四歳で嫁入りした信子と十九歳の綱吉との『源氏物語』を踏まえた機知に富んだ会話。さらに、第六章「扶桑の君主」で描かれているオランダ商館の医師ケンペル謁見の際の、綱吉と信子のやり取りは、二人の愛情と信頼とを見事に表現している。

そして桂昌院の臨終の場面。病床を見舞った信子の哀切とも無常ともつかぬ感慨は、二人の関係を余すことなく描いた名文である。母桂昌院に孝養を尽した綱吉は、「穢《けが》れ」を避けるために母の臨終の場には立ち会わず、葬儀も柳沢吉保に任せて端然と政務を遂行する。私情よりも為政者としての立場を重視したからである。民に対する絶対的権力を志向した綱吉は、「天」の代弁者として自らを律する必要があった。

この場面に象徴されるように、本書に描かれた綱吉像は、「文治」を徹底し、違反するものを容赦なく誅伐《ちゆうばつ》する権力者と、母や妻を愛し、子の死を悲しむ人としての存在との葛藤に悩みつつ生涯を送った将軍像であった。

大地震と富士山が噴火した宝永四(一七〇七)年。その晩年の綱吉に信念をもって寄り添ったのは、前述のように信子だった。綱吉の没後、柳沢吉保が信子に「政の目指すところとその果には、必ず齟齬《そご》が生じまする。(略)それを判ずるには時を要します」と述べる。著者の歴史観は、含蓄あるこの一言に読み取ることが出来よう。

(なかじま・たかし　国文学者/小説家)

本書は、二〇一六年九月、集英社より刊行されました。

初出　「小説すばる」二〇一五年一月号〜二〇一六年三月号（隔月掲載）

集英社文庫 目録(日本文学)

赤川次郎　駆け込み団地の黄昏
赤川次郎　吸血鬼が祈った日
赤川次郎　お手伝いさんはスーパースパイ!
赤川次郎　不思議の国の吸血鬼
赤川次郎　秘密への跳躍　怪異名所巡り5
赤川次郎　吸血鬼は泉のごとく
赤川次郎　吸血鬼と死の天使
赤川次郎　湖底から来た吸血鬼
赤川次郎　吸血鬼愛好会へようこそ
赤川次郎　恋する絵画　怪異名所巡り6
赤川次郎　青きドナウの吸血鬼
赤川次郎　吸血鬼と切り裂きジャック
赤川次郎　忘れじの吸血鬼
赤川次郎　暗黒街の吸血鬼
赤川次郎　とっておきの幽霊　怪異名所巡り7
赤川次郎　吸血鬼と怪猫殿

赤川次郎　吸血鬼は世紀末に翔《と》ぶ
赤川次郎　吸血鬼と死の花嫁
赤川次郎　吸血鬼はお見合《みあい》日和《びより》
赤川次郎　東京零年
赤川次郎　吸血鬼と栄光の椅子
赤川次郎　吸血鬼と生きている肖像画
赤川次郎　友の墓の上で　怪異名所巡り8
赤川次郎　私の彼氏は吸血鬼
赤川次郎　ミス・吸血鬼に幸いあれ
赤塚祝子　無菌病室の人びと
赤塚不二夫　人生これでいいのだ!!
阿川佐和子・檀ふみ　ああ言えばこう食う
阿川佐和子・檀ふみ　ああ言えばこう嫁行く
秋本治・原作　小説こちら葛飾区亀有公園前派出所
秋元康　7秒の幸福論
秋元康　42個の恋愛論

秋元康　恋はあとからついてくる
秋山裕美・山口マオ　元気が出る50の言葉
芥川龍之介　地獄変
芥川龍之介　河(かっぱ)童
阿久悠　無名時代
朝井まかて　最悪の将軍
朝井リョウ　桐島、部活やめるってよ
朝井リョウ　チア男子!!
朝井リョウ　少女は卒業しない
朝井リョウ　世界地図の下書き
朝倉かすみ　静かにしなさい、でないと
朝倉かすみ　幸福な日々があります
浅暮三文　百匹の踊る猫　刑事課・亜坂誠 事件ファイル001
浅暮三文　無敵犯　刑事課・亜坂誠 事件ファイル101
浅暮三文　困った死体
浅暮三文　困った死体は瞑《ねむ》らない

集英社文庫　目録（日本文学）

集英社文庫　目録（日本文学）

安部龍太郎　天馬、翔ける　源義経(上)(中)(下)
安部龍太郎　風の如く　水の如く
安部龍太郎　道誉と正成　婆娑羅太平記
安部龍太郎　義貞の旗　士道太平記
甘糟りり子　思春期ブス
天野純希　桃山ビート・トライブ
天野純希　青嵐の譜(上)(下)
天野純希　南海の翼　長宗我部元親正伝
天野純希　信長　暁の魔王
天野純希　剣風の結衣
飴村行　ジムグリ
綾辻行人　眼球綺譚
新井素子　チグリスとユーフラテス(上)(下)
新井友香　祝女
嵐山光三郎　日本詣で　ニッポンもうで
嵐山光三郎　よろしく

荒俣宏　日本妖怪巡礼団
荒俣宏　風水先生
荒俣宏　怪奇の国ニッポン
荒俣宏　レックス・ムンディ
荒山徹　鳳凰の黙示録
有川真由美　働く女《ひと》！　38歳までにしておくべきこと
有島武郎　生れ出づる悩み
有吉佐和子　仮縫
有吉佐和子　連《つれ》舞《まい》
有吉佐和子　乱《みだれ》舞《まい》
有吉佐和子　処女連《れん》禱《とう》
有吉佐和子　更紗夫人
有吉佐和子　仮縫
有吉佐和子　花ならば赤く
安東能明　聖域捜査
安東能明　境界捜査

安東能明　伏流捜査
伊岡瞬　悪寒
井形慶子　運命をかえる言葉の力
井形慶子　英国式スピリチュアルな暮らし方
井形慶子　イギリス人の格　「今日できること」からはじめる生き方
井形慶子　日本人の背中　欧米人はどこに惹かれ、何に驚くのか
井形慶子　好きなのに淋しいのはなぜ
井形慶子　ロンドン生活はじめ！　50歳からの家づくりと仕事
井形慶子　イギリス流　輝く年の重ね方
池寒魚　隠密絵師事件帖
池寒魚　ひとだま　隠密絵師事件帖
池寒魚　赤心　隠密絵師事件帖
池寒魚　いきづまり　隠密絵師事件帖
池井戸潤　七つの会議
池井戸潤　陸王
池内紀　ゲーテさん　こんばんは

集英社文庫

最悪《さいあく》の将軍《しょうぐん》

2019年10月25日　第1刷　　定価はカバーに表示してあります。
2020年6月6日　第3刷

著　者　朝井《あさい》まかて

発行者　徳永　真

発行所　株式会社　集英社
東京都千代田区一ツ橋2-5-10　〒101-8050
電話　【編集部】03-3230-6095
【読者係】03-3230-6080
【販売部】03-3230-6393(書店専用)

印　刷　凸版印刷株式会社

製　本　凸版印刷株式会社

フォーマットデザイン　アリヤマデザインストア　　マークデザイン　居山浩二

ISBN978-4-08-744034-8 C0193